CB127395

Companhia Das Letras

Dom Casmurro

MACHADO DE ASSIS nasceu em 21 de junho de 1839, no Morro do Livramento, nos arredores do centro do Rio de Janeiro. Seu pai, Francisco José de Assis, era "pardo" e neto de escravos alforriados; sua mãe, Maria Leopoldina Machado, era açoriana. Ainda criança, perdeu a mãe e uma irmã, e, em 1851, o pai. Muito cedo mostrou inclinação para as letras.

Começou a publicar poesia aos quinze anos, na *Marmota Fluminense*, e no ano seguinte entrou para a Imprensa Nacional, como aprendiz de tipógrafo. Aí conheceu Manuel Antônio de Almeida e mais tarde Francisco de Paula Brito, livreiro, para quem trabalhou como revisor e caixeiro. Passou então a colaborar em diversos jornais e revistas.

Publicou seu primeiro livro de poesias, *Crisálidas*, em 1864. *Contos fluminenses*, sua primeira coletânea de histórias curtas, saiu em 1870. Dois anos depois, veio a lume o primeiro romance, *Ressurreição*. Ao longo da década de 1870, publicaria mais três: *A mão e a luva*, *Helena* e *Iaiá Garcia*. Seu primeiro grande romance, no entanto, foi *Memórias póstumas de Brás Cubas*, publicado em 1881. *Papéis avulsos*, de 1882, foi sua primeira coletânea de contos dessa fase. Em 1899, publicou *Dom Casmurro*.

Em dezembro de 1881, com "Teoria do medalhão", começou a colaboração na *Gazeta de Notícias*. Ao longo de dezesseis anos, escreveria mais de quatrocentas crônicas para o periódico. Em 1897, foi eleito presidente da Academia Brasileira de Letras, instituição que ajudara a fundar no ano anterior.

Morreu em 29 de setembro de 1908, aos 69 anos de idade.

MANOEL M. SANTIAGO-ALMEIDA nasceu na região rural do município de Piritiba (BA), em 1962. Foi professor na Universidade Federal de Mato Grosso (UFMT) de 1990 a 2004. Atualmente mora em São Paulo, onde é professor-pesquisador na Universidade de São Paulo (USP). É doutor em filologia e língua portuguesa e livre-docente em fonética e fonologia do português na USP. Fez pós-doutorado em crítica textual na Universidade Federal de Minas Gerais (UFMG). É autor do *Minidicionário livre da língua portuguesa* (2011) e do *Minidicionário livre escolar da língua portuguesa* (2013). Organizou, em coautoria, livros acadêmicos nos temas de formação e de pesquisa. Estabeleceu e anotou romances da literatura brasileira, com destaque para *Dom Casmurro*, de Machado de Assis, e *Til*, de José de Alencar.

LUÍS AUGUSTO FISCHER nasceu em Novo Hamburgo (RS), em 1958. É doutor em literatura brasileira pela Universidade Federal do Rio Grande do Sul (UFRGS), onde leciona desde 1985. Autor de numerosos artigos e ensaios, estudou temas como o parnasianismo, a prosa de Nelson Rodrigues, além de autores como Machado de Assis e Jorge Luis Borges. Também publicou livros de ficção. É autor de, entre outros, *Machado e Borges*, *Inteligência com dor: Nelson Rodrigues ensaísta* e *Literatura brasileira: Modos de usar.*

Machado de Assis

Dom Casmurro

Estabelecimento de texto de
MANOEL M. SANTIAGO-ALMEIDA

Introdução de
LUÍS AUGUSTO FISCHER

15ª reimpressão

COMPANHIA DAS LETRAS

Copyright © 2016 by Penguin-Companhia

Grafia atualizada segundo o Acordo Ortográfico da Língua Portuguesa de 1990, que entrou em vigor no Brasil em 2009.

Penguin and the associated logo and trade dress are registered and/ or unregistered trademarks of Penguin Books Limited and/or Penguin Group (USA) Inc. Used with permission.

Published by Companhia das Letras in association with Penguin Group (USA) Inc.

A pontuação original da obra foi mantida. As poucas interferências no texto de Machado de Assis se restringiram apenas às correções dos equívocos tipográficos e à atualização da ortografia, exceto das palavras que ainda estão registradas em dicionários atuais.

PROJETO GRÁFICO PENGUIN-COMPANHIA
Raul Loureiro, Claudia Warrak

PREPARAÇÃO
Maria Fernanda Alvares

REVISÃO
Carmen T. S. Costa
Jane Pessoa

Dados Internacionais de Catalogação na Publicação (CIP)
(Câmara Brasileira do Livro, SP, Brasil)

Assis, Machado de, 1839-1908.
Dom Casmurro / Machado de Assis ; estabelecimento de texto de Manoel M. Santiago-Almeida; introdução de Luís Augusto Fischer. — 1ª ed. — São Paulo: Penguin Classics Companhia das Letras, 2016.

ISBN 978-85-8285-035-0

1. Romance brasileiro I. Santiago-Almeida, Manoel M. II. Fischer, Luís Augusto. III. Título.

16-04226 CDD-869.3

Índice para catálogo sistemático:
1. Romances: Literatura brasileira 869.3

Todos os direitos desta edição reservados à
EDITORA SCHWARCZ S.A.
Rua Bandeira Paulista, 702, cj. 32
04532-002 — São Paulo — SP
Telefone: (11) 3707-3500
www.penguincompanhia.com.br
www.companhiadasletras.com.br
www.blogdacompanhia.com.br

Sumário

Introdução — *Uma história inesgotável*, Luís Augusto Fischer 11

Nota sobre o estabelecimento de texto, Manoel M. Santiago-Almeida 67

DOM CASMURRO

I. Do título 79
II. Do livro 81
III. A denúncia 84
IV. Um dever amaríssimo! 87
V. O agregado 88
VI. Tio Cosme 91
VII. Dona Glória 93
VIII. É tempo! 95
IX. A ópera 96
X. Aceito a teoria 100
XI. A promessa 101
XII. Na varanda 103
XIII. Capitu 106
XIV. A inscrição 109
XV. Outra voz repentina 111
XVI. O administrador interino 113
XVII. Os vermes 116
XVIII. Um plano 117
XIX. Sem falta 123

xx. Mil padre-nossos e mil ave-marias 124
xxi. Prima Justina 126
xxii. Sensações alheias 129
xxiii. Prazo dado 131
xxiv. De mãe e de servo 133
xxv. No Passeio Público 134
xxvi. As leis são belas 138
xxvii. Ao portão 140
xxviii. Na rua 141
xxix. O imperador 142
xxx. O Santíssimo 144
xxxi. As curiosidades de Capitu 148
xxxii. Olhos de ressaca 151
xxxiii. O penteado 154
xxxiv. Sou homem! 156
xxxv. O protonotário apostólico 159
xxxvi. Ideia sem pernas e ideia sem braços 162
xxxvii. A alma é cheia de mistérios 164
xxxviii. Que susto, meu Deus! 167
xxxix. A vocação 168
xl. Uma égua 172
xli. A audiência secreta 173
xlii. Capitu refletindo 177
xliii. Você tem medo? 179
xliv. O primeiro filho 181
xlv. Abane a cabeça, leitor 185
xlvi. As pazes 186
xlvii. "A senhora saiu" 187
xlviii. Juramento do poço 188
xlix. Uma vela aos sábados 190
l. Um meio-termo 191
li. Entre luz e fusco 193
lii. O velho Pádua 194
liii. A caminho! 196
liv. Panegírico de Santa Mônica 198
lv. Um soneto 201
lvi. Um seminarista 205
lvii. De preparação 208
lviii. O tratado 209

LIX. Convivas de boa memória 212
LX. Querido opúsculo! 214
LXI. A vaca de Homero 216
LXII. Uma ponta de Iago 220
LXIII. Metades de um sonho 223
LXIV. Uma ideia e um escrúpulo 225
LXV. A dissimulação 227
LXVI. Intimidade 230
LXVII. Um pecado 232
LXVIII. Adiemos a virtude 236
LXIX. A missa 238
LXX. Depois da missa 240
LXXI. Visita de Escobar 242
LXXII. Uma reforma dramática 245
LXXIII. O contrarregra 246
LXXIV. A presilha 248
LXXV. O desespero 250
LXXVI. Explicação 251
LXXVII. Prazer das dores velhas 253
LXXVIII. Segredo por segredo 254
LXXIX. Vamos ao capítulo 257
LXXX. Venhamos ao capítulo 258
LXXXI. Uma palavra 261
LXXXII. O canapé 263
LXXXIII. O retrato 264
LXXXIV. Chamado 266
LXXXV. O defunto 268
LXXXVI. Amai, rapazes! 270
LXXXVII. A sege 271
LXXXVIII. Um pretexto honesto 274
LXXXIX. A recusa 275
XC. A polêmica 276
XCI. Achado que consola 280
XCII. O diabo não é tão feio como se pinta 281
XCIII. Um amigo por um defunto 282
XCIV. Ideias aritméticas 286
XCV. O papa 289
XCVI. Um substituto 292
XCVII. A saída 295

XCVIII. Cinco anos 297
XCIX. O filho é a cara do pai 299
C. "Tu será feliz, Bentinho!" 301
CI. No céu 304
CII. De casada 306
CIII. A felicidade tem boa alma 308
CIV. As pirâmides 309
CV. Os braços 311
CVI. Dez libras esterlinas 313
CVII. Ciúmes do mar 316
CVIII. Um filho 318
CIX. Um filho único 321
CX. Rasgos da infância 322
CXI. Contado depressa 326
CXII. As imitações de Ezequiel 328
CXIII. Embargos de terceiro 330
CXIV. Em que se explica o explicado 332
CXV. Dúvidas sobre dúvidas 334
CXVI. Filho do homem 336
CXVII. Amigos próximos 338
CXVIII. A mão de Sancha 340
CXIX. Não faça isso, querida 344
CXX. Os autos 345
CXXI. A catástrofe 346
CXXII. O enterro 347
CXXIII. Olhos de ressaca 349
CXXIV. O discurso 350
CXXV. Uma comparação 352
CXXVI. Cismando 353
CXXVII. O barbeiro 355
CXXVIII. Punhado de sucessos 357
CXXIX. A dona Sancha 359
CXXX. Um dia... 360
CXXXI. Anterior ao anterior 361
CXXXII. O debuxo e o colorido 363
CXXXIII. Uma ideia 366
CXXXIV. O dia de sábado 367
CXXXV. Otelo 368
CXXXVI. A xícara de café 370

CXXXVII. Segundo impulso 372
CXXXVIII. Capitu que entra 373
CXXXIX. A fotografia 376
CXL. Volta da igreja 377
CXLI. A solução 379
CXLII. Uma santa 380
CXLIII. O último superlativo 382
CXLIV. Uma pergunta tardia 384
CXLV. O regresso 386
CXLVI. Não houve lepra 390
CXLVII. A exposição retrospectiva 391
CXLVIII. É bem, e o resto? 392

Cronologia 393
Outras leituras 397

Introdução

Uma história inesgotável

LUÍS AUGUSTO FISCHER

Em *Dom Casmurro* convivem duas histórias. Aliás, quatro. Ou melhor, pensando bem, dois pares de histórias.

Primeiro par: ao dizer ou pensar nas palavras "dom Casmurro", o brasileiro escolarizado comporá imediatamente um sentido ligado a uma trama, referente ao casal Bentinho e Capitu, ele ciumento, ela parece que traidora; mas também lembrará que se trata de um clássico do mais citado, mais prestigiado, mais importante escritor brasileiro de todos os tempos, Machado de Assis. Ao lado de algum outro, muito provavelmente *Memórias póstumas de Brás Cubas*, o romance *Dom Casmurro* figura com total certeza entre os títulos mais citados na sala de aula brasileira, há muito tempo. O livro é, então, uma trama e um clássico, um enredo e um monumento. (Se o enredo parece banal e abordável, a condição de clássico amedronta e até paralisa: como ler, como comentar, como deixar-se levar por ele?)

Segundo par: este romance contempla um enredo, uma história impressa nas palavras e distribuída nos capítulos, em sua face interna, dentro das capas, mas ele tem igualmente uma história por assim dizer externa, composta da sucessão impressionante de comentários que vem suscitando ao largo de sua existência, que começou e nunca mais terminou (nem dá mostras de perder fôlego), geração após geração, desde seu lançamento, em 1899, resultando em críticas, ensaios, percepções que, sem forçar nenhuma barra, devem ser compreendidos no âmbito do que de mais importante aconteceu intelectualmente ao Brasil. *Dom Casmurro*, assim, é o que ele traz dentro de si e o que ele fez existir, como tradição de debates: é um livro finito e uma discussão infinda.

Eis aí os dois pares.

Falamos em apenas dois pares?

Foi engano. São mais. Pelo menos mais dois.

Terceiro par: de um lado, a extensa tradição brasileira de discussão sobre *Dom Casmurro*, com cinco ou seis gerações de críticos a dedicar atenção a ele, desde as primeiras impressões, ainda esparsas, passando por livros e mais livros, até as pesquisas acadêmicas atuais; e de outro lado, a recentíssima força dele fora do Brasil e da língua portuguesa. Embora um livro como *Memórias póstumas de Brás Cubas* tenha ganhado versão em francês já em 1911, a primeira (dados do site da Academia Brasileira de Letras), *Dom Casmurro* apareceu em italiano, língua secundária no cenário internacional, em 1914; em francês aconteceu em 1936 (e desde então se sucederam outras duas versões ao idioma de Proust), em espanhol em 1943, em inglês apenas em 1953 (e depois houve mais duas). No total, ao menos treze línguas além do português dispõem do romance. Tinha mais de meio século de vida, portanto, antes de figurar com destaque na língua agora hegemônica no planeta, mas em compensação, ao final de 2015, apareceu numa seletíssima lista das dez mais importantes narrativas ocidentais envolvendo esposas infiéis (assim dito), no jornal britânico *The Guardian*, ao lado de *O vermelho e o negro*, *Madame Bovary*, *Anna Kariênina*, *O amante de Lady Chatterley* e outros. *Dom Casmurro* é famosíssimo no Brasil há décadas, mas apenas agora tem circulado internacionalmente com destaque: é um livro velho e novo, portanto.

Quarto par: o livro traz em si duas camadas narrativas, ou duas diferentes versões do enredo, ou melhor, duas formas distintas e até opostas de pensar sobre o que aconteceu entre Bento e Capitu. De um lado, temos a traição de Capitu como uma verdade nítida, pois é isso que o narrador nos conta, convictamente; mas de outro, quando o leitor se aproxima do texto alerta para o fato de que o narrador é parte interessada no processo, no qual ele mesmo figura como acusador e vítima (e juiz!), o que temos é, em certo sentido, uma traição de Bentinho. *Dom Casmurro*, um romance com duas interpretações muito distintas, e até opostas: ele contém duas traições, uma suposta mas narrada como verdadeira, a de Capitu, outra verdadeira mas nem sempre visível, a de Bento.

É coisa que não termina mais.

Se o leitor já passou pelas páginas de Machado de Assis ou foi, ao menos, advertido de suas qualidades narrativas, deve ter percebido que essa articulação, em pares, tem muito de truque, porque naturalmente se poderia organizar de outro jeito as afirmativas aí de cima. Mas não: fiquei eu, aqui no comando do texto, pensando numa maneira de ingressar no assunto de modo a trazer comigo justamente o prezado leitor, e bolei isso de pares e tal. Deu certo?

Bem, se o leitor está me lendo até aqui, funcionou.

Hora de ir adiante.

Então, distinto leitor, cara leitora, não há motivo para evitar uma entrada trivial no assunto: sim, *Dom Casmurro* é um livro definitivo, para a cultura brasileira e para a língua portuguesa há tempos, e com ares de vir a ser um livro central no cânone ocidental. Por quê?

Vamos responder a essa pergunta simples e crucial em quatro partes. A primeira focalizará a vida e a obra do autor, localizando o ponto em que nosso romance vê a luz do dia e alcança o leitor. A segunda falará dos personagens, dos protagonistas e dos outros. A terceira tratará de marcas internas do texto — seu enredo, seus silêncios, suas entrelinhas, o tempo e o espaço, assim como a arquitetura narrativa. A quarta, finalmente, vai repassar sua fortuna crítica, descrevendo e tentando entender esse processo rico e ainda não terminado mediante o qual *Dom Casmurro* se converteu no clássico que indiscutivelmente é.

Um escritor inesperado, uma literatura imprevista

Joaquim Maria Machado de Assis viveu entre 1839 e 1908 — quase setenta anos. Para sua geração e para alguém de origem modesta como ele, teria chegado a uma idade provecta. Pelo lado paterno, descendia de africanos escravizados: seus avós eram escravos alforriados, e seu pai, homem livre desde sempre, era pintor, ofício humilde mas não totalmente desprovido de certo virtuosismo, já que pintores, naquele tempo, não apenas cobriam paredes com tinta, mas também faziam alguma decoração, algum traço, alguma ilustração. Pelo lado materno, era português — sua mãe era dos Açores, tendo vindo para o Brasil muito jovem, pelos doze ou treze anos. Pai e mãe sabiam ler e escrever, ao que tudo indica. Viviam como trabalhadores agregados numa casa-grande carioca, próxima das ruas da cidade mas ainda com ares de vida colonial rural; ali o futuro escritor passou os primeiros anos de vida, ali teve uma irmã, que morreu com quatro anos; ali também perdeu a mãe, quando tinha dez anos. Com o pai, foi morar em outro lugar, não se sabe bem qual.

Ninguém sabe igualmente com exatidão das condições concretas de sua educação. Teria frequentado apenas um par de anos de escola formal; teria aprendido algo de francês com um padeiro, e algum latim com um padre. Tudo é misterioso, incerto, não documentado em sua vida, até os quinze anos, quando então começou a publicar na imprensa, depois em livros, e desde então ganhou a vida em atividades ligadas ao mundo letrado — caixeiro aprendiz numa livraria, tipógrafo na Imprensa Nacional, revisor numa editora, depois jornalista em vários periódicos. Isso tudo entre os quinze e os trinta anos.

A essa altura, sua vida muda bastante. Já tem algum nome como crítico teatral, poeta e dramaturgo; já tem livros publicados, o que não é trivial; já convive com grupos de letrados há bastante tempo, tendo amigos influentes. Então, consegue um emprego público de bom nível e de boa perspectiva futura, e se casa — para usar um jargão sociológico, com uma mulher acima de seu horizonte de classe e de cultura formal. Ela é Carolina Xavier de Novais, é portuguesa, de família culta; ela veio ao Brasil para cuidar de um irmão, poeta e jornalista, que calhava de ser amigo de Machado. O irmão morre, e ela permanece no país, agora casada.

Mulato, por quase cinquenta anos Machado de Assis conviveu com a escravidão brasileira, amparada pela lei desde o século XVI até 1888. Concretamente: um sujeito com sua cor de pele podia, até 1888, ser parado na rua por algum caçador de escravos fugidos. Claro que Machado tinha pouca probabilidade de ser assediado dessa maneira, porque desde a juventude, escapando ao que seria esperável para alguém com sua história pessoal (e que deve ter sido fatal para muitos como ele), tem relações entre as elites letradas, e parece ter fugido ao circuito popular, que era o de sua origem. Aliás, uma das coisas mais intrigantes acerca da biografia do grande escritor — autor de milhares de páginas, em todos os gêneros literários disponíveis, conto, romance, poema, teatro, crítica, crônica — é justamente seu silêncio sobre os anos de sua formação, infância e juventude, assim como acerca de sua família de origem. Não tinha primos? Tios? Cortou relações com eles, se os teve? O certo parece que ele preferiu silenciar sobre isso tudo.

Depois dos trinta — casamento socialmente promissor e, por tudo que sabemos, emocionalmente adequado, emprego bom que lhe daria chances de ascensão social —, nosso escritor larga o jornalismo diário e praticamente abandona o teatro, relegando também a poesia a um plano inferior, para dedicar-se aos gêneros narrativos pelos quais é conhecido, o conto e o romance. O balanço final é impressionante: publicou mais de duzentos contos (parte reunida em sete livros) e nada menos de dez romances. Esse número ainda hoje sofre uma pequena controvérsia, na verdade inútil e descabida: em livro, foram nove romances — a chamada primeira fase com quatro (*Ressurreição*, *A mão e a luva*, *Helena* e *Iaiá Garcia*), a segunda com cinco (*Memórias póstumas de Brás Cubas*, *Quincas Borba*, *Dom Casmurro*, *Esaú e Jacó* e *Memorial de Aires*) —, e outro romance inteiro apenas em folhetim, que veio a conhecer a forma do livro (o intrigante *Casa velha*) só bem depois de sua morte, pela mão de Lúcia Miguel Pereira.

De notável, numa visada panorâmica como essa, vale lembrar outra grande virada em sua vida, à altura dos quarenta anos. Depois de publicar *Iaiá Garcia*, em 1878, e ao longo dos dois anos seguintes, Machado teve mais de uma crise de saúde, que se manifestou, em sua fase aguda, como uma cegueira temporária. Seria uma parte de estresse, nos termos de hoje, talvez, mas era mais, bem mais que isso: há boas indicações de que esse mal, que o fez tirar licença do trabalho e parar de trabalhar para ter algum descanso — ele era daqueles que nunca parava —, tinha relação com a epilepsia, mal que o afligiu de modo também incerto (talvez ele tivesse tido episódios de crise já na infância, certamente os teve depois do casamento, e há testemunhos sólidos de que ele tinha verdadeiro pavor da fragilidade social, para além da física, que o atingia, sujeito que estava a crises em qualquer lugar, a qualquer hora).

Olhando a coisa do ângulo da já longa biografia do escritor, os quarenta anos marcaram a consolidação de sua ascensão social; vendo por outro prisma, o de sua filosofia artística, de que ele deu preciosos testemunhos em textos críticos que continuou escrevendo e publicando, os mesmos quarenta anos marcam uma consciência autocrítica dura acerca dos limites das formas narrativas que ele praticava. Isso tudo mais uma crise aguda de saúde se não explicam ao menos dão moldura para compreender o salto qualitativo que resolve dar: em uma das crises, impossibilitado de ver, começa a ditar para a esposa os primeiros movimentos do revolucionário *Memórias póstumas de Brás Cubas*, saído em folhetim em 1880 e em livro no ano seguinte.

O novo romance era um salto no escuro. Tendo conquistado até ali um lugar de destaque, com obra já consolidada — quatro romances, dois livros de contos, três de poesia e outros três de teatro, fora crítica e outras coisas —, tinha lá seus méritos, mas de fato ainda não revelara nada de essencialmente forte, novo, agudo, enfim algo que marcasse uma virada, uma conquista de novo território. Podemos mesmo dizer que sua literatura era, até ali, conservadora, convencional. Vistas as coisas de trás para diante, já levando em conta sua obra maior, como *Dom Casmurro*, por certo se pode reconhecer méritos na obra escrita até 1880; mas vistas na ordem em que aconteceram, não resta dúvida de que *Brás Cubas* mudou algo, para sempre.

Um narrador em primeira pessoa, já falecido, que brinca explicitamente com o leitor, driblando-o constantemente em capítulos de tamanho variadíssimo, mas sempre com elegância, bom humor e certa amplitude cultural; um personagem-protagonista que conta sua vida de rico sem nenhuma compaixão pelos de baixo, sem nenhuma ilusão sobre a iniquidade da vida, sem nenhuma fantasia sobre a dureza que deve ser a vida dos escravos e subordinados numa sociedade como a brasileira, dureza que ele evidentemente não conhece, nem tem vontade de conhecer — eis aí uma combinação totalmente inesperada para o escritor que vinha contando histórias de modo bem-comportado e com teor totalmente discreto, praticamente ausente das grandes questões do país e do tempo, e que agora parecia comprar todas as brigas importantes que o país e seu tempo viam existir.

Com Brás Cubas e sua narrativa, Machado se distanciava muito de seus contemporâneos brasileiros e portugueses, ainda enredados em debates que, vistos de agora, de fato têm contornos bem mais singelos — contar a verdade moral e social escondida por trás das máscaras burguesas, essa era a consigna máxima do chamado realismo narrativo. Mas nosso escritor foi bem além: ao colocar toda a organização narrativa em função de um tipo socialmente privilegiado e bon-vivant, depois de morto e portanto fora do circuito das conveniências burguesas, Machado emparelha com, se é que não ultrapassa, o que de mais ousado, inventivo e futuroso ocorria em matéria de romance, em todo o Ocidente. A literatura de língua portuguesa nunca tinha ousado tanto, com tanta força e tanta capacidade de bancar a novidade.

Depois disso, talvez até pelo inusitado do salto desferido, Machado demorará bastante para retomar a narrativa longa: só em 1885 publicará *Casa velha*, que o autor não quis dar em forma de livro, e apenas em 1891 deu por concluído o romance *Quincas Borba*. Mas em compensação ele ganha musculatura no gênero narrativo breve, publicando duas coletâneas de contos geniais, *Papéis avulsos*, em 1882, e *Histórias sem data*, em 1884. Em 1896 apareceria outro volume de contos, igualmente magnífico, *Várias histórias*, e em 1899 seria a vez das *Páginas recolhidas*. Para quem vinha, nos anos 1870, publicando um romance a cada dois anos, os anos 1880-90 se mostraram muito diferentes.

E então, com data de 1899 mas chegando ao Brasil no começo de 1900, aparece nosso romance, o *Dom Casmurro*. Depois dele, houve mais dois volumes de narrativa longa: *Esaú e Jacó*, em 1904, e *Memorial de Aires*, em

1908, ano da morte do escritor; entre os dois, a reunião de contos *Relíquias de casa velha*, de 1906.

(Para quem, como dissemos antes, não escreveu memórias verdadeiras e explícitas, mesmo sendo autor de tanta coisa — a edição mais recente de sua obra completa reúne acima de 6 mil páginas! —, chama imediatamente a atenção a presença de personagens memorialistas. Brás Cubas escreve suas memórias, Bento Santiago também, assim como, antes, *Casa velha* se organiza pelas memórias de certo padre, e depois teremos diretamente o Memorial do conselheiro Aires, que, como sabemos de modo retorcido, é também o autor da narrativa que leva o nome de *Esaú e Jacó*. Ou seja: tirando a história de Rubião e de Quincas Borba, o resto todo, cinco romances, tem, de algum modo, uma forma de memória. Voltaremos a esse ponto adiante.)

Dom Casmurro é, assim, a culminância da vida e da obra de Machado de Assis. Por certo há romances relevantes do autor antes e depois dele; mas não se pode negar que justamente nele é que se apresentam, concentradas, as melhores virtudes de uma vida inteira de aprendizados, assim como as mais relevantes novidades formais que Machado experimentou, ao lado das mais agudas percepções do mundo e da arte que o escritor pôde aprender e formular.

A história e seus personagens

Os livros escolares costumam enfrentar alguma dificuldade ao resumir o enredo de *Dom Casmurro*. De que história ele trata, exatamente?

Até certa época — depois veremos a história dos comentários críticos acerca do romance e então será possível anotar as datas precisas —, havia um aparente consenso sobre o romance: ele relataria a história de uma traição, por parte de Capitu, a moça de classe média baixa que vivia em casa vizinha à de seu futuro marido, Bento Santiago, menino rico, herdeiro, advogado, que seria então o traído. E, de fato, essa é a versão que se lê na superfície das palavras do livro: para o narrador, que é o mesmíssimo Bento, Capitu traiu o marido.

Como lembramos antes, porém, essa traição não é tão nítida assim. Não é que faltem, ao narrador, elementos de convicção sobre esse fato, e aliás ele se encarrega de mostrá-los e salientá-los sempre que pode. O que ocorre é que justamente, por ser o narrador um interessado em provar a culpa de Capitu, tudo que ele diz, todas as evidências da traição, todo o arranjo dos fatos pode ser posto sob suspeita, agora pelo leitor atento. Capitu, amiga de Bentinho desde a infância, depois namorada e esposa, finalmente mãe de um menino que ela diz ser filho de Bento, essa Capitu se transforma em personagem nas mãos do narrador, que foi Bentinho e é Bento, mas, ao escrever seu livro, atende pelo apelido de dom Casmurro. Considerada a forte restrição do ângulo narrativo, e levada em conta a parcialidade do relator, é claro que os fatos alegados devem ser vistos como versões, interpretações parciais.

(Bastaria considerar tais elementos para avançar na análise e alcançar outro patamar de comentário: Bento Santiago, advogado ativo, que conhece de ofício a força das versões sobre os fatos nos processos legais, ao se converter em narrador de sua história faz todos os fatos que sua memória guardou e agora expõe ao leitor passarem pelo filtro de sua conveniência moral e emocional — Capitu, a antiga vizinha, passa a ser então uma interesseira, que fez sua ascensão social pela via do casamento e assim que pôde traiu o pobre marido. A força dessa armação narrativa não é dos menores fatores do continuado interesse que o romance machadiano desperta, no Brasil e fora dele.)

Para além desse enredo central, há figuras laterais que compõem o relato: quando a história começa, Bento e

Capitu andam na flor da adolescência; ele é órfão de pai (falecido quando o filho tinha apenas quatro anos) e vive com a mãe, dona Glória, numa casa senhorial povoada de escravos — os Santiago eram proprietários de uma fazenda, vendida depois da morte do pai, e agora vivem de rendas auferidas pelo aluguel de casas e escravos —, mesma casa em que vivem três outros personagens, dois dos quais parentes, a prima Justina e o Tio Cosme, figuras acessórias no enredo. A esse universo social comparece muitas vezes o padre Cabral, professor privado de Bentinho, outro elemento também dependurado na estrutura da casa Santiago.

Outra figura a viver na casa é José Dias, e este tem grande importância — tanta, que é sobre ele a história que serviu de embrião para todo o romance: a 15 de novembro de 1896, pouco mais de três anos antes de *Dom Casmurro* sair a público, apareceu em forma de conto uma história chamada "Um agregado (capítulo de um livro inédito)", no periódico *A República*, do Rio de Janeiro. A história já contava com dona Maria da Glória, Bentinho, Tio Cosme, prima Justina e José Dias, mas com Fialho em lugar de Pádua, e a filha deste ainda não tinha nome, aos treze anos, em vez dos catorze com que figura no começo do romance. (O conto só foi reunido em livro em 1956, por Raymundo Magalhães Jr., em *Contos esparsos*.)

(O narrador já era o mesmo Bentinho; José Dias é igual ao que será no romance; o simples parágrafo final do conto é destacado, com as mesmíssimas palavras, como todo o capítulo IV no romance. E há outras diferenças entre as duas versões, o que pode ser interpretado desde logo como um sinal de que Machado dedicava real atenção à forma do texto, da frase, além de pensar nos enredos e nos enquadramentos narrativos. Além das duas mudanças mencionadas acima, Fialho em lugar de Pádua e os treze anos de Capitu, vale anotar outra, com certa importância: no conto, a história se passa em 1855, mas no romance ela se dá em 1857. É banal a mudança, mas vamos ver adiante que essa alteração de data tem alguma repercussão.)

Esse José Dias, uma das grandes criações machadianas, apresenta certa obscuridade para o leitor de hoje, especialmente o leitor das classes médias modernas. Não sendo parente, a José Dias falta também alguma inserção mais nítida, a ponto de o leitor atual poder perguntar-se afinal o que faz o homem ali. Pode-se ler o texto de começo a fim, e de fim a começo, e nada é tão claro, de fato. José Dias um tanto parece ser confidente de dona Glória, mas também tem tarefas como tutor, professor vivendo em casa, à maneira dos antigos preceptores de nobres europeus. Mas será esse seu trabalho? Ele ganha salário por isso?

Nessa capa de relativa obscuridade se cifra uma parte importante do tipo de realismo que Machado pratica: ele teve o discernimento de trazer para dentro de sua ficção, nesse caso em lugar próximo ao centro do enredo, o tipo social do agregado, figura encontrável numa estrutura social senhorial, espécie de mandalete de luxo, mas também interlocutor e mediador. E nosso José Dias é excepcionalmente interessante: é puxa-saco, mas discreto o suficiente para não ser inconveniente; ajuda a dar conselhos (e aliás é uma espécie de frasista, em busca do efeito, do brilho breve da sentença bem colocada), sobretudo aos que estejam circunstancialmente por baixo, mas nunca a ponto de ousar ter e desenvolver alguma ideia própria, muito menos de sair do círculo estrito das determinações morais e ideológicas da estrutura de que depende; pode ser um aliado ou um inimigo conforme as opções do momento e a depender de quem for necessário bajular.

Em passagem sempre lembrada para definir a visão de Bento sobre nosso José Dias, a narração o descreve de modo impiedoso: “Levantou-se com o passo vagaroso do costume, não aquele vagar arrastado dos preguiçosos, mas um vagar calculado e deduzido, um silogismo completo, a premissa antes da consequência, a consequência antes da conclusão" (p. 87, capítulo IV). Assim também no capítulo seguinte, quando se lembra de que ele "não abusava, e sabia opinar obedecendo" (p. 89). O agregado não produz nada em termos diretamente econômicos, mas ajuda a manter certa modalidade de vida em andamento, a modalidade senhorial, cortesã.

(Entremos novamente em regime de parênteses: entre o conto e o romance, há uma alteração importante na forma como Machado apresenta José Dias. Na primeira versão, Bento nos conta que o pai, quando começou a contar com os préstimos do agregado, atribui a ele "um pequeno salário"; poucas linhas adiante, desfia um rol de atividades em que ele tinha serventia: além das maneiras obsequiosas, ele "tinha uma infinidade de préstimos, recados, fazer contas, redigir e copiar cartas, aparar penas, parceiro ao solo e ao gamão, ledor de histórias e jornais, contador de anedotas, autor e decifrador de charadas e logogrifos". Algumas dessas atividades até aparecem ao longo do relato, mas não apresentadas assim, de modo claro e explícito logo que entra em cena nosso José Dias; e o romance nunca fala de ordenado, em pagamento periódico a ele. Mais uma indicação de que, na reescrita, Machado preferiu diminuir as informações objetivas sobre as funções do agregado — de resto triviais, claro —, e elidiu o laço firme e claro do ordenado, do salário, deixando mais enevoada a descrição das funções dele na estrutura da casa, o que aumenta, por outra parte, o valor narrativo do intrigante agregado.)

Na casa ao lado, vivem os Pádua, o pai (vulgo Tartaruga) e a mãe (dona Fortunata) com a filha, a jovem e inteligente Capitolina, a Capitu. Funcionário público comum, que em certo momento teve oportunidade de estar no comando de sua instância burocrática e que teve a sorte de ganhar na loteria em determinada ocasião — de onde lhe veio dinheiro para comprar a casa em que vivem —, sujeito simples, que cria passarinhos, Pádua e a esposa parecem depositar esperanças em que a filha case com o vizinho, bem acima de seu horizonte de classe. A filha é uma bela figura de moça, rápida, atenta para os movimentos de todos os envolvidos na trama do possível namoro; tem relativamente pouca cultura letrada por falta de maior oportunidade, mas é capaz, curiosa e articulada intelectualmente. Demonstra sempre inteligência para as relações sociais muitíssimo superior à de Bento.

Estão faltando alguns personagens ainda, essencialmente dois — um é Ezequiel de Sousa Escobar, o colega de Bento, que entrará em nossa cena quando Bento ingressar no seminário, ao lado de gente de menor importância, como Sancha, amiga de Capitu e depois esposa do mesmo Escobar. O outro, centralíssimo e ao mesmo tempo opaco, quase invisível, que está no centro da trama e simultaneamente carece de nitidez e mesmo de espaço narrativo, é Ezequiel de Albuquerque Santiago, filho de Capitu e de Bento, ou, na opinião do narrador, dela e de Escobar.

Outros personagens do romance? Claro. Há uns poucos que protagonizam subenredos do livro, histórias com um tanto de aparente arbitrariedade, parecendo à vista desarmada protagonistas de "causos", meras interpolações no circuito geral do romance, mas que, como sempre ocorre em Machado, se revestem de interesse simbólico. Entre eles está um ex-colega de seminário, que Bento reencontra ao acaso em 1882, sujeito que nem nome recebe mas que é o autor de um discurso de elogio, o *Panegírico de Santa Mônica*, texto sem grande qualidade nem importância, mas que representa tudo que esse antigo colega conseguiu fazer como autor. Está também nessa condição o Manduca, menino pobre e leproso, e logo falecido, que faz um obscuro contraponto ao jovem Bentinho quanto a convicções políticas.

Em pano de fundo, há alguns negros, escravos quase sempre, gente sem nome que entra nas contas genéricas, sem a dignidade cidadã, que de resto não tinham mesmo. Numa hora, eles são elemento de contabilidade: no capítulo VII, Bento lembra que após a morte do pai, a mãe vendeu propriedades — "a fazendola e os escravos" — e investiu em meios seguros para a época e a classe — "comprou alguns [escravos] que pôs ao ganho ou alugou, uma dúzia de prédios, certo número de apólices" (p. 93). Em escassas cenas ganham direito a voz, como no capítulo XVIII, em que um preto vendedor de cocadas oferece o produto a Bento e a Capitu; o vendedor canta um pregão pela rua, com letra sugestiva, "Chora, menina, chora/ Chora, porque não tem/ vintém" (p. 120). Bem depois, no capítulo XCIII, quando da visita de Escobar à casa de Matacavalos, onde vivia a família Santiago, Bentinho chama um escravo, de nome Tomás, casado, para dar depoimento: quer saber se ele ainda lembrava da roça, e o escravo responde, em português arrevesado, "Alembra, sim, senhor" (p. 284), e logo é dispensado pelo jovem proprietário.

Vale lembrar, de passagem, que Machado quase nunca em sua obra dá a palavra a escravos, nem a gente iletrada. Não é que não existam personagens pobres marcantes, bastando lembrar a impressionante dona Plácida, das *Memórias póstumas de Brás Cubas*, ou a escrava fugida e grávida chamada Arminda, perseguida pelo Cândido Neves, no conto "Pai contra mãe", doloroso acerto de contas do autor com o tema da escravidão, em história publicada apenas em 1906. De todo modo, parece que, por opção deliberada, nosso escritor escolheu estudar e fixar por escrito os tipos sociais de cima, das elites, evitando com isso, ao mesmo tempo, um dos incômodos mais perturbadores para o escritor brasileiro, desde sempre e até há bem pouco tempo — escrever a fala de gente iletrada.

(Nos personagens escravos de *Dom Casmurro*, pode-se perceber um dos três pequenos erros do romance — erros "de continuidade", como se diria se se tratasse de cinema.

No capítulo VII, o narrador diz que com a morte do pai foram vendidos "a fazendola e os escravos", e foram comprados outros, que foram postos a ganho e em aluguel. Mas no capítulo XCIII, na sequência da cena referida dois parágrafos acima, Bentinho menciona o nome de outros escravos de propriedade da família, e Escobar pergunta se estão todos ali, em casa mesmo, na horta, enfim, e Bento diz: "Não, alguns andam ganhando na rua, outros estão alugados. Não era possível ter todos em casa. Nem são todos os da roça; a maior parte ficou lá" (p. 284). Ora, se todos tinham sido vendidos antes, no passado, só existiriam no presente os que agora estavam na casa, em serviço na cidade, e já não seriam poucos, como se vê; mas havia ainda "a maior parte", que permaneceu na roça.)

Ação e espera, tempo e espaço

Como em todo romance machadiano, o centro das atenções não está num enredo cheio de peripécias, numa intriga marcada por idas e vindas e numa grande resolução final em que tudo se esclarece. Machado conquistou, ao longo de várias centenas de páginas e décadas de trabalho, uma estrutura nova, moderna, que, como vimos acima, tem recebido atenção da crítica internacional como algo de inovador em todo o Ocidente, em seu tempo. O que ele oferece ao leitor é, claro, algum enredo, mas banhado em muita subjetividade — tanto a psicologia dos personagens quanto a visão de mundo do próprio narrador. Tão importantes quanto as ações objetivas são as esperas e os movimentos sutis dos personagens, assim como as entrelinhas e os juízos e impressões oriundos do ponto de vista narrativo, sempre posto em situação — um morto confessando suas coisas, um padre substituindo um estudo histórico por uma narrativa de amor, um respeitável senhor produzindo suas memórias etc. —, nunca concebido como algo absoluto e isento. (Nesse campo, aliás, se articulou uma das mais importantes discussões teóricas que Machado de Assis propôs, quando analisou o romance *O primo Basílio*, de Eça de Queirós. Adiante falaremos disso.)

Dom Casmurro é marcado por dois vetores em conflito, que organizam os dois grandes movimentos do livro: o seminário e o casamento. O primeiro movimento ocupa mais de dois terços do livro, desde as discussões sobre ir ou não ir, a preparação, a ida em si, a permanência no seminário e a saída definitiva de lá, a qual se faz mediante uma negociação brasileiríssima; e o segundo movimento ocorre daí por diante, começando pelos anos em que Bento vai para São Paulo estudar direito, depois volta e se casa, a relativa demora para nascer o filho de Capitu, e então morre Escobar, Bento acusa Capitu de traição, ela e o filho são mandados para a Europa, de onde a esposa nunca regressará, e portanto não acompanha o filho em sua volta, anos depois, já adulto, para reencontrar o Bento que negava ser seu pai.

Antes de Bento nascer, sua mãe prometeu dar o filho, se homem, ao sacerdócio, porque havia antes perdido outro filho. Trata-se de uma promessa que, se não era comum, também não era totalmente rara no mundo brasileiro, que indica desde logo uma subordinação objetiva do destino do filho à vontade da mãe: ela não tinha um marido, na figura de patriarca, mas ela própria dispunha do poder patriarcal. Além disso, encaminha-se uma história de amor entre o mesmo Bento e a vizinha Capitu. É exatamente com esses dois grandes temas, engatados, que as ações do romance começam: Bento, com quinze anos, em 1857, percebe um começo de conversa entre José Dias e a mãe; esconde-se atrás de uma porta, para poder ouvir sem ser visto, e então ouve o agregado contar a dona Glória que o filho e a menina vizinha andam de segredos, pelos cantos, e quem sabe aquilo não poderia virar um namoro, e então a coisa toda vir a gorar o compromisso de enviá-lo ao seminário...

Os dois jovens se dão conta de que de fato se amam — ou melhor, ele se dá conta de que está apaixonado por ela, porque ela na verdade já sabia, como também percebeu logo, que uma ida dele para o seminário terminaria com toda a esperança de namorar, casar, qualquer coisa nessa direção. Bentinho, conformista, "filhinho de mamãe", não tem coragem de enfrentar dona Glória e sua promessa absurda, se vistas as coisas do ângulo moderno, que considera como válida e necessária a autonomia do indivíduo; mas Capitu não desiste diante desse obstáculo, e consegue armar para que o próprio Bento faça movimentos internos, em sua casa, para escapar a esse destino. Nisso, José Dias será um precioso aliado. São mais de vinte capítulos, em algumas dezenas de páginas, para contar tão somente o primeiro dia, esse em que Bento testemunha a conversa do agregado com a mãe, e para posicionar os personagens e a trama, sempre conforme o ângulo do narrador-memorialista.

No capítulo LIII, finalmente Bento vai para o seminário, para cumprir a promessa da mãe, mas já tendo a convicção de que não seguirá a carreira eclesiástica. Capitu, Bento e José Dias já sabem desse projeto; mas dona Glória e Pádua não. Tanto este desconhece a deliberação que, no capítulo imediatamente anterior, quando do adeus do futuro seminarista, a narração nem disfarça o duro juízo de Bento sobre o pai da amada. Diz o narrador, para descrever a desolação de Pádua com a despedida e a certeza de que o seminário é um destino para sempre: ele "levava a cara dos desenganados, como quem empregou em um só bilhete todas as suas economias de esperanças, e vê sair branco o maldito número, — um número tão bonito!" (p. 195). Traduzindo em palavras mais diretas ainda, Bento pensa — não podemos saber com certeza se aos quinze anos, ao viver a cena, se na maturidade, quando a relata — que o pai de Capitu via Bento, e o casamento possível com a filha, como um bilhete premiado, como a sorte grande. Um interesseiro, em suma. Se pensava isso do pai, o que pensaria da filha?

(Pádua é, em certa medida, uma espécie de espelho social de José Dias. Um não gosta do outro, ativamente, a ponto de falarem mal um do outro para Bento. No capítulo XXV, caminhando com Bentinho, José Dias comenta o envolvimento do jovem com Capitu e ataca: "Pádua tem uma tendência para gente reles. Em lhe cheirando a homem chulo é com ele" (p. 135). No capítulo LII, o pai de Capitu solta uma maldade sobre José Dias, na cena da despedida entre ele e Bento: "Não, eu não sou como outros, certos parasitas, vindos de fora para desunião das famílias, aduladores baixos", "não vivo papando os jantares nem morando em casa alheia" (p. 194). Os dois são, em certa medida, dependentes, José Dias diretamente, porque vive à sombra da família Santiago, e Pádua porque, sendo quase pobre, depende da sorte para casar a filha com o filho-família.

Curiosidade: aos vinte anos, o jovem Machado de Assis começou sua atuação regular em jornais, como autor de textos assinados, e não mais apenas como um poeta tentativo. Sua primeira colaboração regular ocorreu em *O Espelho*, onde estampou uma série de "Aquarelas", retratos críticos que escolheu fazer, numa espécie de apresentação guerreira de seus pontos de vista — imaturos, vá lá, mas incisivos. Nessa coleção de crônicas/ensaios, ataca de saída os "fanqueiros literários", os escritores grosseiros na forma, e logo depois engata uma pequena galeria de "parasitas", e o primeiro deles é o parasita "da mesa". Especulação biográfica: quanto haverá de experiência pessoal, devidamente processada e compreendida em patamar crítico superior, no desenho que Machado vem a fazer, na maturidade, desses agregados e dependentes? De todo modo, se é verdade que em geral o escritor dedicou o melhor de sua energia criativa e crítica ao exame das classes superiores, não é menos verdade que o tema dos de baixo — não exatamente os escravos, mas as classes baixas em geral — soa como um discreto baixo contínuo ao longo dos cinquenta anos de sua atividade literária.)[1]

A aparente serenidade do relato, mediado pelo Bento maduro, não esconde mais o conjunto grande de assimetrias até aqui mantidas nos bastidores: se Capitu até essa altura ainda é tratada respeitosamente, o retrato de seu pai escancara a distância fria com que o namorado da filha o vê. Por não respeitar o "Tartaruga", sempre malfalado por José Dias? Pela distância social e econômica entre as duas famílias? Pelos dois motivos? O leitor muito alerta já recebeu indicações suficientes para desconfiar, para manter cautela em relação aos juízos e impressões manifestados pelo narrador; mas parece que a maior parte dos leitores, ao longo dos muitos anos em que o romance vem sendo lido, coloca o comentário venenoso de Bento na conta da normalidade — e *isso*, essa normalidade, tem que ser pensado.

(A primeira história associada à lembrança do tempo do seminário, onde pretendia passar apenas um ano, é a de um colega poeta, que depois abandonou a poesia. A segunda lembrança é a do autor do atrás mencionado *Panegírico de Santa Mônica*. Nem seu nome é evocado, mas Bentinho se detém no relato de um encontro futuro entre ele e esse escritor bissexto, ocorrido em 1882, "vinte e seis anos" depois do ano que passou no seminário — e aqui está o segundo erro do relato machadiano: fazendo-se a conta a partir de 1882, Bento teria conhecido esse autor em 1856. Ocorre que a cena de Bentinho escondido atrás da porta aconteceu em novembro de 1857, como se lê explicitamente no capítulo III, e a ida ao seminário ocorre no ano seguinte, 1858. Machado se enganou em dois anos.)

E logo aparece o derradeiro vértice do triângulo amoroso que o narrador crê existir: no seminário, ele conhece um curitibano chamado Ezequiel de Souza Escobar, filho de advogado, muito hábil com os números, destinado a uma carreira forte no comércio. Na descrição que faz, o narrador não deixa de anotar aspectos físicos do amigo e confidente, seu mais próximo interlocutor de então em diante; entre esses aspectos, se salientam logo os "olhos claros, um pouco fugitivos, como as mãos, como os pés, como a fala, como tudo" (p. 205). E mais: esse Escobar "não fitava de rosto, não falava claro nem seguido"; não era raro encontrar o amigo pensando sozinho, "olhos enfiados em si" (p. 206).

Ora, quem havia antes lido as descrições de Capitu imediatamente associa as duas pessoas. Primeiro foi a prima Justina, que tinha reservas para com a menina vizinha, que "era um pouco trêfega e olhava por baixo" (pp. 129-30). Depois é o comentário de José Dias, numa caminhada com Bentinho: "A gente Pádua não é de todo má. Capitu, apesar daqueles olhos que o diabo lhe deu... Você já reparou nos olhos dela? São assim de cigana oblíqua e dissimulada" (p. 134). Finalmente, entra em cena a terceira imagem sobre os olhos de Capitu, uma das expressões que consagraram o livro: dessa vez é Bentinho mesmo, que no capítulo XXXII, ao começar a narrar uma das mais delicadas cenas eróticas que se pode conhecer — o primeiro beijo entre os dois, por iniciativa e trama de Capitu —, pede para ver os olhos da namorada. Então lembra da imagem forte de José Dias, os tais "olhos de cigana oblíqua e dissimulada", e se demora no exame dos olhos dela, que de início nada de excepcional apresentam, mas que parecem crescer e ficar sombrios, segundo a memória do narrador. Nesse momento, o maduro Bento busca uma imagem para expressar o que sentia diante daqueles olhos, e então lhe ocorre que eram "olhos de ressaca": "Traziam não sei que fluido misterioso e enérgico, uma força que arrastava para dentro, como a vaga que se retira da praia, nos dias de ressaca" (p. 152).

A elegância sutil de Machado de Assis, a inteligência por trás de tudo, se expressa na habilidade intrigante do narrador Bento, que vai espargindo imagens como essas, de grande apelo e forte pregnância, de modo que o leitor compõe sua interpretação dos fatos necessariamente levando em conta essas forças. Isso quer dizer que os olhos de uma e de outro se encontram numa síntese que o leitor é levado a fazer, irrefletidamente, das partes do enredo na preparação do suposto grande evento da traição, cuja revelação se dá mais adiante.

O olhar é o grande filtro da percepção dos personagens. Logo após a apresentação de Escobar, Bento se lembra de um dia em que voltava para o seminário, depois de um fim de semana em casa, e vê uma mulher cair na rua; o jovem seminarista vê as meias e as ligas da acidentada. Tão interessado fica, que passa a desejar que todas as mulheres que vê caiam; e depois, quando se dá conta do aspecto pecaminoso envolvido, arma-se um "tratado entre a minha consciência e a minha imaginação" (p. 210), como diz: ele não apenas deixa-se contemplar as imagens que lhe vêm à mente, antes as convoca e as aprecia até que se esfumem, mas como "encarnações dos vícios" (p. 210). Entre o olhar e a moral se localiza a dissimulação, matéria-prima geral do romance, dissimulação que Bento acusa Capitu de ter, mas que ele mesmo tem.

O tema se espalha por tudo, contaminando incontáveis cenas. O capítulo LXV se chama, aliás, "A dissimulação"; nele, Capitu demonstra alta capacidade de demonstrar essa habilidade, ao concordar com dona Glória, em conversa diante de Bentinho, num dia de visita à casa materna, em que sim, Bentinho dará um ótimo padre — ela diz isso sem corar, mesmo tendo convicção íntima de que o namorado não vai se tornar padre coisa nenhuma. Bento, ao ver a discrição de Capitu nesses momentos, se regozija com essa capacidade de disfarce. O ponto máximo dessa atitude acontece no capítulo LXXVI; umas páginas antes, o narrador evoca, pela primeira vez, a figura de Otelo — o ciumento paradigmático de Shakespeare —, depois de perceber o interesse de Capitu no amigo novo,

Escobar, que visitava o então adoentado Bentinho; em seguida, Bentinho presencia a passagem de um rapaz a cavalo diante da casa de Capitu, ocasião em que ela olha e é olhada, com certa ênfase; desesperado, vai para seu quarto sem falar com ninguém e chora de ciúme; na manhã seguinte, com ele ainda adoentado e em casa, Capitu vai conversar com o namorado, que reclama da atitude dela, no dia anterior, para com o cavaleiro. Então ela chora, ele pega em suas mãos, meio arrependido pela cobrança, e ela, num requinte argumentativo, explica: se olhara para o rapaz a cavalo, "era prova exatamente de não haver nada entre ambos; se houvesse, era natural dissimular" (p. 252). Quer dizer: seria natural dissimular — as duas palavras, lado a lado, gritam sua incompatibilidade — se houvesse algo entre ela e o rapaz; como não havia, ela se sentiu liberada para olhá-lo. Claro.

Claro? Bem, ela então promete, se isso fizesse feliz o ciumento, não mais ir à janela; ele recusa a promessa, e ela então faz outra, agora mais um juramento, aliás, uma ameaça: se mais alguma vez ele suspeitasse dela, tudo estaria dissolvido entre eles.

Uma vez que o leitor perceba a onipresença desse sentimento e dessa atitude, e portanto comece a desconfiar, tudo se converte em pistas, e eis que *Dom Casmurro* ganha um aspecto de romance policial, de narrativa de investigação, que ele também é: o narrador é um homem maduro, que já passou por tudo que vai contar, e relata justamente para provar sua convicção, acerca da traição de Capitu. Para isso vai espalhando sugestões, índices, traços, que o leitor de boa-fé vai acrescentando sempre na mesma contabilidade, que tem Bento como vítima e Capitu como vilã. Para colher mais um exemplo, veja-se o capítulo LIX, que segue o da mulher caída: Bento cessa o relato do passado para falar de si no presente, já senhor e casmurro, e então primeiro diz, de modo enviesado, que tem boa memória, e logo se desdiz, reconhecendo que a tem má. Sobre essa mudança, faz o que costumeiramente faz, filosofa: "E antes seja olvido que confusão"; "Nada se emenda bem nos livros confusos, mas tudo se pode meter nos livros omissos" (p. 212). Acrescenta que prefere, logicamente, estes últimos, porque pode ler um livro assim e exercitar sua imaginação, e daí que o "leitor amigo", quer dizer, nós, seja explicitamente convocado a preencher as omissões do memorialista que está sendo lido. Golpe de mestre: o leitor da narrativa de Bento também acaba por concordar que é melhor o livro omisso do que o confuso, e portanto termina por concluir serem essas omissões talvez até uma delicadeza do suposto autor, Bento Santiago, para com o leitor que ali está. Difícil resistir a esse charme argumentativo.

Ainda mais que esse memorialista é um amigo da boa erudição, um frequentador da alta tradição letrada ocidental, que cita de modo orgânico, sem afetação, sempre a propósito. Desde o começo, no capítulo II, quando o *Fausto*, de Goethe, é mencionado, passando por Homero, Plutarco, Tácito, Luciano, mais a Bíblia, entre os antigos, depois Dante, Camões e Shakespeare, mais alguma ópera e os brasileiros Junqueira Freire e Alencar, tudo são referências adequadas, a demonstrar boa intimidade com essas letras. No capítulo LXVIII, é Montaigne a referência, num contexto em que o suposto autor alega não ter problemas em contar até mesmo momentos ruins, baixos, como o desejo de que a mãe morresse para ele libertar-se da obrigação do seminário. "Montaigne escreveu de si: *ce ne sont pas mes gestes que j'écris; c'est moi, c'est mon essence*. Ora, há só um modo de escrever a própria essência, é contá-la toda, o bem e o mal. Tal faço eu" (p. 236), diz o retórico Bento Santiago. Ao citar o exemplo mais poderoso de confissão por parte de um homem leigo, civil, aberto ao mundo contemporâneo, destemido no autoexame e valente até mesmo no relato de medos e fracassos, como Montaigne é, o narrador de *Dom Casmurro* soma ainda mais pontos ao juízo do leitor, este leitor que ele mesmo molda com suas insinuações e suspeitas, que encobrem os dribles sutis com que ludibria nossa atenção.

Cabe uma digressão aqui para anotar que *Dom Casmurro* tem ainda outra camada de leitura, associada precisamente ao que foi mencionado nos dois parágrafos anteriores, matéria esta que parte da crítica nossa contemporânea tem salientado: é que este romance, naturalmente concebido, escrito e publicado por Machado de Assis, foi todo escrito, no plano ficcional, por Bento de Albuquerque Santiago, este que na infância era chamado de Bentinho e na maturidade passou a ser conhecido como dom Casmurro. Isso não é pouca coisa, e é mais ainda: uma vez aceito o pacto ficcional tradicional do gênero romance, o leitor que percorre as páginas do livro chamado *Dom Casmurro* vai lendo um texto que está sendo escrito, por assim dizer concomitantemente à leitura. O começo do capítulo I abre mencionando "Uma noite destas" (p. 79), como se fosse ontem mesmo em relação ao tempo do leitor; na primeira frase do capítulo II, lemos: "Agora que expliquei o título, passo a escrever o livro" (p. 81), quer dizer, agora mesmo, diante dos olhos do leitor. Ainda nesse segundo capítulo, o narrador nos diz que, tendo cogitado escrever textos de outra natureza, escolheu redigir "reminiscências". "Deste modo", acrescenta, "viverei o que vivi, e assentarei a mão para alguma obra de maior tomo" (p. 83). O tempo do verbo é o futuro — viverei, assentarei —, ações que ainda não aconteceram, mas que vão acontecer em seguida, quando da redação das memórias.

É diferente do caso de Brás Cubas, que ao começar o texto relata em nota ao leitor já ter escrito suas memórias: "Conseguintemente, evito contar o processo extraordinário que empreguei na composição destas *Memórias*, trabalhadas cá no outro mundo".[2] Já está pronto o livro, portanto. Ao contrário de nosso Bento, que está começando a escrever e que vai comentar o processo muitas vezes, de forma aberta ou de forma velada. Velada: depois de relatar as considerações filosóficas de certo tenor, Bento nos diz que aceita sua teoria, e que portanto acredita que a verossimilhança "é muita vez toda a verdade" (p. 100, capítulo x). Para o leitor de um romance, ainda mais concebido naquela virada de século, ouvir isso do narrador de um livro de memórias tem algo de perturbador. O mundo da representação em palco retorna algumas vezes, por exemplo no capítulo LXXII, intitulado "Uma reforma dramática", em que o narrador diz que proporia uma específica mudança nos textos teatrais: "que as peças começassem pelo fim" (p. 245), e logo dá como exemplo que, no *Otelo*, de Shakespeare, o protagonista mataria a si e a sua amada Desdêmona no primeiro ato.

E o que pensar do capítulo XCVII? O narrador está relatando as deliberações que resultaram em sua saída do seminário, e abre um parágrafo assim: "Tinha então pouco mais de dezessete... Aqui devia ser o meio do livro, mas a inexperiência fez-me ir atrás da pena, e chego quase ao fim do papel, com o melhor da narração por dizer" (p. 295). Meio do livro, que conceito estranho, ainda mais constando aqui, num relato de memória que está sendo feito por assim dizer ao vivo! Em um sentido, o "meio" de um livro acontece quando o autor quiser, porque ele pode acrescentar dali por diante o mesmo número de páginas que escreveu até ali. (É de duvidar que possa existir um leitor que, ao ler essa passagem, deixe de ir ao sumário dos capítulos, ou deixe até de olhar para o volume que tem em mãos para saber se está no meio físico do livro ou não.) Em outro sentido, o "meio" do livro pode se referir a outra dimensão do relato, talvez ligado ao contínuo da vida que está sendo contada — ele tinha dezessete anos, e agora, verossimilmente, tem quase sessenta, porque tinha quinze em 1857, então a metade só ocorreria nos trinta. Mas há outros sentidos possíveis ainda, por exemplo pensar nessa metade como o ponto crucial de divisão da vida do autor que se narra diante de nós, o ponto em que tudo muda de configuração, de importância, de cabimento.

Seja como for, trata-se de mais uma passagem metanarrativa, em que o processo narrativo sai dos bastidores para figurar em primeiro plano, coisa que continuará acontecendo em muitos outros momentos, de formas variadas. Para dar apenas mais um exemplo, veja-se que na parte crucial do texto, em que Bento ajunta supostas evidências da traição, há capítulos com nomes diretamente retirados do universo jurídico, relativos a um processo, como "Embargos de terceiro" e "Os autos". E tudo ainda ganha novo grau de complexidade quando, no capítulo final, "E bem, e o resto?", termo este que tem dois significados diretamente envolvidos — o resto da história, quer dizer, os momentos finais, mas também o resto matemático da operação narrada, quer dizer, o que sobra de tudo que foi contado —, o narrador anota, na derradeira frase, um mote a si mesmo, escritor que acaba de encerrar um livro e lembra de outras possibilidades de escrita: "Vamos à *História dos subúrbios*" (p. 392).

Depois do seminário

Voltemos ao enredo, no ponto crucial em que Bento está perto de sair do seminário. A mãe não precisou morrer para o filho sair de lá; mas Bentinho cogitou coisas quase tão graves, se não mais graves em outro sentido, quanto perder a mãe, como estratégia. Desde o capítulo XX sabemos que o jovem negocia diretamente com Deus para tal: promete rezar milhares de orações, mesmo sabendo que havia ainda saldo a pagar nessa contabilidade entre o fiel e o divino. No capítulo XXIX, caminhando na cidade, Bento e José Dias veem o imperador em pessoa, e lhe ocorre pedir sua intercessão junto à mãe. Não passa de fantasia, mas fantasia imperial. Então, no capítulo XCV, quando

Bentinho está desesperado para sair, e José Dias — que sempre tenta cavar uma viagem para a Europa, sempre em vão — tem a ideia: ir a Roma pedir absolvição ao papa. Deus, o papa e o imperador, uma sucessão impressionante de figuras, a marcar ou o delírio de grandeza, ou de fato a grandeza senhorial, de nosso herói.

Bento relata a Capitu essa hipótese, que ela rejeita — por ciúme: crê que, indo à Europa, o namorado não volta mais para o Brasil e para ela. Ele reafirma seu compromisso com ela, mas ela cogita que ele possa mentir, e ele se ofende... O caminho parecia espinhoso, até que entra em cena um espírito menos sujeito a oscilações de humor, talvez até menos capaz de dissimulações em busca de objetivos: Escobar sugere que não é nem mesmo necessário pedir qualquer coisa ao papa. E, pragmaticamente, poderíamos talvez dizer brasileiramente, repassa os termos do compromisso de dona Glória: "Sua mãe fez promessa a Deus de lhe dar um sacerdote, não é? Pois bem, dê-lhe um sacerdote, que não seja você" (p. 293). Sugere logo que se encontre um órfão interessado, paguem-se seus estudos, e está cumprido o acordo com Deus. Para reforçar sua ideia, cita as cifras dos ganhos da família Santiago, cálculo que fizera assim que conheceu Bentinho e soube das casas e escravos de aluguel, mais as apólices. Se antes Bento era quem negociava sua dívida com Deus, em torno das orações devidas, agora é Escobar quem aplica a lógica do mercado aos negócios espirituais.

Tudo certo, sem drama de consciência. Bem parecido com o caso dos Voluntários da Pátria, célebre corpo de guerreiros convocado por dom Pedro para a guerra do Paraguai, em janeiro de 1865, para suplementar as tropas regulares do Exército. A conclamação, como sugere o nome, se dirigia aos brios do brasileiro em geral, que deveria se voluntariar para lutar pelo país. Mas as candidaturas foram escassas, o imperador pressionou os presidentes de província e, assim, não tardou a aparecer a conciliação brasileira: quem tinha muito dinheiro mandava escravos ou empregados em seu lugar — com o que aquele mandamento do voluntariado restou apenas um nome, uma forma vazia, ainda que eloquente —, e quem não tinha ou tinha pouco mandava agregados e parentes (quem não tinha nada, dizem, fugia).

Aqui se encerra a primeira grande parte do enredo, que gira em torno do seminário, e tem início a segunda, com menos de um terço do livro. O narrador tem tempo de comentar essa mudança, dizendo que ali deveria ser o meio do livro, mas ainda restava "o melhor da narração" (p. 295) ainda por fazer. Coincidência ou não, foi no mesmo ano de 1865 que Bento e Capitu se casaram, não sem antes ele ter cursado direito em São Paulo. Cinco anos que passam, no romance, em quatro parágrafos, um capítulo apenas. Como em outros romances e contos seus, Machado, ao que tudo indica, evita estender-se sobre lugares que desconhece. Assim foi com a estada em Coimbra de Brás Cubas, também ele estudante de direito. Todo o *Dom Casmurro* se desenrola na cidade do Rio de Janeiro, o restrito universo do autor, que era a quase totalidade das referências geográficas conhecidas por ele, que nunca viajou, com exceção de umas poucas cidades próximas à antiga capital brasileira.

(O capítulo paulista do romance é curto, mas nem por isso passa livre pelos ventos tormentosos do desejo e do ciúme, que batem o tempo todo. O narrador noticia que Escobar, saindo do seminário, começou a negociar café, com um empréstimo cedido por dona Glória. Aquela apagada prima Justina, solitária e até meio sinistra, comparece na lembrança de Bento nesse momento de modo inesperado e, bem pesada a coisa, muito significativo: ela achava que Escobar "afagara a ideia de convidar" (p. 297) dona Glória para casar. Casar! Quando o leitor estava manobrando para entender um triângulo amoroso entre Bento, Capitu e Escobar, é surpreendido pela hipótese nada trivial de que poderia ter havido outro, envolvendo outra mulher! Mas é Capitu quem comanda o desfecho do breve capítulo: o narrador declara que Escobar "foi o terceiro na troca das cartas" (p. 298) entre os dois namorados. O antigo colega de seminário casa com Sancha, amiga íntima de Capitu, o que levou o amigo a referir-se a esta como "cunhadinha". O Casmurro conclui a passagem com uma daquelas frases com ar de anódina filosofia de vida, mas que encerra a mágoa do suposto traído: "Assim se formam as afeições e os parentescos, as aventuras e os livros", p. 298.)

Enfim, em março de 1865 se casam os namorados de adolescência, e em seguida Escobar e Sancha, também casados, têm uma filhinha, que se chamará, familiarmente, Capituzinha. Dois anos depois, ainda Bento e sua esposa não tinham tido a graça de algum herdeiro. Mas tudo vai bem: Bento é advogado ativo, tendo contado com a ajuda de Escobar para ingressar no grande circuito econômico em que vem a trabalhar; e Capitu, com sua escassa instrução — não sabia latim, nem conhecia a Bíblia, nem tocava piano, mais ou menos as prendas esperáveis para uma consorte de gente rica e aristocrática —, mostrava-se uma boa dona de casa burguesa: vestia-se "com graça e modéstia" (p. 311), poupava dinheiro das despesas, não queria usar nem ganhar muitas joias, tudo a revelar a cautela com que lidava com a nova situação social, muito acima de sua história familiar. Aprendeu um pouco de piano, cantava um pouco e gostava de dançar, mas o diabo, para Bento, era que nos bailes exibia seus braços, e ele tinha ciúme.

E em meio a isso tudo, eis que nasce o filhote do casal, o ponto de desequilíbrio crucial da história. Ao começo, o pai não podia estar mais feliz — se é que o termo serve ao caso. "A minha alegria quando ele nasceu, não sei dizê-la"; "Foi uma vertigem e uma loucura"; vivia, diz Bento, a "perguntar-lhe donde vinha, e por que é que eu estava tão inteiramente nele" (pp. 318-9). Uma sensação de plenitude, enfim (como a que Machado não teve, como se sabe, também essa ausência tendo se convertido em matéria-prima para o escritor, que fez seus grandes personagens não terem filhos, como Simão Bacamarte, Brás, Quincas, Rubião, Aires, ou os terem de modo conflitivo, como Bento). O pequeno ganhou o nome do grande amigo, Ezequiel, e aos cinco anos, que logo entram em cena, é "um rapagão bonito, com os seus olhos claros, já inquietos, como se quisessem namorar todas as moças da vizinhança" (p. 321). Como traço marcante, o menino tem um dom perturbador para o pai: gosta de imitar os outros. E, aos olhos do pai, o menino tem mesmo parecenças com outros.

(Vá em parênteses uma observação geral sobre a ficção machadiana: não há caso relevante, nem no romance, nem no conto, de filiação bem-sucedida. Dizendo de outro modo: os maiores personagens de sua narrativa não têm filhos — e fazem questão de trazer isso como um problema, como foi para Brás, aquele que termina sua narração com a célebre frase "Não tive filhos, não transmiti a nenhuma criatura o legado de nossa miséria",[3] e como foi para Bento, que talvez tenha tido filho, mas ainda nessa hipótese o renegou — e igualmente não têm pais, ou não os reconhecem, ou não desenvolvem com eles um laço de herança simbólica positiva que possa ser destacado, que seja estruturante de sua vida e do relato. E isso, sublinhemos em romances como *Memórias póstumas* e *Dom Casmurro*, que retratam toda uma vida, toda a existência dos protagonistas: não chegam a ser romances-ciclos, com mais de uma geração entrando e saindo de cena, mas igualmente não são romances que fatiam a vida e se ocupam de apenas uma conjuntura, um tempo pequeno: são romances de vida inteira, portanto com tempo e até mesmo com necessidade de lidar com a sucessão de pai para filho. Isso chama a atenção em mais de um plano: no biográfico, essa espécie de ausência, para o lado do pai e para o do filho, se verifica na vida do próprio autor; mas é mais: numa sociedade patriarcal como aquela, e sendo Machado um autor que desde o começo de sua atividade narrativa dedicou o melhor de suas energias ao exame da vida das classes confortáveis, em que tal patriarcalismo aristocrático era como o ar a ser respirado, a ausência de pais e filhos oferece um contraste de alguma forma... burguês. Não se trata apenas do fato de que sua ficção registre quase exclusivamente linhagens patriarcais em processo de fim, de destruição, de aniquilação, como ocorre com Brás e Bento; nem se trata apenas do fato de que as mulheres machadianas, muitas vezes figuras altivas e autônomas, como Virgília, Capitu, Flora, não proveem herdeiros para tais patriarcas; trata-se de algo mais, que não é simples de explicar. Machado foi em vida um exemplo de *selfmade man*, em condições hostis não apenas no plano econômico, da ascensão pelo trabalho como ele construiu, mas igualmente no plano social e, talvez, antropológico, da estrutura elementar de parentesco do mundo que em sua obra ganhou registro. Poderia se tratar, assim, o conjunto de sua narrativa, de um involuntário depoimento burguês, ou de um temperamento burguês e liberal à moda britânica vitoriana. Ou melhor, de uma espécie de sombra, oriunda da visão de mundo burguesa, projetada sobre o mundo patriarcal, aristocrático, familista, escravocrata que ele soube recriar ficcionalmente e iluminar historicamente.)

Tudo se precipita, em momento magistral do romance, quando em sequência rápida recebemos notícia de que os dois casais, reunidos na casa de Escobar e Sancha, fazem planos para viajarem juntos à Europa, e logo Escobar saindo de perto, se desenha uma surpreendente cena de discreto erotismo entre Bento e Sancha, claro que sempre segundo a visão dele, que afinal nos conta a história, transcorrido em um diálogo de olhos — sempre eles; Escobar reaparece para bravatear que o mar, vigoroso como está (eles o enxergam de casa), é que vale a pena ser enfrentado por um nadador forte como ele, que mostra seus braços fortes, que Bento apalpa, invejoso, enquanto pensa nos braços de Sancha. A trama emocional e erótica não é nada linear, como se vê; o narrador chega a falar "um instante de vertigem e de pecado" (p. 342), figurado no toque de mão entre ele e a esposa do amigo; mas o dia passa e a serenidade volta, num momento de autoexame que repassa as possibilidades — paixão, inclinação, capricho — e percebe que não tinha sido nada, enfim.

No dia seguinte, Bento permanece em casa, estudando uns processos, quando é subitamente interrompido por um escravo da casa de Sancha a chamá-lo em nome da dona; e a notícia vem em língua estropiada: "sinhô nadando, sinhô morrendo" (p. 346). O desafiador do mar bravio havia perdido a aposta em seus possantes braços. Era março de 1871, aliás outra das poucas datas nítidas fornecidas pelo romance.

(O terceiro erro "de continuidade" do romance se mostra pouco antes dessa morte: Bento e Capitu se casaram em março de 1865, e demoraram mais de dois anos para ter filho, o que indica ter Ezequiel nascido em 1867, talvez mesmo 1868. No capítulo CIX o filho tem já cinco anos, o que nos coloca em 1872 ou 1873; no capítulo seguinte fala-se nos seis anos do mesmo menino, o que só pode ter-se passado em 1873. No entanto, o velório e o enterro de Escobar, narrados dez capítulos adiante, numa sequência linear de passagem do tempo, acontecem em 1871. Para o sempre atento e preciso John Gledson, a explicação para esse lapso e o outro sobre datas envolve o conto publicado por Machado em 1896, contendo o embrião do romance; lá, a ação se desencadeia em 1855, não em 1857 como no romance; nessa mudança, Machado terá deixado de ajustar todas as datas relativas. O motivo de fundo, para Gledson, seria a intenção do autor de inserir a relativamente longa história do leproso Manduca, que se estrutura, crê o analista, em torno de um comentário alegórico de Machado sobre a guerra da Crimeia.)[4]

No velório acontece o que o narrador considera o desvelamento da trama sórdida de que se julga vítima. E tudo se cifra em olhar, de novo: "Capitu olhou alguns instantes para o cadáver tão fixa, tão apaixonadamente fixa, que não admira lhe saltassem algumas lágrimas poucas e caladas..." (p. 349). Depois: "Momentos houve em que os olhos de Capitu fitaram o defunto, quais os da viúva, sem o pranto nem palavras desta, mas grandes e abertos, como a vaga do mar lá fora, como se quisesse tragar também o nadador da manhã" (p. 349). O nome desse capítulo? "Olhos de ressaca".

Os acontecimentos se precipitam, e em um punhadinho de capítulos, em pouco mais de dez por cento do volume de páginas do romance, tudo se encerra: para o narrador os olhos de Ezequiel se revelavam nada menos que iguais aos do falecido Escobar; Bento jura matar o filho e a mãe dele; Ezequiel é mandado para o colégio interno; depois, compra veneno, para matar-se; escreve carta acusatória contra Capitu; oferece uma xícara de café com veneno para o pequeno, que havia vindo abraçar os joelhos do homem que devia ser seu pai, ao que Bento reage dizendo, explicitamente: "Não, não eu não sou teu pai" (p. 372); o iracundo repete, agora para Capitu, que não é pai de Ezequiel; ela pede que ele diga tudo, que faça toda a acusação, para que ela possa defender-se, e Bento diz que a separação "é cousa decidida" (p. 374).

Capitu não discute nada, e se põe "às ordens" daquele senhor, que a envia, com o filho e uma preceptora, para a Suíça. Bento, que os levara, ainda volta duas vezes lá, mas não os visita nem nada: faz isso apenas para dar a entender que mantinha algum laço com os dois. A quem pensava enganar? Por quê? Dona Glória, em cuja lápide o filho extremoso faz gravar apenas duas palavras — "Uma santa". Morre José Dias, murmurando um derradeiro superlativo, para o céu azul do dia: "Lindíssimo!". Morre, em outro sentido, a casa da rua de Matacavalos, que Bento visita após a morte da mãe e que ele manda destruir, por motivo obscuro: "toda a casa me desconheceu" (p. 384). Mas a obsessão para, como disse ao início da narrativa, de "atar as duas pontas da vida" (p. 82), e o leva a reconstruir, com todos os detalhes arquitetônicos e decorativos, a mesma casa da infância, em outro endereço. Morre também Capitu, sem nunca mais pisar em terra brasileira. Morre Ezequiel, o filho renegado, não sem antes vir de visita ao país em que nascera, onde estabelece contato com Bento, dizendo que a falecida mãe sempre o elogiara, aliás "extraordinariamente, como o homem mais puro do mundo, o mais digno de ser querido" (p. 387), como se lê no capítulo CXLV. Morre também prima Justina, a derradeira figura familiar.

Bento chega a desejar que Ezequiel, de volta ao Velho Mundo para pesquisas arqueológicas — o menino cuja origem é, para o narrador, uma incógnita, em adulto se ocupa de buscar origens antigas —, pegue lepra. Mas a morte veio por uma febre tifoide. Bento ainda recebe dos amigos do finado o resultado dos dinheiros que levara, descontadas as despesas funerárias; como crueldade pouca é bobagem, Bento pensa: "pagaria o triplo para não tornar a vê-lo" (p. 390).

Como chega o leitor ao último capítulo? Não é difícil dizer que chega convencido da inocência ultrajada de Bento, que tanto fez pela namorada de infância, para ser traído por ela. Num requinte derradeiro, o narrador ainda se queixa, perguntando ao ar por que nenhuma das mulheres de companhia ocasional o fez esquecer da "primeira amada" de seu coração. E responde: "Talvez porque nenhuma tinha os olhos de ressaca, nem os de cigana oblíqua e dissimulada" (p. 392). Esses olhos, que em sua opinião o perderam, levam-no a concluir que a Capitu madura estava dentro da Capitu menina, "como a fruta dentro da casca"

(p. 392) — numa perfídia que vinha de berço, por assim dizer. Finalmente, "uma coisa fica, e é a suma das sumas, ou o resto dos restos, a saber, que a minha primeira amiga e o meu maior amigo, tão extremosos ambos e tão queridos também, quis o destino que acabassem juntando-se e enganando-me..." (p. 392).

Drible final: o livro se encerra com duas frases. Penúltima, o elegante, o cordial desejo de que a terra seja leve aos dois pérfidos. Última, que ata as pontas, não da vida toda, mas da narrativa que está encerrando: "Vamos à *História dos subúrbios*" (p. 392). Talvez o leitor nem lembrasse mais, mas não lhe custará muito voltar ao segundo capítulo, ao momento em que Bento, que já explicou por que ganhou o apelido de dom Casmurro (e gostou dele, no fundo), conta que vivia monotonamente a maturidade, sozinho, sem problemas maiores de saúde, com dinheiro como sempre teve, e então lhe ocorreu escrever um livro. A primeira hipótese foi algum estudo jurídico, que demandaria trabalho grande e foi rejeitado; a segunda foi justamente uma *História dos subúrbios* de sua amada cidade, que igualmente exigiria alguma pesquisa. Nesta precisa hora, diz o narrador, os bustos pintados nas paredes da casa do Engenho Novo, reproduzindo os que havia na casa de Matacavalos, começaram a sugerir contar alguma coisa dos tempos idos.

Disse "alguma coisa" como quem diz "qualquer coisa" ou mesmo "uma coisa qualquer".

Então ele declara, tergiversando, que vai "deitar ao papel as reminiscências" que ocorrerem, sem método, e com isso vai preparar a mão "para alguma obra de maior tomo" (p. 83). E essa coisa qualquer, essas reminiscências aleatórias, são *apenas* a totalidade de sua vida, envolvendo mãe e família toda, mais a amada de sua juventude transformada em esposa, futura mãe de um filho que ele jura não ser seu. Entramos, então, nos sucessivos círculos infernais de um mistificador de primeira categoria, de um sofredor por ciúme, de um homem maduro e desiludido, mas escritor iniciante que nasce a fórceps da narração de suas memórias, e finalmente conta de fato uma história que ninguém em sã consciência consegue decifrar em sua totalidade, nem sequer para ter um juízo definitivo sobre a existência ou não da dita traição — num romance espetacular, cheio de planos e dimensões de alto valor, cuja vida e força se fazem sentir plenamente mais de cem anos depois de concebido e estão longe de esgotar sua capacidade de despertar interesse.

Momentos da fortuna crítica

Vimos antes que Machado era um escritor consagrado, talvez como nenhum outro, no Brasil, no momento em que saiu à luz do dia este *Dom Casmurro*. Isso significa imediatamente que o romance foi lido por muita gente, e por gente de grande qualidade crítica. Ao longo das gerações de lá para cá, não parou de haver inteligências agudas a dedicar-se ao livro, examinando detalhes muitas vezes invisíveis à geração anterior e avançando na análise da interpretação dos elementos trazidos pelo livro em suas entranhas. Muito do que foi dito nas seções anteriores deste pequeno comentário dependeu diretamente dessa fortuna crítica; seus nomes serão citados daqui por diante. Não vamos, porém, recuperar toda a fortuna crítica do romance, nem de longe, mas sim marcar grandes momentos de sua trajetória, naquela história externa de *Dom Casmurro* mencionada no começo destas páginas.

Poucos se manifestaram logo; entre eles, dois comentaristas merecem registro: um é Medeiros e Albuquerque, escritor daquele tempo, também membro fundador da Academia Brasileira de Letras, que teve suas primeiras funções em 1896 e foi liderada por Machado — o que representa outro auge da vida do escritor, em sua figura pública de líder do segmento intelectual para toda a sua geração. Já em março de 1900 Medeiros e Albuquerque escreve um longo elogio ao novo romance, "incomparavelmente superior" aos outros romances, incluindo os dois mais recentes então, *Memórias póstumas de Brás Cubas* e *Quincas Borba*. O crítico compra integralmente a versão do narrador sobre o (mau) caráter de Capitu; embora anote que o narrador é um homem intensamente amargurado, cético ao extremo, afirma que toda a existência dele "resumiu-se em amar Capitu".[5]

No mesmo mês, dias antes, saiu um texto exemplar do grande crítico que era José Veríssimo, também fundador da Academia. Lemos, então, que este *Dom Casmurro* é irmão gêmeo, "posto que com grandes diferenças de feições, se não de índole", do romance de *Brás Cubas*. Esse parentesco é óbvio, por um lado — o do arranjo narrativo, com um memorialista colocado no fim dos fatos a rememorá-los, estando ambos, em sentidos diversos, no fim da vida —, mas, por outro, tem algo sutil. Na época do lançamento, viu-se que o ceticismo dos dois protagonistas-narradores era muito familiar. Veríssimo não deixou de observar uma importante distinção histórica: Brás Cubas "era um homem [...] espirituoso e douto em letras, que nos recontava a sua história com a língua do seu tempo e da sua classe", ao passo que Bento Santiago "é outro homem, já do nosso tempo e das nossas ideias, que se formou em São Paulo e não em Coimbra". Dito de outro modo, Veríssimo observa que Bento é moderno, inclusive em sua linguagem, muito mais abrasileirada do que a de Brás.

No mesmo estudo, o crítico acrescenta várias outras observações de grande alcance, como aquela em que aproxima o tipo de realismo de Machado não ao que se pratica usualmente, mas ao que fazem "os pintores das novas escolas", os impressionistas. Ou aquela, rara para o momento e para as muitas décadas seguintes, que marca a suspeição de dom Casmurro: se Capitu é "a dissimulada, a pérfida, é deliciosa de afetuosidade felina [...], de animalidade inteligente e perspicácia feminil, de jeito, feitiçaria e graça", diz ele redundando a opinião de Bento, não é menos verdade que o narrador "a descreve [...] com amor e ódio, o que pode torná-lo suspeito".[6]

Após a morte de Machado, em 1908, tendo ele publicado ainda dois novos romances e permanecido como figura de primeiríssimo plano das letras no país, em reconhecimento que só não era unânime o tanto suficiente para confirmar o dito de que toda regra tem alguma exceção (nesse caso, ela se chamou Sílvio Romero, o único a opor restrições à qualidade do presidente perpétuo da Academia Brasileira de Letras), principiaram os estudos mais sistemáticos de sua obra. Em número escasso, claro, porque o Brasil nem sequer tinha cursos superiores de letras ou de história e outras humanidades (a única opção disponível para letrados, em faculdades, era o direito, até os anos 1930), mas apareceram. Um estudo de Alfredo Pujol, genérico (1917), e uma monografia de Alcides Maya, *Machado de Assis — Algumas notas sobre o "humour"* (1912). Nelas, *Dom Casmurro* não tinha destaque especial.

Será apenas em 1935 que uma forte novidade crítica se notará no debate sobre o romance de Bento (e de Capitu). Nesse ano, saiu pela primeira vez um conjunto de estudos de Augusto Meyer sobre o autor.[7] Apesar de manter a prática de certo biografismo ("talvez despertasse dentro dele a consciência da raça amarrada ao tronco e surrada pelos mandões da aristocracia agrária"), em que a vida do escritor real explicava sua ficção, e malgrado a continuidade da visão que inculpa Capitu ("Capitu engana o marido", a "pérfida Capitu" etc.), Meyer avança muito na conversa sobre o escritor, não especificamente sobre *Dom Casmurro*, mas também sobre ele, ao evocar figuras destacadas da narrativa ocidental como parâmetros de comparações capazes de esclarecer os procedimentos e os resultados do trabalho machadiano — entram em cena Dostoiévski e sua figura do "homem subterrâneo", algum personagem dúbio de Tchékhov, a paixão analítica de Proust, a autoconsciência dilacerada de um Nietzsche, o *Lord Jim* de Joseph Conrad. Fez e faz muita diferença essa abertura do horizonte crítico, superando a mera constatação da superioridade de Machado em relação a outros escritores brasileiros ou de língua portuguesa: encontrar os pares para um artista, adequados em tempo, espaço, temas e/ou procedimentos, é que traz a oportunidade de avaliar sua obra para além do acanhamento provinciano em que o Brasil, como outros países da periferia do Ocidente, se compraz.

Na mesma geração de Meyer, muita gente escreveu sobre Machado. Em parte, o verdadeiro surto de publicações sobre sua vida e obra se explica pelo centenário de seu nascimento, ocorrido em 1939, ocasião em que o então jovem Instituto Nacional do Livro protagonizou a organização de uma importante (e raríssima) exposição. Foi assim que se pronunciaram figuras como Mário de Andrade, num ensaio desse exato ano em que declara preferir José de Alencar a Machado, este tido como demasiadamente cerebral e analítico, ou Lúcia Miguel Pereira, com um estudo biográfico de grande repercussão e permanência, *Machado de Assis — Estudo crítico e biográfico* (1936). Como eles, manifestaram-se críticos como Álvaro Lins, Alceu Amoroso Lima, Moysés Vellinho, Viana Moog, Afrânio Coutinho, entre muitos outros.

Como sintoma da percepção crítica média da geração, é possível tomar o exemplo bastante raro de Erico Verissimo. Escritor bem-sucedido, com uma concepção romanesca que nada tinha a ver com o irônico, meandroso e autoconsciente Machado, Erico escreveu um estudo panorâmico sobre a literatura brasileira na altura de 1944, quando passou um ano lecionando na Universidade da Califórnia, em Berkeley (o livro resultante dessas aulas saiu em inglês em 1945 e em português apenas em 1995, com o nome de *Breve história da literatura brasileira*). Nas páginas dedicadas a Machado — é quem mais atenção recebe em todo o conjunto —, Erico assinala os valores pessoais do escritor, um homem que se fez por méritos próprios em contexto desfavorável, e o aproxima de Somerset Maughan, o que provavelmente fazia muito sentido para seus alunos norte-americanos, assim como de Marcel Proust, pelo memorialismo. Sobre *Dom Casmurro*, não tem dúvida em afirmar que o narrador "descobre que a esposa o traiu". Ao fim do comentário, Erico como que assina uma capitulação crítica, como quem não conseguisse explicar exatamente os motivos do grande valor que percebia no escritor ali analisado: "Sua prosa é bastante seca, precisa e destituída de colorido. Mas é equilibrada, correta, elegante e límpida. Tem um sabor clássico, mas mesmo assim é profundamente 'brasileira'".[8] Como se dissesse: Machado é um excelente escritor, mas eu não sei explicar por que ele representa o que de melhor o meu país tem. (Também o saúda pelo ateísmo, ou pelo acatolicismo, tema que para Verissimo tinha grande valor e no qual Machado havia sido singular, em sua geração e em muitas outras posteriores: num país católico em que a religião tinha sido diretamente assunto de Estado desde a Independência até 1889, o fato de Machado haver, segundo se diz, recusado a extrema-unção adquire uma significação superior, indiscutivelmente.)

Nos anos seguintes, quando o estudo superior de letras ainda engatinhava (e na verdade apenas formava professores para a escola, sem proporcionar pesquisa avançada), consolidou-se a imagem de Machado em geral como o grande escritor brasileiro de todos os tempos, e de *Dom Casmurro* como o relato de uma traição, a de Capitu contra o crédulo Bentinho. (Em enquete realizada em 1943 no Rio de Janeiro, 180 escritores brasileiros elegeram os dez maiores romancistas brasileiros. Machado ganhou disparado, e o romance considerado o melhor foi justamente

Dom Casmurro.) O cenário só seria abalado mesmo a partir de 1960 — e é rigorosamente importante dizer *a partir de*, porque não foi nada imediata a repercussão do ensaio que agora comentamos, *O Otelo brasileiro de Machado de Assis — Um estudo de* Dom Casmurro, de Helen Caldwell.[9] Lançado naquele ano em inglês e traduzido para o português apenas em 2002 — o que pode servir para mostrar o tanto de atraso que há no debate acadêmico nacional —, o livro foi lido por gente importante, para quem ali, na argumentação dessa norte-americana, minuciosa e especialista em Shakespeare, estava um ponto de inflexão incontornável no debate crítico.

Os pontos de partida do estudo não poderiam ser menos brasileiros: uma pesquisadora acadêmica, provavelmente informada pela luta feminista, interessada no modo como Capitu foi vista pelo narrador, com uma excelente familiaridade com Shakespeare, habilitada portanto a um comentário forte sobre a presença de Otelo no romance machadiano. A autora se faz uma pergunta crucial, clara, como os brasileiros quase nunca somos: "A heroína é culpada de adultério?". Direto ao ponto, em grande medida invisível para o leitor médio brasileiro até então. Seguia-se outra pergunta de grande capacidade de iluminar a cena: "Por que o romance é escrito de tal forma a deixar a questão da culpa ou inocência da heroína para decisão do leitor?". Percebendo que era praticamente unânime a atribuição de culpa a Capitu numa narrativa totalmente comprometida com o ponto de vista do suposto traído, Helen Caldwell trata de colocar em plano destacado a presença dos personagens e do enredo da tragédia *Otelo*, no tecido narrativo de *Dom Casmurro*, para ensaiar interpretações profundas. Algumas ideias resultam relativamente triviais, como a lembrança de que no nome "Santiago" está presente "Iago"; mas outras têm enorme poder analítico, como uma ampla passagem de seu estudo em que aproxima os elementos otelianos do romance e um estudo crítico feito por Machado de Assis, analisando *O primo Basílio*, de Eça de Queirós.

Nesse brilhante ensaio, de 1878 — portanto anterior àquela que é considerada a fase madura do escritor —, Machado rejeita os rigores da escola realista/naturalista, que tinha em Eça um discípulo rigoroso, dizendo que os naturalistas substituíam o principal pelo acessório, transplantavam a ação dos caracteres e dos sentimentos para o incidente, para o fortuito. E sim, enxergamos aqui o Machado romancista, que se ocupa de caracteres e sentimentos, e cujos romances não se estruturam por acontecimentos, por peripécias. (Aliás, Caldwell examina com bastante detalhe a proximidade entre *Dom Casmurro* e o primeiro romance de Machado, *Ressurreição*, em cuja advertência à primeira edição o ainda jovem Machado de Assis fez constar uma definição que nunca traiu: "Não quis fazer romance de costumes; tentei o esboço de uma situação e o contraste de dois caracteres".)[10] Na sequência do estudo sobre o romance de Eça, o que vamos encontrar? Justamente Otelo! Diz Machado: "O lenço de Desdêmona tem larga parte na sua morte; mas a alma ciosa e ardente de Otelo, a perfídia de Iago e a inocência de Desdêmona, eis os elementos principais da ação. O drama existe, porque está nos caracteres, nas paixões, na situação moral dos personagens: o acessório não domina o absoluto".[11]

Assim, Caldwell em seu texto conclui que o narrador é um novo Otelo, convencido da culpa de sua amada, o que compromete em toda a linha a acusação que faz. E a autora, por norte-americana e por feminista, empreende toda uma contra-argumentação, como se estivesse de fato num tribunal — é como se ela tivesse levado em conta a peça de acusação que é *Dom Casmurro* e então tivesse assumido o encargo da advogada de defesa da acusada, para concluir que não há rigorosamente nenhuma chance de concluir pela culpa (nem pela inocência, acrescentemos) de Capitu, dada a perspectiva envenenada do narrador. Estava aqui inaugurada uma nova fase no debate crítico.

O marco representado pelo livro de Helen Caldwell demorou a ser registrado no país, o que se explicará pelo fato de ter sido publicado em inglês nos Estados Unidos, numa época em que não só o debate exigente era fraquíssimo na universidade brasileira, como também em que a mesma universidade era francamente francófila. O primeiro registro relevante parece ter sido o de Antonio Candido, em conferência que produziu para leitura em universidades da Flórida (Gainsville) e Wisconsin (Madison), nos Estados Unidos, em 1968, sob o nome de "Esquema de Machado de Assis". Ali, o influente professor se ocupa de uma visada ampla sobre a obra machadiana, envolvendo conto e romance principalmente, tendo em vista o público norte-americano; mas reserva uma passagem não pequena a *Dom Casmurro*, no contexto de indicar uma das constantes na obra de Machado, a saber, a problematização da "relação entre o fato real e o fato imaginado". Candido é ainda um tanto cauteloso com a reversão que Caldwell propõe: "*The Brazilian Othello of Machado de Assis* levantou a hipótese viável, porque bem machadiana, de que na verdade Capitu não traiu o marido"; "Como o livro é narrado por este, na primeira pessoa, é preciso convir que só conhecemos a sua visão das coisas".[12]

O passo seguinte foi dado por Silviano Santiago, que, em texto iniciado em 1969 e publicado em livro apenas em 1978, no livro *Literatura nos trópicos*, avançou interessante comentário aproveitando o novo estado do debate. Já seu título oferece notícia do que vinha pela frente: "Retórica da verossimilhança". E o ensaio oferece muitas intuições e percepções agudas sobre nosso *Dom Casmurro*. Começa que ataca a visão fragmentária da obra machadiana, reivindicando que há unidade profunda, estrutural, que ele não identifica no artigo, mas intui existir; depois, considera o romance não um estudo sobre a traição, mas sobre o ciúme, motivo por que estavam errados os críticos em sua maioria, até ali, ao buscarem no livro a verdade sobre Capitu, quando a verdade a ser buscada se refere a dom Casmurro. Evoca Camus e Proust como elementos de comparação, e inova fortemente ao buscar aproximação com a matéria social brasileira presente no livro: "Parece-me enfim que a intenção de Machado de Assis ao idealizar *Dom Casmurro* era de 'pôr em ação' dois equívocos da cultura brasileira, que sempre viveu sob a proteção dos bacharéis e sob o beneplácito moral dos jesuítas". E arremata: "Machado de Assis [...] quis com *Dom Casmurro* desmascarar certos hábitos de raciocínio, certos mecanismos de pensamento, certa benevolência retórica — hábitos, mecanismos e benevolência que estão para sempre enraizados na cultura brasileira, na medida em que foi dirigida pelo 'bacharelismo' [...] e pelo ensino religioso".[13]

A mudança não era pequena, aqui: primeiro pela reafirmação devidamente matizada da visada de Caldwell, que ele leu com atenção, e com consciência histórica específica superior à dela; segundo pela percepção de que Machado tinha alvos historicamente localizáveis, o que contraria toda uma corrente crítica que tinha nosso escritor como excelente justo por se ausentar do debate social e político; e terceiro pela capacidade de síntese e nomeação dos fenômenos brasileiros em causa, o bacharelismo e o ensino religioso, o que nos aproxima de outras esferas de análise, de que teremos exemplo em Antonio Candido, Alfredo Bosi, Raymundo Faoro e, mais ainda, em Roberto Schwarz, na mesma geração de Santiago e com obras escritas na mesma conjuntura.

Faoro apresenta um monumental estudo, em *A pirâmide e o trapézio*, com primeira edição em 1974, em que faz constar um minucioso levantamento de referências históricas concretas recolhidas na obra narrativa de Machado, fazendo assim por sepultar a teoria do absenteísmo social e político do escritor, tudo isso emoldurado por uma tese geral que procura mostrar essa obra como testemunho de uma grande transição entre duas épocas, dois mundos, o colonial estamental do tempo da Monarquia, em declínio, de um lado, e o republicano e burguês, marcado por classes sociais em choque, em ascensão, de outro. Mais especificamente, Faoro pensa que a moderna sociedade de classes, em processo de afirmação, "não domina o campo social" — e nesse campo em particular Machado brilharia, com suas observações sutis sobre comportamentos e mentalidades. Conduz seu trabalho na direção de demonstrar que, "enganando os contemporâneos", sendo "conscientemente, consistentemente, um realista, o realista Machado de Assis, desafeto do naturalismo escolar, partiu na caça de suas personagens e na aventura da obra literária" com uma solução formal nova, ao menos para o universo da nossa língua, adotando "a perspectiva da *mimesis*, liberta do copismo e da imitação dos fatos".[14] Depois de Faoro, ficou difícil ignorar toda essa dimensão representativa na obra machadiana.

O trabalho crítico de Roberto Schwarz alcançou importância superior, alinhando-o entre as figuras decisivas do pensamento crítico brasileiro; a matéria cuja decifração rendeu tal destaque, tal profundidade interpretativa, foi justamente a narrativa de Machado de Assis. *Dom Casmurro*, enquanto tal, só veio a merecer um ensaio específico de Schwarz em 1990, com edição em 1997;[15] mas Machado figura no primeiro plano das preocupações do ensaísta desde os anos 1960, tendo sido objeto de publicação em ensaio clássico, "As ideias fora do lugar", em 1973 pela primeira vez.[16] O centro da análise desse deslocamento, desse disparate entre ideias e lugar, marco de uma longa tradição de discussão ainda hoje vigente — dentro e fora do Brasil —, residia justamente na estrutura narrativa das *Memórias póstumas de Brás Cubas*, com aquele narrador inconfiável, que o ensaísta chamou de "volúvel", sendo essa característica, com as devidas mediações, aproximada pelo texto ao mundo ideológico da elite escravagista brasileira, também ela volúvel, oscilando entre a brutalidade concreta que exercia e o liberalismo abstrato que defendia.

No caso de *Dom Casmurro*, comparado em traços largos com Henry James, Proust e Thomas Mann, Schwarz centra sua interpretação em duas figuras basicamente, por um lado o narrador-protagonista, como seria de esperar, e por outro naquele José Dias tão notável, que até aqui, no curso da vida do romance, vinha sendo abordado como motivo de piada, como uma espécie de *boutade* machadiana. Pela luz da análise, o agregado sai do segundo plano narrativo para mostrar-se como parte da instituição da parentela, dependente do arbítrio do patriarca, mediante uma vida que precisa viver calculando entre a subserviência que precisa ter e mostrar, de um lado, e a autonomia de fachada que compõe sua ação pública, de outro. Já Bento Santiago, aqui, se revela o patriarca discricionário que de fato é, tendo como adversário, "em última instância", a Revolução Francesa, as luzes, o reconhecimento da autonomia do indivíduo contra a tutela e a opressão religiosa, apenas que recoberto pela capa de ironia, erudição e ciúmes que fica no primeiro plano narrativo. A passagem entre as duas amplas partes do relato — primeiro os mais de dois terços dedicados ao enredo do seminário, segundo os anos de casamento, filho e horror — se daria, para o ensaísta, não pela "traição da mulher, mas da junção de vontades confusas, em parte inconfessáveis (o ciúme desatinado, os apetites sexuais diversos), com a autoridade patriarcal, *conjunção que descarta, ou trai, o juramento de confiança e igualdade que o moço bem-nascido fizera à vizinha pobre*".[17]

A sofisticada chave sociológica de leitura, trabalhada com pertinácia conceitual admirável, permite a Schwarz uma aproximação muito mais específica e própria entre forma literária e processo social do que jamais antes se lograra, tanto sobre Machado quanto no conjunto da literatura brasileira, na linha do que propuseram, acerca de outros autores e obras, Georg Lukács e Theodor Adorno. Bento como patriarca simpático e José Dias como subserviente altivo, em contraste com o burguês realizador Escobar, todos eles diferem de Capitu, autônoma, objetiva, racional, mas pobre, que procura pactuar com Bento uma saída pela via do casamento e da maternidade; mas toda essa construção se inviabiliza, no fim das contas, porque Bento não aceita relação entre iguais — seu poder tem que ser sempre superior aos demais, e precisa solapar os outros, no caso concreto a independência moral e intelectual de Capitu, "sem a qual Bentinho não teria escapado à batina". Tudo isso confere ao conjunto do romance uma situação realmente inovadora: descartada a leitura ingênua, que simplesmente acredita nos juízos de Bento como sendo a verdade objetiva dos fatos, restam evidentes o "memorialismo lírico do primeiro plano" em contraste com uma "situação narrativa" que "obriga à distância em relação ao que é dito".[18]

Na análise e na interpretação da disjunção entre superfície lírica e estrutura narrativa crítica, reside uma das excelentes contribuições de John Gledson ao legado machadiano, particularmente sobre nosso romance. Também ele, como Silviano Santiago e Roberto Schwarz, tributário dos achados de Helen Caldwell, ingressou no clube dos analistas machadianos de primeiro plano quando abordou *Dom Casmurro* em livro publicado em inglês em 1984, traduzido ao português em 1991, *Machado de Assis: Impostura e realismo — Uma reinterpretação de* Dom Casmurro.[19] Reconhecendo dívida intelectual específica para com Faoro e Schwarz, sobre a historicidade radical da obra em consideração, e manejando otimamente a vasta tradição crítica acumulada em torno do livro, o ensaísta argumenta que Machado é um realista de fato, "na concepção e no detalhe", consideradas as coisas de uma perspectiva atenta às peculiaridades brasileiras, nem sempre visíveis para o leitor brasileiro, como o registro da constante impossibilidade de casamento bem-sucedido entre senhor e dependente, ou como o que chama de "o feminismo" de Machado. Gledson se diz um "intencionalista confesso", isto é, alguém explicitamente interessado em decifrar as intenções do autor; daí sua exegese de Machado, na ficção e na crônica, com vistas a coletar elementos indiciários que permitam chegar a juízos ou impressões do escritor.

No caso de *Dom Casmurro*, há toda uma mobilização de elementos para propor uma decifração desse tipo acerca do sentido do ano de 1871 como aquele em que a história do triângulo amoroso desaba, a partir da morte de Escobar. Assim também opera sua leitura tanto em torno de estruturas narrativas com algo de alegórico, ou ao menos cifrado, como o caso do menino leproso, quanto a respeito de insinuações como o nome do pai de Bento, Pedro de Albuquerque Santiago, de certa forma paralelo ao de Pedro de Alcântara, o imperador Pedro II. Na mesma linha mas com matéria diversa e bom rendimento crítico, Gledson arma sua interpretação para mostrar que, sendo Bento Santiago a única voz em todo o texto, é possível distinguir mesmo assim que Machado de Assis, o escritor, sabe coisas que Bento não sabe — como é o caso da presença das figuras históricas de César, Augusto, Nero e Massinissa, que decoravam a sala da casa de Matacavalos e foram reproduzidas na nova casa. Essa perspectiva configura concretamente uma espécie de desvão, de hiato entre duas consciências, a de Bento e a de Machado, proporcional àquilo de que Schwarz falava quando se referia à distância entre o memorialismo de superfície e a estrutura crítica de conjunto.

Após minucioso escrutínio da obra, Gledson chega ao final de seu trabalho propondo uma nova visada sobre o romance, centralizando a figura de José Dias. "Cada vez mais ele se revela o fulcro de toda a concepção que Machado tinha de *Dom Casmurro*"; "esse agregado aparentemente descartável é a expressão perfeita de uma sociedade que, em geral, é incapaz de se exprimir inconsciente como é da própria natureza política, social e econômica". Não esquece de evocar, aqui, a antiga profissão de José Dias, que ingressa na história como homeopata, e Machado, diz Gledson, figura na homeopatia "uma máscara, um meio de escamotear uma verdade acessível mas por demais nauseante para ser contemplada por muito tempo", como era o caso da escravidão.[20]

Na geração mais nova, que floresce nos anos 1990 e depois, *Dom Casmurro* continua ganhando atenção de grandes inteligências. Agora, na maturidade do sistema de pesquisa acadêmica no Brasil (que coincide, sem acaso, com o definhamento da importância e mesmo da presença da crítica literária em jornais e revistas de circulação geral), serão centenas, talvez milhares de monografias, artigos e ensaios, por estudantes de letras e de outras áreas, como a psicologia, ao lado de dezenas de dissertações e teses focadas no romance, em si, no conjunto da obra machadiana, em comparação com uma infinidade de autores, brasileiros, de língua portuguesa e de várias outras latitudes. Isso sem falar da grande quantidade de adaptações que o romance recebeu, para teatro (várias), cinema (duas, uma em 1968, chamada *Capitu*, dirigida por Paulo César Saraceni, e outra em 2003, por Moacyr Góes, intitulada *Dom*), televisão (a microssérie *Capitu*, dirigida por Luiz Fernando Carvalho, em 2008). Um programa humorístico de grande audiência, a *Escolinha do professor Raimundo*, de Chico Anísio, manteve em cena por anos uma personagem chamada Capitu. Uma perspicaz canção também chamada *Capitu* foi composta por Luiz Tatit; para os quadrinhos, já duas versões; Domício Proença Filho produziu uma versão romanceada da história do ângulo de Capitu, e Fernando Sabino reescreveu o enredo por meio de um narrador em terceira pessoa; Ana Maria Machado inventou uma inteligente estratégia para revisitar o clássico machadiano, oferecendo um hipotético testemunho pessoal de Capitu, no romance *A audácia dessa mulher*. No campo das traduções, é auspicioso constatar que algumas das principais línguas ocidentais contam com versões bastante recentes — para o espanhol a mais recente é de 1995, para o inglês de 1997 (esta pelo citado John Gledson), para o francês de 2002, para o alemão de 2005. Estamos falando de um livro perfeitamente vivo.

No campo do debate crítico, é preciso consignar ao menos duas importantes contribuições deste tempo envolvendo diretamente nosso romance. Abrindo franca divergência para com a tradição que em certa medida agrega Caldwell, Santiago, Faoro, Schwarz, Gledson, entre outros, a saber, a tradição que interpreta o romance tendo em vista dimensões históricas concretas, sejam sociais, políticas, filosóficas ou, em amplo sentido, culturais, Abel Barros Baptista, especialmente em *Autobibliografias*,[21] postula uma leitura (passe o termo) desconstrucionista, que, isolando o livro, seus conteúdos, sua forma e seu enredo, de qualquer contingência externa material e de qualquer intencionalidade autoral, combate o que chamou de "paradigma do pé atrás". Sob esse título, tirado de uma passagem do estudo de Roberto Schwarz, Baptista reúne o que considera uma leitura documental de *Dom Casmurro*, uma leitura que rebaixaria o livro ao nível de mero depoimento do escritor sobre a vida e o mundo. Agudo e sagaz na detecção de aspectos de fato presentes no texto, em especial os que se pode chamar de metanarrativos, Baptista considera que o dito paradigma atrapalha a leitura não brasileira do romance justamente ao especificar as condições de produção e, mais ainda, as representações sociais que o romance de fato (a meu juízo, seguindo o paradigma) faz. Pelo lado criativo, propositivo, é de ver que o ensaio logra desenvolver uma nova e potencialmente frutífera linha de abordagem à obra de Machado em geral, ao *Dom Casmurro* em particular:

aquela que diagnostica, analisa e interpreta o que chama de "a ficção do livro", que se organiza por meio da voz de "autores supostos", prática realmente farta tanto no romance quanto no conto de Machado mas matéria relativamente ausente do horizonte de comentários (e quando presente bastante inócua).[22]

Trilhando bem outro caminho, há o inovador trabalho de Hélio de Seixas Guimarães, intitulado *Os leitores de Machado de Assis — O romance machadiano e o público de literatura no século 19*. O estudo mescla uma sólida sociologia da leitura, especialmente no Brasil, que matiza muito a ideia ultragenérica do "leitor", com uma hipótese muito estimulante de interpretação, que coloca como centro de atenções o que seria uma "verdadeira teoria machadiana do leitor", figura retoricamente convocada incontáveis vezes pelo escritor. Hélio Guimarães mantém em vista todo o tempo a figura empírica do leitor, esse ser objetivamente raro no mundo brasileiro que Machado viveu, ser a quem Machado, por dizer de modo simples, resolveu educar, com suas exortações, seus dribles. "Como movimento geral, podemos dizer que de romance a romance caminha-se na direção à aniquilação do leitor empírico, representado como figura cada vez mais rara e incômoda e também mais cúmplice do narrador, a ponto de finalmente confundir-se com ele."[23] Nesse caminho, *Dom Casmurro* tem papel grande, levando essa espécie de pesquisa, por parte do escritor, mais longe do que nunca.

Muito ainda vai acontecer com os sucessivos leitores de Machado, leigos ou especialistas. Entre os leigos, é bem possível que até mesmo boas cabeças permaneçam não apenas pensando o livro como sendo, ainda e sempre, um estudo sobre a traição, e não sobre o ciúme, mas também confirmando a traição de Capitu, como o fizeram, há não muito tempo, escritores de grande qualidade como Otto Lara Resende e Dalton Trevisan.[24] Entre os outros, os especialistas, estão em franco desenvolvimento aproximações cada vez mais produtivas entre Machado e outros escritores, de vários quadrantes e tempos; mais de uma nova senda de debates se estabelece, no mundo "psi", como dá a ver o ótimo ensaio de Lúcia Serrano Pereira;[25] José Luiz Passos, em abordagem muito distante da rotina freudiana e sociológica a que estamos habituados, e afinada com a visão filosófica do pragmatismo anglo-saxão, propõe que a história de Bento e de Capitu seja a realização excelente de toda uma obra dedicada à dramatização da "formação e da deformação da pessoa humana por meio de narradores e heróis cujas visões de outro e de si estão marcadas pela imaginação estética, pela fantasia introspectiva e pela reminiscência reparadora";[26] assim também no mundo acadêmico voltado ao debate de gênero, *Dom Casmurro* começa a ser tomado como um forte depoimento sobre heteronormatividade, homofobia, heterossexualidade compulsória e temas conexos, como se lê em interessante ensaio de Richard Miskolci.[27]

A história de Bento Santiago e Capitu, como se vê, está longe de esgotar seus encantos e suas quase infinitas trampas.

Notas

1. Escrevi um pequeno ensaio sobre o tema, "A crônica dos vinte anos", que integra o volume *Machado e Borges*. Porto Alegre: Arquipélago, 2008.
2. *Memórias póstumas de Brás Cubas*, em *Machado de Assis: Obra completa em quatro volumes*. Rio de Janeiro: Nova Aguilar, 2008, v. 1, p. 628.
3. Ibid., p. 758.
4. Ver John Gledson. *Machado de Assis: Impostura e realismo*. São Paulo: Companhia das Letras, 1991, pp. 120 ss.
5. Essa crítica de Medeiros e Albuquerque foi publicada em Ubiratan Machado (Org.), *Machado de Assis: Roteiro da consagração (crítica em vida do autor)*. Rio de Janeiro: Eduerj, 2003.

6. José Veríssimo, id.
7. A edição mais recente desses estudos é *Machado de Assis (1935-1958)*. Porto Alegre: Instituto Estadual do Livro, 2005.
8. Erico Verissimo, *Breve história da literatura brasileira*. Porto Alegre: Globo, 1995.
9. A edição em inglês saiu pela University of California Press, em 1960. No Brasil, foi publicada pela Ateliê Editorial, de São Paulo, com tradução de Fábio Fonseca de Melo. Na nota 1 do texto, à p. 18, consta a notícia sobre a eleição mencionada logo antes.
10. *Ressurreição*, em *Machado de Assis: Obra completa em quatro volumes*. Rio de Janeiro: Nova Aguilar, 2008, v. 1, p. 236.
11. "Eça de Queirós: *O primo Basílio*", publicado em *O jornal e o livro*. São Paulo: Companhia das Letras, 2011.
12. "Esquema de Machado de Assis", em Antonio Candido. *Vários escritos*. São Paulo: Duas Cidades, 1970.
13. *Uma literatura nos trópicos: Ensaios sobre dependência cultural*. São Paulo: Perspectiva, 1978. Em nota de rodapé desse ensaio, o autor dá notícia de que o texto resultou de uma conferência (da Modern Language Association) e de dois artigos publicados no antigo Suplemento Literário de *O Estado de S. Paulo*, tudo isso em 1969.
14. *Machado de Assis: A pirâmide e o trapézio*. 2. ed. São Paulo: Companhia Editora Nacional, 1976.
15. "A poesia envenenada de *Dom Casmurro*" foi, primeiro, a aula de concurso para professor titular na Unicamp, e depois veio a compor a primeira parte do livro *Duas meninas*. São Paulo: Companhia das Letras, 1997.
16. Em livro, esse ensaio é o capítulo de abertura de *Ao vencedor as batatas* (São Paulo: Duas Cidades, 1977), uma rigorosa investigação sobre a ficção urbana de Alencar e a primeira parte do romance machadiano, que seria complementado pelo livro *Um mestre na periferia do capitalismo*, detalhado estudo sobre as *Memórias póstumas de Brás Cubas* (São Paulo: Duas Cidades, 1990).
17. Machado de Assis, *Duas meninas*, op. cit., p. 33.
18. Ibid., p. 32.

19. A edição brasileira foi publicada pela Companhia das Letras, em 1991, com tradução de Fernando Py. O título original tinha alguma marca que se perdeu na tradução: era *The Deceptive Realism of Machado de Assis — A Dissenting Interpretation of "Dom Casmurro"* (Liverpool: Liverpool Monographs in Hispanic Studies, 1994), isto é, *O realismo enganoso de Machado de Assis — Uma interpretação divergente de "Dom Casmurro"*. Vale o registro lateral de que, entre os mais significativos críticos que se ocuparam de *Dom Casmurro* até este momento, encontraremos sempre um traço de não nacionalismo, ou de cosmopolitismo, ou como se queira chamar o fenômeno que propiciou a eles o diagnóstico do patriarcalismo e da visão senhorial: Meyer, descendente de imigrantes alemães, fez toda a sua formação no Rio Grande do Sul, fora do Rio de Janeiro, o maior centro letrado até 1960; Helen Caldwell, norte-americana, mulher, é especialista em Shakespeare; Schwarz, austríaco de nascimento, imigrado ao Brasil com a família ainda na infância, fará mestrado em Yale nos primeiros anos de 1960 e um doutorado na Sorbonne adiante; Silviano Santiago tem uma passagem também na mesma época pelos Estados Unidos, no Novo México, e depois cumpre doutorado na Sorbonne; John Gledson é cidadão inglês, com carreira ancorada na Universidade de Liverpool. Pode haver uma relação causal entre essa condição e o necessário afastamento da neblina ideológica brasileira.
20. *Machado de Assis: Impostura e racismo*, op. cit., pp. 174 e 176.
21. *Autobibliografias: Solicitação do nome na ficção de Machado de Assis* [1998]. Campinas: Editora Unicamp, 2003.
22. Tentei avançar nesse terreno, em diálogo com as teses de Baptista, no ensaio "A invenção de distâncias — traços estruturais dos contos de Machado de Assis", publicado em meu livro *Machado e Borges*. Porto Alegre: Arquipélago, 2008.
23. Trabalho apresentado como doutorado em 2001 e edi-

tado em livro em 2004, em primeira edição (São Paulo: Nankin/ Edusp).

24. John Gledson especifica esses textos em nota a texto seu, em *Por um novo Machado de Assis*. Vários tradutores. São Paulo: Companhia das Letras, 2006, p. 418.

25. *Um narrador incerto, entre o estranho e o familiar: A ficção machadiana na psicanálise*. Rio de Janeiro: Companhia de Freud, 2004.

26. *Machado de Assis: O romance com pessoas*. São Paulo: Edusp/ Nankin, 2007.

27. "O vértice do triângulo: *Dom Casmurro* e as relações de gênero e sexualidade no *fin-de-siècle* brasileiro". *Estudos feministas*, Florianópolis, n. 17, v. 2, pp. 547-67, maio-ago. 2009.

Nota sobre o estabelecimento de texto

MANOEL M. SANTIAGO-ALMEIDA

O levantamento de variantes ou alterações ou modificações surgidas no processo de transmissão de um texto literário é, na execução de uma edição crítica, a etapa que exige atenção especial do editor. Esse cuidado é necessário não apenas por ser a base da composição da edição crítica — em que se elege, dentre tais variantes, as que são autorais em detrimento das não autorais —, mas também porque permite a realização de estudos de caráter mais teórico e metodológico.

Passado mais de meio século da criação da Comissão Machado de Assis (CMA), em 1958, instituída no quinquagésimo aniversário de morte de Machado com a finalidade de elaborar ou fixar criticamente o texto definitivo das obras machadianas, e passadas outras dezenas de anos da publicação da Edição Crítica (EC), em 1977 [1969 — 1ª ed.], da história de Capitu e Bentinho, elaborada pela referida Comissão, apresentamos uma versão da obra que — além de ter sido estabelecida considerando a tradição do romance — se utilizou das duas edições (1899 e 1900) publicadas antes da morte do autor[1] como textos-base ou testemunhos ou exemplares de colação: autógrafos que possuem maior autoridade em relação à fidelidade do texto.

Não apenas pelos anos passados, período em que outras muitas edições e traduções do romance foram publicadas tendo [ou não] a EC da Comissão como fonte, mas, principalmente, porque na própria EC há lacunas evidentes que podem ter sido originadas no processo de fixação, anotação e preparação do texto crítico. Percebe-se, por exemplo, que algumas variantes indicadas e emendadas na EC são equívocos tipográficos das edições iniciais e até mesmo de decisões ou normas editoriais particulares da Garnier parisiense, primeira editora responsável pela publicação das obras de Machado. Esses equívocos, via de regra, deveriam ser apenas corrigidos, mas não listados no aparato crítico como se fossem variantes de substância: que interferem no sentido e estilo. Fato é que ainda são constatados na própria EC de 1977 e, consequentemente, nas edições e traduções que a tomaram [ou não] como texto-base ecos de alguns desses equívocos.

A decisão de também eleger a edição de 1900 como texto-base é controversa à de Silva (2014, p. 33) que, por considerar que as alterações nessa edição são "provavelmente decorrentes de acidentes tipográficos", sugere ser a primeira edição, de 1899, a única revista por Machado.

Com base, porém, nas correspondências trocadas entre Machado e o seu editor, F. H. Garnier, é possível inferir que, se Machado fez alguma interferência no texto de *Dom Casmurro* depois de tê-lo enviado à editora Garnier — seja para modificar o texto da versão que seguiu para o editor, em Paris, seja para corrigir as alterações e os erros surgidos no processo de composição e preparação da primeira edição —, tais emendas só poderiam ser reconhecidas e evidenciadas no texto da segunda edição.

Na carta de 23 de novembro de 1899 o editor informa que o romance está no prelo e que será enviado a Machado a partir da última quinzena de janeiro de 1900.[2] Noutra correspondência, datada de 12 de janeiro daquele ano, porém, F. H. Garnier informa que a primeira edição, embora impressa em 5 de dezembro de 1899, ainda não fora encadernada por causa da sobrecarga de trabalho de fim de ano e que, por esse motivo,

Machado não receberia, conforme prometido, a remessa dos livros em janeiro daquele ano. O editor diz também que os 2 mil exemplares da tiragem inicial deverão estar esgotados em dois meses e, por isso, já deveriam pensar numa reimpressão.

Essa reimpressão anunciada da primeira edição ocorreu, seguramente, entre o dia 12 de janeiro de 1900 e a impressão da segunda edição datada de abril de 1900. A prova disso é o testemunho identificado em Silva (2014, p. 33) como A^{i} — com o texto estabelecido e o colofão absolutamente iguais aos da primeira edição, ainda que traga na folha de rosto a indicação de "segunda edição".

Com a perspectiva de esgote célere da primeira edição, considerando inclusive a sua reimpressão, o editor pede a Machado para enviar seus comentários [ou correções] para que possam ser incluídos na reedição — que pode ser interpretada como sendo a segunda edição.[3] Na resposta, datada de 12 de fevereiro de 1900, Machado informa que enviaria as observações à prometida segunda edição assim que recebesse a remessa dos exemplares da primeira edição.[4]

Portanto, não há dúvida de que até a data dessa resposta Machado não tivera acesso ao texto estabelecido na primeira edição para sugerir possíveis emendas, seja para corrigi-lo, seja pensando na sua reimpressão e subsequente reedição ou segunda edição. Considerando ainda que a data impressa no colofão da segunda edição é abril de 1900, é possível inferir que, se houve tempo para tanto, as poucas variantes de substância existentes entre a primeira e segunda edição podem ter sido introduzidas pelo autor, ainda que essas interferências, excluindo-se as correções tipográficas, se limitem apenas a seis modificações que, por suscitarem interpretações de natureza semântica e estilística, estão sendo consideradas aqui como variantes substantivas.

Em relação à gênese do romance não há novidade: desde a preparação da EC de *Dom Casmurro*, nos anos

1960-70, até estes anos iniciais do século XXI, não se tem notícia do manuscrito autógrafo, o original do romance enviado ao editor, ou de qualquer outro testemunho de natureza genética — produzido entre o texto "Um agregado", publicado em 1896 na revista *Republica* e a primeira edição de 1899 — que permita analisar, classificar e interpretar supostos espólios para medir a distância que separa os possíveis pré-textos [notas, esboços, rascunhos e redações transitórias] do texto definitivo de *Dom Casmurro*. Não há rastro material sequer da prova da revisão tipográfica autoral anunciada nas correspondências trocadas entre o editor e o autor.

Com o propósito de nos servirmos de um material que, teoricamente, retrate a tradição do romance em sua totalidade, utilizamos dez testemunhos, integralmente confrontados, de diferentes datas de publicação: três redações públicas, com Machado de Assis ainda vivo, mais nove composições. Nesse material incluímos a EC (1977), as cinco edições colacionadas pela CMA para compô-la e outras quatro edições posteriores — todos dispostos, cronologicamente, com a respectiva tradição[5] que representam.

(a) "Um aggregado" — capítulo de um livro inédito. In: *Republica*. Rio de Janeiro, 15 de novembro de 1896. Trata-se da primeira redação parcial publicada do romance, centrando a narrativa em José Dias, o Agregado. Na forma definitiva de *Dom Casmurro*, o texto que compõe *Um aggregado* está distribuído nos capítulos III, IV, V e VII. Na elaboração da EC, a CMA também o elege como primeiro testemunho, e o identifica com alfa minúsculo (α), donde se subentende que a Comissão o considerou como subarquétipo. Optamos, nesta edição, pela letra minúscula (a) porque, tradicionalmente, letras gregas nomeiam arquétipos e subarquétipos [que são testemunhos perdidos], o que não é o caso de "Um aggregado".

(A) *Dom Casmurro*. 1ª edição. Rio de Janeiro; Paris: H. Garnier, Livreiro-Editor, 1899. Esse testemunho — que traz no colofão "Pariz. — Typ. Garnier Irmãos, 6, Rue des Saints-Pères. 370.10.99.", quer dizer, outubro de 1899 — teve uma reimpressão, em que se repete o mesmo colofão da 1ª edição.

(B) *Dom Casmurro*. 2ª edição. Rio de Janeiro; Paris: H. Garnier, Livreiro-Editor, 1900. Esse testemunho — que traz no colofão "Pariz. — Typ. Garnier Irmãos, 6, Rue des Saints-Pères. 319.4.1900.", quer dizer, abril de 1900 — é muito próximo cronologicamente de A, com mesmo número de página, inclusive. Deduz-se daí que se aproveitou a mesma composição da 1ª edição. Alguns erros tipográficos de A foram corrigidos em B, mas mantiveram-se outros além do surgimento de novos erros que não estavam em A. Não fosse o colofão e as variantes existentes entre ambos, seria também considerado simples reimpressão. As modificações listadas, por suscitarem interpretações de natureza semântica e estilística, por hipótese, podem ter sido as tais alterações as quais, em carta ao editor, Machado de Assis se refere. Tudo fica, porém, no nível da inferência por não haver prova material, como já nos referimos antes.

(C) *Dom Casmurro*. 5ª edição. Rio de Janeiro; Paris: Livraria Garnier, 1924. Esse testemunho — que traz no colofão "Paris. — Imp. P. BOLL, 12, Rue des Bourdonnais. 10/24.", quer dizer, outubro de 1924 — é o testemunho E da EC, porque, para a Comissão, C e D são também edições da Livraria Garnier, em que C corresponde à 3ª edição, de 1913, e D, à 4ª edição, de 1920. Os exemplares dessas edições não foram localizados e também há suspeitas vindas da própria Comissão que são reproduções mecânicas da 2ª edição. Pelos dois motivos foram descartadas e não entraram na colação da EC.

(D) *Dom Casmurro*. São Paulo: Clube do Livro, 1950. Corresponde ao testemunho K da EC, classificado como exemplar único da quarta tradição, mas preterido pela Comissão à colação do texto crítico. Esse testemunho descende da terceira tradição. A evidência do parentesco está na nota explicativa às páginas 5 e 6 em que há menção à autorização dada à marca editorial Clube do Livro pela W. M. Jackson Inc. Editores, que, no mesmo ano de 1950, também publicou o testemunho J da EC, último — conforme o estema da EC — referente à terceira tradição.

(E) *Dom Casmurro*. W. M. Jackson Inc. Editores. Rio de Janeiro; Paris: Livraria Garnier, 1957. Corresponde ao testemunho N da EC. Trata-se do último exemplar da quinta tradição, que descende da terceira tradição. A escolha desse testemunho pela Comissão para o colacionamento do texto crítico deve-se ao fato de os demais exemplares das duas referidas tradições serem todos composições, impressões e edições da mesma editora, a W. M. Jackson Inc. Editores. A semelhança entre as variantes convergentes levantadas entre D e E, em relação às variantes dos demais testemunhos, prova que ambos pertencem à mesma genealogia, isto é, descendem da terceira tradição.

(F) *Dom Casmurro*. 2ª edição. Rio de Janeiro; Brasília: Civilização Brasileira; Instituto Nacional do Livro, 1977. Trata-se do 12º volume das *Edições críticas de obras de Machado de Assis*. Na continuação do estema linear de *Dom Casmurro* — que é o perfil comum a todos os nove romances de Machado de Assis que receberam o tratamento crítico —, a Comissão denomina a EC de P, assumindo a posição de último exemplar da segunda tradição da obra, nesta configuração estemática: A → B → P.

(G) *Dom Casmurro*. Rio de Janeiro: Livraria Garnier, 1992. O estabelecimento do texto desse testemunho foi realizado por Adriano da Gama Kury, que se serviu da 2ª edição, de 1900, mas em alguns poucos casos se utilizou do texto de “Um aggregado” (1896) e também de A e da EC.

(H) *Dom Casmurro*. Brasília: Biblioteca Digital; MEC, s/d. Texto fixado a partir das *Obras completas de Ma-*

chado de Assis. v. 1. Rio de Janeiro: Nova Aguilar, 1994. Utilizamos esse testemunho por se tratar do texto eleito pelo MEC para compor o acervo de sua biblioteca digital. Portanto, pela autoridade que lhe é conferida, torna-se objeto de consulta e fonte de possíveis futuras reproduções. E também, por ser fixado a partir de exemplar que é extensão da sexta tradição do romance, iniciada em 1959 pela editora José Aguilar.

(I) *Dom Casmurro*. São Paulo: Globo, 2008. Realizamos a fixação e anotação do texto que tem prefácio de John Gledson. Os testemunhos A e B serviram de base para essa edição, mas também foram utilizados: a, C, F, G. Cotejamos, assim, os textos da primeira, (a), e da segunda, (A, B, C, F, G), tradições do romance. Sua escolha deve-se ao fato de ser o primeiro resultado do confronto de parte dos testemunhos escolhidos para o estágio pós-doutoral donde descende esta edição.

Há mais (muita) tinta a ser gasta com esses e todos os outros temas que podem vir à luz no processo de edição de *Dom Casmurro*. E tolo foi Bentinho que apelou aos vermes dos livros velhos, mortos e enterrados para que eles lhe dissessem "o que havia nos textos roídos por eles", recebendo do longo verme gordo a seguinte resposta: "Meu senhor, nós não sabemos absolutamente nada dos textos que roemos, nem escolhemos o que roemos, nem amamos ou detestamos o que roemos; nós roemos".

Notas

1. Foi publicado pela editora da UFF, em 2014, a edição estabelecida por Maximiano de Carvalho e Silva: "O romance *Dom Casmurro* de Machado de Assis — Edição crítica e comentada, com estudos bibliográficos". Silva, no entanto, se utiliza exclusivamente de resulta-

dos do confronto dos quatro testemunhos publicados em vida do autor. Incluem, portanto, o conto "Um agregado" (1896) — que é primeira manifestação pública de Machado em relação à gênese do romance; a primeira edição (1899); a reimpressão da primeira edição (1899); e, por fim, a segunda edição (1900).

2. Dom Casmurro *est sous presse et vous arrivera à Rio du 15 ou 31 Janvier prochain.* (Exposição Machado de Assis, Rio de Janeiro, 1939, p. 201.)

3. Dom Casmurro *ne part que cette semaine c'est un retard d'un mois pour des causes indépendantes de notre volonté — votre roman a été terminé le 5 décembre mais à la fin de l'année, les brocheurs et relieurs étaient tellement débordés qu'il m'a été impossible de faire donner à* dom casmurro *un tour de faveur. Je le regrette et veuillez m'excuser. Votre désir d'un premier envoi copieux d'une nouveauté attendue, répond trop a nos interêts reciproques pour qu'il n'en soit compris que ses diverses demandes consécutives de votre livre ont épuisé le tirage effectué à 2000 exemplaires. Il y aura lieu dans deux mois de penser à la réimpression et à cet effet vous pourriez m'envoyer aussitôt que possible vos observations pour la reédition.* (Exposição Machado de Assis, Rio de Janeiro, 1939, p. 202.)

4. *J'ai eu l'honneur de recevoir votre lettre du 12 Janvier. Vous m'y donnez tous les details dont je désirais savoir pour* Dom Casmurro. *J'attends notre nouvel ouvrage: aussitôt qu'il sera reçu, je vous enverrai les observations pour la 2*[me] *édition.* (Exposição Machado de Assis, Rio de Janeiro, 1939, pp. 202-3.)

5. Até a Edição Crítica (1969-77) o romance possuía dezesseis redações de composição tipográfica, distribuídas pela Comissão Machado de Assis em seis tradições (Assis, 1977, p. 48). O termo "tradição" é empregado para nomear o conjunto das redações [manuscritas e impres-

sas, disponíveis e perdidas] em que um texto se materializou no decurso de sua transmissão. A separação em fases da tradição de uma obra literária — como fez a CMA com *Dom Casmurro* — tem a ver com a mudança de sua composição que, por hipótese, pode provocar modificações substanciais no texto. É comum ocorrer alteração de composição, em texto literário, por exemplo, quando há troca de editora, de editor e, principalmente, mudança de finalidade e público-alvo da publicação.

Bibliografia dos exemplares colacionados

ASSIS, J. M. M. de. "Um aggregado". (Capítulo de um livro inédito). *Republica*. Rio de Janeiro, 15-XI-1896, p. 1.

——. *Dom Casmurro*. 1. ed. Paris; Rio de Janeiro: H. Garnier, Livreiro-Editor, 1899.

——. *Dom Casmurro*. 2. ed. Paris; Rio de Janeiro: H. Garnier, Livreiro-Editor, 1900.

——. *Dom Casmurro*. 5. ed. Paris; Rio de Janeiro: Livraria Garnier, 1924.

——. *Dom Casmurro*. São Paulo: Clube do Livro, 1950.

——. *Dom Casmurro*. W. M. Jackson Inc. Editores. Rio de Janeiro; Paris: Livraria Garnier, 1957.

——. *Dom Casmurro*. 2. ed. Edição Crítica. Rio de Janeiro; Brasília: Civilização Brasileira; INL, 1977 [1. ed. 1969].

——. *Dom Casmurro*. Estabelecimento do texto e notas de A. da G. Kury. Rio de Janeiro: Livraria Garnier, 1992.

——. *Dom Casmurro*. Brasília: Biblioteca Digital do MEC, s/d. Disponível em: <http://machado.mec.gov.br/images/stories/pdf/romance/marm08.pdf>. Acesso em: 28 abr. 2016.

——. *Dom Casmurro*. Fixação do texto e notas, M. M. Santiago-Almeida; prefácio, John Gledson. São Paulo: Globo, 2008.

Bibliografia geral

AZEVEDO FILHO, L. A. de. *Iniciação em crítica textual*. Rio de Janeiro; São Paulo: Presença/ Edusp, 1987.

BÉDIER, J. "La Tradition manuscripte du 'Lai de l'ombre'. Réflexions sur l'art d'éditer les anciens textes". *Romania* 54, pp. 161-96 e 321-56, 1928 [reed. ampl., 1929].

BLECUA, A. *Manual de crítica textual.* Madri: Castalia, 1983.

CAMBRAIA, C. N. *Introdução à crítica textual.* São Paulo: Martins Fontes, 2005.

CANDIDO, A. *Noções de análise histórico-literária.* São Paulo: Humanitas, 2005.

CASTRO, I. *Editar Pessoa.* 2. ed. Lisboa: Imprensa Nacional/ Casa da Moeda, 2013.

CUNHA, C. "Breves considerações sobre a tipologia dos erros ou variantes em crítica textual". *Bracara Augusta*, Braga, n. 39, pp. 415-27, 1985.

DUARTE, L. F. *A fábrica dos textos: Ensaios de crítica textual acerca de Eça de Queiroz.* Lisboa: Cosmos, 1993.

MEGALE, H. "Pesquisa filológica: os trabalhos da tradição e os novos trabalhos em língua portuguesa". *Estudos Linguísticos* 27, pp. 3-28, 1998.

PASQUALI, G. *Storia della tradizione e critica del testo.* Florença: Le Lettere, 1988 [1. ed. 1934].

SANTIAGO-ALMEIDA, M. M. "Para uma nova edição crítica de Dom Casmurro". *Caligrama* (UFMG), v. 15, n. 2, pp. 189-202, 2010.

SILVA, M. de C. e. *O romance Dom Casmurro de Machado de Assis.* Niterói: Ed. da UFF, 2014.

SPAGGIARI, B.; PERUGI, M. *Fundamentos da crítica textual.* Rio de Janeiro: Lucerna, 2004.

SPINA, S. *Introdução à edótica: crítica textual.* São Paulo: Cultrix/ Edusp, 1977.

Dom Casmurro

I
Do título

Uma noite destas, vindo da cidade para o Engenho Novo, encontrei no trem da Central um rapaz aqui do bairro, que eu conheço de vista e de chapéu. Cumprimentou-me, sentou-se ao pé de mim, falou da lua e dos ministros, e acabou recitando-me versos. A viagem era curta, e os versos pode ser que não fossem inteiramente maus. Sucedeu, porém, que como eu estava cansado, fechei os olhos três ou quatro vezes; tanto bastou para que ele interrompesse a leitura e metesse os versos no bolso.

— Continue, disse eu acordando.

— Já acabei, murmurou ele.

— São muito bonitos.

Vi-lhe fazer um gesto para tirá-los outra vez do bolso, mas não passou do gesto; estava amuado. No dia seguinte entrou a dizer de mim nomes feios, e acabou alcunhando-me *Dom Casmurro*. Os vizinhos, que não gostam dos meus hábitos reclusos e calados, deram curso à alcunha, que afinal pegou. Nem por isso me zanguei. Contei a anedota aos amigos da cidade, e eles, por graça, chamam-me assim, alguns em bilhetes: "Dom Casmurro, domingo vou jantar com você." — "Vou para Petrópolis, dom Casmurro; a casa é a mesma da Renânia; vê se deixas essa caverna do Engenho Novo, e vai lá passar uns quinze dias comigo." — "Meu caro dom Casmurro, não cuide que o dispenso do teatro amanhã; venha e dormirá aqui na cidade; dou-lhe camarote, dou-lhe chá, dou-lhe cama; só não lhe dou moça".

Não consultes dicionários. *Casmurro* não está aqui no sentido que eles lhe dão, mas no que lhe pôs o vulgo de homem calado e metido consigo. *Dom* veio por ironia, para atribuir-me fumos de fidalgo. Tudo por estar cochilando! Também não achei melhor título para a minha narração; se não tiver outro daqui até o fim do livro, vai este mesmo. O meu poeta do trem ficará sabendo que não lhe guardo rancor. E com pequeno esforço, sendo o título seu, poderá cuidar que a obra é sua. Há livros que apenas terão isso dos seus autores; alguns nem tanto.

II
Do livro

Agora que expliquei o título, passo a escrever o livro. Antes disso, porém, digamos os motivos que me põem a pena na mão.

Vivo só, com um criado. A casa em que moro é própria; fi-la construir de propósito, levado de um desejo tão particular que me vexa imprimi-lo, mas vá lá. Um dia, há bastantes anos, lembrou-me reproduzir no Engenho Novo a casa em que me criei na antiga rua de Matacavalos, dando-lhe o mesmo aspecto e economia daquela outra, que desapareceu. Construtor e pintor entenderam bem as indicações que lhes fiz: é o mesmo prédio assobradado, três janelas de frente, varanda ao fundo, as mesmas alcovas e salas. Na principal destas, a pintura do teto e das paredes é mais ou menos igual, umas grinaldas de flores miúdas e grandes pássaros que as tomam nos bicos, de espaço a espaço. Nos quatro cantos do teto as figuras das estações, e ao centro das paredes os medalhões de César, Augusto, Nero e Massinissa, com os nomes por baixo... Não alcanço a razão de tais personagens. Quando fomos para a casa de Matacavalos, já ela estava assim decorada; vinha do decênio anterior. Naturalmente era gosto do tempo meter sabor clássico e figuras antigas em pinturas americanas. O mais é também análogo e parecido. Tenho chacarinha, flores, legume, uma casuarina, um poço e lavadouro. Uso louça velha e mobília velha. Enfim, agora, como outrora, há aqui o mesmo contraste da vida interior, que é pacata, com a exterior, que é ruidosa.

O meu fim evidente era atar as duas pontas da vida, e restaurar na velhice a adolescência. Pois, senhor, não consegui recompor o que foi nem o que fui. Em tudo, se o rosto é igual, a fisionomia é diferente. Se só me faltassem os outros, vá; um homem consola-se mais ou menos das pessoas que perde; mas falto eu mesmo, e esta lacuna é tudo. O que aqui está é, mal comparando, semelhante à pintura que se põe na barba e nos cabelos, e que apenas conserva o hábito externo, como se diz nas autópsias; o interno não aguenta tinta. Uma certidão que me desse vinte anos de idade poderia enganar os estranhos, como todos os documentos falsos, mas não a mim. Os amigos que me restam são de data recente; todos os antigos foram estudar a geologia dos campos-santos. Quanto às amigas, algumas datam de quinze anos, outras de menos, e quase todas creem na mocidade. Duas ou três fariam crer nela aos outros, mas a língua que falam obriga muita vez a consultar os dicionários, e tal frequência é cansativa.

Entretanto, vida diferente não quer dizer vida pior; é outra cousa. A certos respeitos, aquela vida antiga aparece-me despida de muitos encantos que lhe achei; mas é também exato que perdeu muito espinho que a fez molesta, e, de memória, conservo alguma recordação doce e feiticeira. Em verdade, pouco apareço e menos falo. Distrações raras. O mais do tempo é gasto em hortar, jardinar e ler; como bem e não durmo mal.

Ora, como tudo cansa, esta monotonia acabou por exaurir-me também. Quis variar, e lembrou-me escrever um livro. Jurisprudência, filosofia e política acudiram-me, mas não me acudiram as forças necessárias. Depois, pensei em fazer uma *História dos subúrbios*, menos seca que as memórias do padre Luiz Gonçalves dos Santos, relativas à cidade; era obra modesta, mas exigia documentos e datas, como preliminares, tudo árido e longo. Foi então que os bustos pintados nas paredes entraram a falar-me e a dizer-me que, uma vez que eles não alcançavam reconstituir-me os tempos idos, pegasse da pena e contasse alguns. Talvez a narração me desse a ilusão, e as sombras viessem perpassar ligeiras, como ao poeta, não o do trem, mas o do *Fausto*: "Aí vindes outra vez, inquietas sombras...?".

Fiquei tão alegre com esta ideia, que ainda agora me treme a pena na mão. Sim, Nero, Augusto, Massinissa, e tu, grande César, que me incitas a fazer os meus comentários, agradeço-vos o conselho, e vou deitar ao papel as reminiscências que me vierem vindo. Deste modo, viverei o que vivi, e assentarei a mão para alguma obra de maior tomo. Eia, comecemos a evocação por uma célebre tarde de novembro, que nunca me esqueceu. Tive outras muitas, melhores, e piores, mas aquela nunca se me apagou do espírito. É o que vás entender, lendo.

III
A denúncia

Ia a entrar na sala de visitas, quando ouvi proferir o meu nome e escondi-me atrás da porta. A casa era a da rua de Matacavalos, o mês novembro, o ano é que é um tanto remoto, mas eu não hei de trocar as datas à minha vida só para agradar às pessoas que não amam histórias velhas; o ano era de 1857.

— Dona Glória, a senhora persiste na ideia de meter o nosso Bentinho no seminário? É mais que tempo, e já agora pode haver uma dificuldade.

— Que dificuldade?

— Uma grande dificuldade.

Minha mãe quis saber o que era. José Dias, depois de alguns instantes de concentração, veio ver se havia alguém no corredor; não deu por mim, voltou e, abafando a voz, disse que a dificuldade estava na casa ao pé, a gente do Pádua.

— A gente do Pádua?

— Há algum tempo estou para lhe dizer isto, mas não me atrevia. Não me parece bonito que o nosso Bentinho ande metido nos cantos com a filha do *Tartaruga*, e esta é a dificuldade, porque se eles pegam de namoro, a senhora terá muito que lutar para separá-los.

— Não acho. Metidos nos cantos?

— É um modo de falar. Em segredinhos, sempre juntos. Bentinho quase que não sai de lá. A pequena é uma desmiolada; o pai faz que não vê; tomara ele que as cousas corressem de maneira, que... Compreendo o seu gesto; a senhora não crê em tais cálculos, parece-lhe que todos têm a alma cândida...

— Mas, sr. José Dias, tenho visto os pequenos brincando, e nunca vi nada que faça desconfiar. Basta a idade; Bentinho mal tem quinze anos. Capitu fez catorze à semana passada; são dous criançolas. Não se esqueça que foram criados juntos, desde aquela grande enchente, há dez anos, em que a família Pádua perdeu tanta cousa; daí vieram as nossas relações. Pois eu hei de crer...? Mano Cosme, você que acha?

Tio Cosme respondeu com um "Ora!" que, traduzido em vulgar, queria dizer: "São imaginações do José Dias; os pequenos divertem-se, eu divirto-me; onde está o gamão?".

— Sim, creio que o senhor está enganado.

— Pode ser, minha senhora. Oxalá tenham razão; mas creia que não falei senão depois de muito examinar...

— Em todo caso, vai sendo tempo, interrompeu minha mãe; vou tratar de metê-lo no seminário quanto antes.

— Bem, uma vez que não perdeu a ideia de o fazer padre, tem-se ganho o principal. Bentinho há de satisfazer os desejos de sua mãe. E depois a igreja brasileira tem altos destinos. Não esqueçamos que um bispo presidiu a Constituinte, e que o padre Feijó governou o império...

— Governou como a cara dele! atalhou Tio Cosme, cedendo a antigos rancores políticos.

— Perdão, doutor, não estou defendendo ninguém, estou citando. O que eu quero é dizer que o clero ainda tem grande papel no Brasil.

— Você o que quer é um capote; ande, vá buscar o gamão. Quanto ao pequeno, se tem de ser padre, realmente é melhor que não comece a dizer missa atrás das portas. Mas, olhe cá, mana Glória, há mesmo necessidade de fazê-lo padre?

— É promessa, há de cumprir-se.

— Sei que você fez promessa... mas, uma promessa assim... não sei... Creio que, bem pensado... Você que acha, prima Justina?

— Eu?

— Verdade é que cada um sabe melhor de si, continuou Tio Cosme; Deus é que sabe de todos. Contudo, uma promessa de tantos anos... Mas, que é isso, mana Glória? Está chorando? Ora esta! Pois isto é cousa de lágrimas?

Minha mãe assoou-se sem responder. Prima Justina creio que se levantou e foi ter com ela. Seguiu-se um alto silêncio, durante o qual estive a pique de entrar na sala, mas outra força maior, outra emoção... Não pude ouvir as palavras que Tio Cosme entrou a dizer. Prima Justina exortava: "Prima Glória! Prima Glória!". José Dias desculpava-se: "Se soubesse, não teria falado, mas falei pela veneração, pela estima, pelo afeto, para cumprir um dever amargo, um dever amaríssimo...".

IV
Um dever amaríssimo!

José Dias amava os superlativos. Era um modo de dar feição monumental às ideias; não as havendo, servir a prolongar as frases. Levantou-se para ir buscar o gamão, que estava no interior da casa. Cosi-me muito à parede, e vi-o passar com as suas calças brancas engomadas, presilhas, rodaque e gravata de mola. Foi dos últimos que usaram presilhas no Rio de Janeiro, e talvez neste mundo. Trazia as calças curtas para que lhe ficassem bem esticadas. A gravata de cetim preto, com um aro de aço por dentro, imobilizava-lhe o pescoço; era então moda. O rodaque de chita, veste caseira e leve, parecia nele uma casaca de cerimônia. Era magro, chupado, com um princípio de calva; teria os seus cinquenta e cinco anos. Levantou-se com o passo vagaroso do costume, não aquele vagar arrastado dos preguiçosos, mas um vagar calculado e deduzido, um silogismo completo, a premissa antes da consequência, a consequência antes da conclusão. Um dever amaríssimo!

V
O agregado

Nem sempre ia naquele passo vagaroso e rígido. Também se descompunha em acionados, era muita vez rápido e lépido nos movimentos, tão natural nesta como naquela maneira. Outrossim, ria largo, se era preciso, de um grande riso sem vontade, mas comunicativo, a tal ponto as bochechas, os dentes, os olhos, toda a cara, toda a pessoa, todo o mundo pareciam rir nele. Nos lances graves, gravíssimo.

Era nosso agregado desde muitos anos; meu pai ainda estava na antiga fazenda de Itaguaí, e eu acabava de nascer. Um dia apareceu ali vendendo-se por médico homeopata; levava um *Manual* e uma botica. Havia então um andaço de febres; José Dias curou o feitor e uma escrava, e não quis receber nenhuma remuneração. Então meu pai propôs-lhe ficar ali vivendo, com pequeno ordenado. José Dias recusou, dizendo que era justo levar a saúde à casa de sapé do pobre.

— Quem lhe impede que vá a outras partes? Vá aonde quiser, mas fique morando conosco.

— Voltarei daqui a três meses.

Voltou dali a duas semanas, aceitou casa e comida sem outro estipêndio, salvo o que quisessem dar por festas. Quando meu pai foi eleito deputado e veio para o Rio de Janeiro com a família, ele veio também, e teve o seu quarto ao fundo da chácara. Um dia, reinando outra vez febres em Itaguaí, disse-lhe meu pai que fosse ver a nossa escravatura. José Dias deixou-se estar calado, suspirou e acabou confessando que não era médico. Tomara este título para ajudar a propaganda da nova escola, e não o fez sem estudar muito e muito; mas a consciência não lhe permitia aceitar mais doentes.

— Mas, você curou das outras vezes.

— Creio que sim; o mais acertado, porém, é dizer que foram os remédios indicados nos livros. Eles, sim, eles, abaixo de Deus. Eu era um charlatão... Não negue; os motivos do meu procedimento podiam ser e eram dignos; a homeopatia é a verdade, e, para servir à verdade, menti; mas é tempo de restabelecer tudo.

Não foi despedido, como pedia então; meu pai já não podia dispensá-lo. Tinha o dom de se fazer aceito e necessário; dava-se por falta dele, como de pessoa de família. Quando meu pai morreu, a dor que o pungiu foi enorme, disseram-me, não me lembra. Minha mãe ficou-lhe muito grata, e não consentiu que ele deixasse o quarto da chácara; ao sétimo dia, depois da missa, ele foi despedir-se dela.

— Fique, José Dias.

— Obedeço, minha senhora.

Teve um pequeno legado no testamento, uma apólice e quatro palavras de louvor. Copiou as palavras, encaixilhou-as e pendurou-as no quarto, por cima da cama. "Esta é a melhor apólice", dizia ele muita vez. Com o tempo, adquiriu certa autoridade na família, certa audiência, ao menos; não abusava, e sabia opinar obedecendo. Ao cabo, era amigo, não direi ótimo, mas nem tudo é ótimo neste mundo. E não lhe suponhas alma subalterna; as cortesias que fizesse vinham antes do cálculo que da índole. A roupa durava-lhe muito; ao contrário das pessoas que enxovalham depressa o vestido novo, ele trazia o velho escovado e liso, cerzido, abotoado, de uma elegância pobre e modesta. Era lido, posto que de atropelo, o bastante para divertir ao serão e à sobremesa, ou explicar algum fenômeno, falar dos efeitos do calor e do frio, dos polos e de Robespierre. Contava muita vez uma viagem que fizera à Europa, e confessava que a não sermos nós, já teria voltado para lá; tinha amigos em Lisboa, mas a nossa família, dizia ele, abaixo de Deus, era tudo.

— Abaixo ou acima? perguntou-lhe Tio Cosme um dia.

— Abaixo, repetiu José Dias cheio de veneração.

E minha mãe, que era religiosa, gostou de ver que ele punha Deus no devido lugar, e sorriu aprovando. José Dias agradeceu de cabeça. Minha mãe dava-lhe de quando em quando alguns cobres. Tio Cosme, que era advogado, confiava-lhe a cópia de papéis de autos.

VI
Tio Cosme

Tio Cosme vivia com minha mãe, desde que ela enviuvou. Já então era viúvo, como prima Justina; era a casa dos três viúvos.

A fortuna troca muita vez as mãos à natureza. Formado para as serenas funções do capitalismo, Tio Cosme não enriquecia no foro: ia comendo. Tinha o escritório na antiga rua das Violas, perto do júri, que era no extinto Aljube. Trabalhava no crime. José Dias não perdia as defesas orais de Tio Cosme. Era quem lhe vestia e despia a toga, com muitos cumprimentos no fim. Em casa, referia os debates. Tio Cosme, por mais modesto que quisesse ser, sorria de persuasão.

Era gordo e pesado, tinha a respiração curta e os olhos dorminhocos. Uma das minhas recordações mais antigas era vê-lo montar todas as manhãs a besta que minha mãe lhe deu e que o levava ao escritório. O preto que a tinha ido buscar à cocheira, segurava o freio, enquanto ele erguia o pé e pousava no estribo; a isto seguia-se um minuto de descanso ou reflexão. Depois, dava um impulso, o primeiro, o corpo ameaçava subir, mas não subia; segundo impulso, igual efeito. Enfim, após alguns instantes largos, Tio Cosme enfeixava todas as forças físicas e morais, dava o último surto da terra, e desta vez caía em cima do selim. Raramente a besta deixava de mostrar por um gesto que acabava de receber o mundo. Tio Cosme acomodava as carnes, e a besta partia a trote.

Também não me esqueceu o que ele me fez uma tarde. Posto que nascido na roça (donde vim com dous anos) e apesar dos costumes do tempo, eu não sabia montar, e tinha medo ao cavalo. Tio Cosme pegou em mim e escanchou-me em cima da besta. Quando me vi no alto (tinha nove anos), sozinho e desamparado, o chão lá embaixo, entrei a gritar desesperadamente: "Mamãe! mamãe!". Ela acudiu pálida e trêmula, cuidou que me estivessem matando, apeou-me, afagou-me, enquanto o irmão perguntava:

— Mana Glória, pois um tamanhão destes tem medo de besta mansa?

— Não está acostumado.

— Deve acostumar-se. Padre que seja, se for vigário na roça, é preciso que monte a cavalo; e, aqui mesmo, ainda não sendo padre, se quiser florear como os outros rapazes, e não souber, há de queixar-se de você, mana Glória.

— Pois que se queixe; tenho medo.

— Medo! Ora, medo!

A verdade é que eu só vim a aprender equitação mais tarde, menos por gosto que por vergonha de dizer que não sabia montar. "Agora é que ele vai namorar deveras", disseram quando eu comecei as lições. Não se diria o mesmo de Tio Cosme. Nele era velho costume e necessidade. Já não dava para namoros. Contam que, em rapaz, foi aceito de muitas damas, além de partidário exaltado; mas os anos levaram-lhe o mais do ardor político e sexual, e a gordura acabou com o resto de ideias públicas e específicas. Agora só cumpria as obrigações do ofício e sem amor. Nas horas de lazer vivia olhando ou jogava. Uma ou outra vez dizia pilhérias.

VII
Dona Glória

Minha mãe era boa criatura. Quando lhe morreu o marido, Pedro de Albuquerque Santiago, contava trinta e um anos de idade, e podia voltar para Itaguaí. Não quis; preferiu ficar perto da igreja em que meu pai fora sepultado. Vendeu a fazendola e os escravos, comprou alguns que pôs ao ganho ou alugou, uma dúzia de prédios, certo número de apólices, e deixou-se estar na casa de Matacavalos, onde vivera os dous últimos anos de casada. Era filha de uma senhora mineira, descendente de outra paulista, a família Fernandes.

Ora, pois, naquele ano da graça de 1857, dona Maria da Glória Fernandes Santiago contava quarenta e dous anos de idade. Era ainda bonita e moça, mas teimava em esconder os saldos da juventude, por mais que a natureza quisesse preservá-la da ação do tempo. Vivia metida em um eterno vestido escuro, sem adornos, com um xale preto, dobrado em triângulo e abrochado ao peito por um camafeu. Os cabelos, em bandós, eram apanhados sobre a nuca por um velho pente de tartaruga; alguma vez trazia touca branca de folhos. Lidava assim, com os seus sapatos de cordovão rasos e surdos, a um lado e outro, vendo e guiando os serviços todos da casa inteira, desde manhã até à noite.

Tenho ali na parede o retrato dela, ao lado do marido, tais quais na outra casa. A pintura escureceu muito, mas ainda dá ideia de ambos. Não me lembra nada dele, a não ser vagamente que era alto e usava cabeleira grande; o retrato mostra uns olhos redondos, que me acompanham para todos os lados, efeito da pintura que me assombrava em pequeno. O pescoço sai de uma gravata preta de muitas voltas, a cara é toda rapada, salvo um trechozinho pegado às orelhas. O de minha mãe mostra que era linda. Contava então vinte anos, e tinha uma flor entre os dedos. No painel parece oferecer a flor ao marido. O que se lê na cara de ambos é que, se a felicidade conjugal pode ser comparada à sorte grande, eles a tiraram no bilhete comprado de sociedade.

Concluo que não se devem abolir as loterias. Nenhum premiado as acusou ainda de imorais, como ninguém tachou de má a boceta de Pandora, por lhe ter ficado a esperança no fundo; em alguma parte há de ela ficar. Aqui os tenho aos dous bem casados de outrora, os bem-amados, os bem-aventurados, que se foram desta para a outra vida, continuar um sonho provavelmente. Quando a loteria e Pandora me aborrecem, ergo os olhos para eles, e esqueço os bilhetes brancos e a boceta fatídica. São retratos que valem por originais. O de minha mãe, estendendo a flor ao marido, parece dizer: "Sou toda sua, meu guapo cavalheiro!". O de meu pai, olhando para a gente, faz este comentário: "Vejam como esta moça me quer...". Se padeceram moléstias, não sei, como não sei se tiveram desgostos: era criança e comecei por não ser nascido. Depois da morte dele, lembra-me que ela chorou muito; mas aqui estão os retratos de ambos, sem que o encardido do tempo lhes tirasse a primeira expressão. São como fotografias instantâneas da felicidade.

VIII
É tempo!

Mas é tempo de tornar àquela tarde de novembro, uma tarde clara e fresca, sossegada como a nossa casa e o trecho da rua em que morávamos. Verdadeiramente foi o princípio da minha vida; tudo o que sucedera antes foi como o pintar e vestir das pessoas que tinham de entrar em cena, o acender das luzes, o preparo das rabecas, a sinfonia... Agora é que eu ia começar a minha ópera. "A vida é uma ópera", dizia-me um velho tenor italiano que aqui viveu e morreu... E explicou-me um dia a definição, em tal maneira que me fez crer nela. Talvez valha a pena dá-la; é só um capítulo.

IX
A ópera

Já não tinha voz, mas teimava em dizer que a tinha. "O desuso é que me faz mal", acrescentava. Sempre que uma companhia nova chegava da Europa, ia ao empresário e expunha-lhe todas as injustiças da terra e do céu; o empresário cometia mais uma, e ele saía a bradar contra a iniquidade. Trazia ainda os bigodes dos seus papéis. Quando andava, apesar de velho, parecia cortejar uma princesa de Babilônia. Às vezes, cantarolava, sem abrir a boca, algum trecho ainda mais idoso que ele ou tanto; vozes assim abafadas são sempre possíveis. Vinha aqui jantar comigo algumas vezes. Uma noite, depois de muito Chianti, repetiu-me a definição do costume, e como eu lhe dissesse que a vida tanto podia ser uma ópera, como uma viagem de mar ou uma batalha, abanou a cabeça e replicou:

— A vida é uma ópera e uma grande ópera. O tenor e o barítono lutam pelo soprano, em presença do baixo e dos comprimários, quando não são o soprano e o contralto que lutam pelo tenor, em presença do mesmo baixo e dos mesmos comprimários. Há coros numerosos, muitos bailados, e a orquestração é excelente...

— Mas, meu caro Marcolini...

— Quê...?

E, depois de beber um gole de licor, pousou o cálix, e expôs-me a história da criação, com palavras que vou resumir.

Deus é o poeta. A música é de Satanás, jovem maestro de muito futuro, que aprendeu no conservatório do céu. Rival de Miguel, Rafael e Gabriel, não tolerava a precedência que eles tinham na distribuição dos prêmios. Pode ser também que a música em demasia doce e mística daqueles outros condiscípulos fosse aborrecível ao seu gênio essencialmente trágico. Tramou uma rebelião que foi descoberta a tempo, e ele expulso do conservatório. Tudo se teria passado sem mais nada, se Deus não houvesse escrito um libreto de ópera, do qual abrira mão, por entender que tal gênero de recreio era impróprio da sua eternidade. Satanás levou o manuscrito consigo para o inferno. Com o fim de mostrar que valia mais que os outros, — e acaso para reconciliar-se com o céu — compôs a partitura, e logo que a acabou foi levá-la ao Padre Eterno.

— Senhor, não desaprendi as lições recebidas, disse-lhe. Aqui tendes a partitura, escutai-a, emendai-a, fazei-a executar, e se a achardes digna das alturas, admiti-me com ela a vossos pés...

— Não, retorquiu o Senhor, não quero ouvir nada.

— Mas, Senhor...

— Nada! nada!

Satanás suplicou ainda, sem melhor fortuna, até que Deus, cansado e cheio de misericórdia, consentiu em que a ópera fosse executada, mas fora do céu. Criou um teatro especial, este planeta, e inventou uma companhia inteira, com todas as partes, primárias e comprimárias, coros e bailarinos.

— Ouvi agora alguns ensaios!

— Não, não quero saber de ensaios. Basta-me haver composto o libreto; estou pronto a dividir contigo os direitos de autor.

Foi talvez um mal esta recusa; dela resultaram alguns desconcertos que a audiência prévia e a colaboração amiga teriam evitado. Com efeito, há lugares em que o verso vai para a direita e a música para a esquerda. Não falta quem diga que nisso mesmo está a beleza da composição, fugindo à monotonia, e assim explicam o terceto do Éden, a ária de Abel, os coros da guilhotina e da escravidão. Não é raro que os mesmos lances se reproduzam, sem razão suficiente. Certos motivos cansam à força de repetição. Também há obscuridades; o maestro abusa das massas corais, encobrindo muita vez o sentido por um modo confuso. As partes orquestrais são aliás tratadas com grande perícia. Tal é a opinião dos imparciais.

Os amigos do maestro querem que dificilmente se possa achar obra tão bem-acabada. Um ou outro admite certas rudezas e tais ou quais lacunas, mas com o andar da ópera é provável que estas sejam preenchidas ou explicadas, e aquelas desapareçam inteiramente, não se negando o maestro a emendar a obra onde achar que não responde de todo ao pensamento sublime do poeta. Já não dizem o mesmo os amigos deste. Juram que o libreto foi sacrificado, que a partitura corrompeu o sentido da letra, e, posto seja bonita em alguns lugares, e trabalhada com arte em outros, é absolutamente diversa e até contrária ao drama. O grotesco, por exemplo, não está no texto do poeta; é uma excrescência para imitar as *Mulheres patuscas de Windsor*. Este ponto é contestado pelos satanistas com alguma aparência de razão. Dizem eles que, ao tempo em que o jovem Satanás compôs a grande ópera, nem essa farsa nem Shakespeare eram nascidos. Chegam a afirmar que o poeta inglês não teve outro gênio senão transcrever a letra da ópera, com tal arte e fidelidade, que parece ele próprio o autor da composição; mas, evidentemente, é um plagiário.

— Esta peça, concluiu o velho tenor, durará enquanto durar o teatro, não se podendo calcular em que tempo será ele demolido por utilidade astronômica. O êxito é crescente. Poeta e músico recebem pontualmente os seus direitos autorais, que não são os mesmos, porque a regra da divisão é aquilo da Escritura: "Muitos são os chamados, poucos os escolhidos". Deus recebe em ouro, Satanás em papel.

— Tem graça...

— Graça? bradou ele com fúria; mas aquietou-se logo, e replicou: caro Santiago, eu não tenho graça, eu tenho horror à graça. Isto que digo é a verdade pura e última. Um dia, quando todos os livros forem queimados por inúteis, há de haver alguém, pode ser que tenor, e talvez italiano, que ensine esta verdade aos homens. Tudo é música, meu amigo. No princípio era o *dó*, e o *dó* fez-se *ré* etc. Este cálix (e enchia-o novamente) este cálix é um breve estribilho. Não se ouve? Também não se ouve o pau nem a pedra, mas tudo cabe na mesma ópera...

X
Aceito a teoria

Que é demasiada metafísica para um só tenor, não há dúvida; mas a perda da voz explica tudo, e há filósofos que são, em resumo, tenores desempregados.

Eu, leitor amigo, aceito a teoria do meu velho Marcolini, não só pela verossimilhança, que é muita vez toda a verdade, mas porque a minha vida se casa bem à definição. Cantei um *duo* ternissimo, depois um *trio*, depois um *quatuor*... Mas não adiantemos; vamos à primeira tarde, em que eu vim a saber que já cantava, porque a denúncia de José Dias, meu caro leitor, foi dada principalmente a mim. A mim é que ele me denunciou.

XI
A promessa

Tão depressa vi desaparecer o agregado no corredor, deixei o esconderijo, e corri à varanda do fundo. Não quis saber de lágrimas nem da causa que as fazia verter a minha mãe. A causa eram provavelmente os seus projetos eclesiásticos, e a ocasião destes é a que vou dizer, por ser já então história velha; datava de dezesseis anos.

Os projetos vinham do tempo em que fui concebido. Tendo-lhe nascido morto o primeiro filho, minha mãe pegou-se com Deus para que o segundo vingasse, prometendo, se fosse varão, metê-lo na igreja. Talvez esperasse uma menina. Não disse nada a meu pai, nem antes, nem depois de me dar à luz; contava fazê-lo quando eu entrasse para a escola, mas enviuvou antes disso. Viúva, sentiu o terror de separar-se de mim; mas era tão devota, tão temente a Deus, que buscou testemunhas da obrigação, confiando a promessa a parentes e familiares. Unicamente, para que nos separássemos o mais tarde possível, fez-me aprender em casa primeiras letras, latim e doutrina, por aquele padre Cabral, velho amigo do Tio Cosme, que ia lá jogar às noites.

Prazos largos são fáceis de subscrever; a imaginação os faz infinitos. Minha mãe esperou que os anos viessem vindo. Entretanto, ia-me afeiçoando à ideia da igreja; brincos de criança, livros devotos, imagens de santo, conversações de casa, tudo convergia para o altar. Quando íamos à missa, dizia-me sempre que era para aprender a ser padre, e que reparasse no padre, não tirasse os olhos do padre. Em casa, brincava de missa, — um tanto às escondidas, porque minha mãe dizia que missa não era cousa de brincadeira. Arranjávamos um altar, Capitu e eu. Ela servia de sacristão, e alterávamos o ritual, no sentido do dividirmos a hóstia entre nós; a hóstia era sempre um doce. No tempo em que brincávamos assim, era muito comum ouvir à minha vizinha: “Hoje há missa?”. Eu já sabia o que isto queria dizer, respondia afirmativamente, e ia pedir hóstia por outro nome. Voltava com ela, arranjávamos o altar, engrolávamos o latim e precipitávamos as cerimônias. *Dominus, non sum dignus...* Isto, que eu devia dizer três vezes, penso que só dizia uma, tal era a gulodice do padre e do sacristão. Não bebíamos vinho nem água; não tínhamos o primeiro, e a segunda viria tirar-nos o gosto do sacrifício.

Ultimamente não me falavam já do seminário, a tal ponto que eu supunha ser negócio findo. Quinze anos, não havendo vocação, pediam antes o seminário do mundo que o de São José. Minha mãe ficava muita vez a olhar para mim, como alma perdida, ou pegava-me na mão, a pretexto de nada, para apertá-la muito.

XII
Na varanda

Parei na varanda; ia tonto, atordoado, as pernas bambas, o coração parecendo querer sair-me pela boca fora. Não me atrevia a descer à chácara, e passar ao quintal vizinho. Comecei a andar de um lado para outro, estacando para amparar-me, e andava outra vez e estacava. Vozes confusas repetiam o discurso do José Dias:

"Sempre juntos..."

"Em segredinhos..."

"Se eles pegam de namoro..."

Tijolos que pisei e repisei naquela tarde, colunas amareladas que me passastes à direita ou à esquerda, segundo eu ia ou vinha, em vós me ficou a melhor parte da crise, a sensação de um gozo novo, que me envolvia em mim mesmo, e logo me dispersava, e me trazia arrepios, e me derramava não sei que bálsamo interior. Às vezes dava por mim, sorrindo, um ar de riso de satisfação, que desmentia a abominação do meu pecado. E as vozes repetiam-se confusas:

"Em segredinhos..."

"Sempre juntos..."

"Se eles pegam de namoro..."

Um coqueiro, vendo-me inquieto e adivinhando a causa, murmurou de cima de si que não era feio que os meninos de quinze anos andassem nos cantos com as meninas de catorze; ao contrário, os adolescentes daquela idade não tinham outro ofício, nem os cantos outra utilidade. Era um coqueiro velho, e eu cria nos coqueiros velhos, mais ainda que nos velhos livros. Pássaros, borboletas, uma cigarra que ensaiava o estio, toda a gente viva do ar era da mesma opinião.

Com que então eu amava Capitu, e Capitu a mim? Realmente, andava cosido às saias dela, mas não me ocorria nada entre nós que fosse deveras secreto. Antes dela ir para o colégio, eram tudo travessuras de criança; depois que saiu do colégio, é certo que não restabelecemos logo a antiga intimidade, mas esta voltou pouco a pouco, e no último ano era completa. Entretanto, a matéria das nossas conversações era a de sempre. Capitu chamava-me às vezes bonito, mocetão, uma flor; outras pegava-me nas mãos para contar-me os dedos. E comecei a recordar esses e outros gestos e palavras, o prazer que sentia quando ela me passava a mão pelos cabelos, dizendo que os achava lindíssimos. Eu, sem fazer o mesmo aos dela, dizia que os dela eram muito mais lindos que os meus. Então Capitu abanava a cabeça com uma grande expressão de desengano e melancolia, tanto mais de espantar quanto que tinha os cabelos realmente admiráveis; mas eu retorquia chamando-lhe maluca. Quando me perguntava se sonhara com ela na véspera, e eu dizia que não, ouvia-lhe contar que sonhara comigo, e eram aventuras extraordinárias, que subíamos ao Corcovado pelo ar, que dançávamos na lua, ou então que os anjos vinham perguntar-nos pelos nomes, a fim de os dar a outros anjos que acabavam de nascer. Em todos esses sonhos andávamos unidinhos. Os que eu tinha com ela não eram assim, apenas reproduziam a nossa familiaridade, e muita vez não passavam da simples repetição do dia, alguma frase, algum gesto. Também eu os contava. Capitu um dia notou a diferença, dizendo que os dela eram mais bonitos que os meus; eu, depois de certa hesitação, disse-lhe que eram como a pessoa que sonhava... Fez-se cor de pitanga.

Pois, francamente, só agora entendia a emoção que me davam essas e outras confidências. A emoção era doce e nova, mas a causa dela fugia-me, sem que eu a buscasse nem suspeitasse. Os silêncios dos últimos dias, que me não descobriam nada, agora os sentia como sinais de alguma cousa, e assim as meias palavras, as perguntas curiosas, as respostas vagas, os cuidados, o gosto de recordar a infância. Também adverti que era fenômeno recente acordar com o pensamento em Capitu, e escutá-la de memória, e estremecer quando lhe ouvia os passos. Se se falava nela, em minha casa, prestava mais atenção que dantes, e, segundo era louvor ou crítica, assim me trazia gosto ou desgosto mais intensos que outrora, quando éramos somente companheiros de travessuras. Cheguei a pensar nela durante as missas daquele mês, com intervalos, é verdade, mas com exclusivismo também.

Tudo isto me era agora apresentado pela boca de José Dias, que me denunciara a mim mesmo, e a quem eu perdoava tudo, o mal que dissera, o mal que fizera, e o que pudesse vir de um e de outro. Naquele instante, a eterna Verdade não valeria mais que ele, nem a eterna Bondade, nem as demais Virtudes eternas. Eu amava Capitu! Capitu amava-me! E as minhas pernas andavam, desandavam, estacavam, trêmulas e crentes de abarcar o mundo. Esse primeiro palpitar da seiva, essa revelação da consciência a si própria, nunca mais me esqueceu, nem achei que lhe fosse comparável qualquer outra sensação da mesma espécie. Naturalmente por ser minha. Naturalmente também por ser a primeira.

XIII
Capitu

De repente, ouvi bradar uma voz de dentro da casa ao pé:

— Capitu!

E no quintal:

— Mamãe!

E outra vez na casa:

— Vem cá!

Não me pude ter. As pernas desceram-me os três degraus que davam para a chácara, e caminharam para o quintal vizinho. Era costume delas, às tardes, e às manhãs também. Que as pernas também são pessoas, apenas inferiores aos braços, e valem de si mesmas, quando a cabeça não as rege por meio de ideias. As minhas chegaram ao pé do muro. Havia ali uma porta de comunicação mandada rasgar por minha mãe, quando Capitu e eu éramos pequenos. A porta não tinha chave nem taramela; abria-se empurrando de um lado ou puxando de outro, e fechava-se ao peso de uma pedra pendente de uma corda. Era quase que exclusivamente nossa. Em crianças, fazíamos visita batendo de um lado, e sendo recebidos do outro com muitas mesuras. Quando as bonecas de Capitu adoeciam, o médico era eu. Entrava no quintal dela com um pau debaixo do braço, para imitar o bengalão do dr. João da Costa; tomava o pulso à doente, e pedia-lhe que mostrasse a língua. "É surda, coitada!" exclamava Capitu. Então eu coçava o queixo, como o doutor, e acabava mandando aplicar-lhe umas sanguessugas ou dar-lhe um vomitório: era a terapêutica habitual do médico.

— Capitu.

— Mamãe!

— Deixa de estar esburacando o muro; vem cá.

A voz da mãe era agora mais perto, como se viesse já da porta dos fundos. Quis passar ao quintal, mas as pernas, há pouco tão andarilhas, pareciam agora presas ao chão. Afinal fiz um esforço, empurrei a porta, e entrei. Capitu estava ao pé do muro fronteiro, voltada para ele, riscando com um prego. O rumor da porta fê-la olhar para trás; ao dar comigo, encostou-se ao muro, como se quisesse esconder alguma cousa. Caminhei para ela; naturalmente levava o gesto mudado, porque ela veio a mim, e perguntou-me inquieta:

— Que é que você tem?

— Eu? Nada.

— Nada, não; você tem alguma cousa.

Quis insistir que nada, mas não achei língua. Todo eu era olhos e coração, um coração que desta vez ia sair, com certeza, pela boca fora. Não podia tirar os olhos daquela criatura de catorze anos, alta, forte e cheia, apertada em um vestido de chita, meio desbotado. Os cabelos grossos, feitos em duas tranças, com as pontas atadas uma à outra, à moda do tempo, desciam-lhe pelas costas. Morena, olhos claros e grandes, nariz reto e comprido, tinha a boca fina e o queixo largo. As mãos, a despeito de alguns ofícios rudes, eram curadas com amor; não cheiravam a sabões finos nem águas de toucador, mas com água do poço e sabão comum trazia-as sem mácula. Calçava sapatos de duraque, rasos e velhos, a que ela mesma dera alguns pontos.

— Que é que você tem? repetiu.

— Não é nada, balbuciei finalmente.

E emendei logo:

— É uma notícia.

— Notícia de quê?

Pensei em dizer-lhe que ia entrar para o seminário e espreitar a impressão que lhe faria. Se a consternasse é que realmente gostava de mim; se não, é que não gostava. Mas todo esse cálculo foi obscuro e rápido; senti que não poderia falar claramente, tinha agora a vista não sei como...

— Então?

— Você sabe...

Nisto olhei para o muro, o lugar em que ela estivera riscando, escrevendo ou esburacando, como dissera a mãe. Vi uns riscos abertos, e lembrou-me o gesto que ela fizera para cobri-los. Então quis vê-los de perto, e dei um passo. Capitu agarrou-me, mas, ou por temer que eu acabasse fugindo, ou por negar de outra maneira, correu adiante e apagou o escrito. Foi o mesmo que acender em mim o desejo de ler o que era.

XIV
A inscrição

Tudo o que contei no fim do outro capítulo foi obra de um instante. O que se lhe seguiu foi ainda mais rápido. Dei um pulo, e antes que ela raspasse o muro, li estes dous nomes, abertos ao prego, e assim dispostos:

BENTO
CAPITOLINA

Voltei-me para ela; Capitu tinha os olhos no chão. Ergueu-os logo, devagar, e ficamos a olhar um para o outro... Confissão de crianças, tu valias bem duas ou três páginas, mas quero ser poupado. Em verdade, não falamos nada; o muro falou por nós. Não nos movemos, as mãos é que se estenderam pouco a pouco, todas quatro, pegando-se, apertando-se, fundindo-se. Não marquei a hora exata daquele gesto. Devia tê-la marcado; sinto a falta de uma nota escrita naquela mesma noite, e que eu poria aqui com os erros de ortografia que trouxesse, mas não traria nenhum, tal era a diferença entre o estudante e o adolescente. Conhecia as regras do escrever, sem suspeitar as do amar; tinha orgias de latim e era virgem de mulheres.

Não soltamos as mãos, nem elas se deixaram cair de cansadas ou de esquecidas. Os olhos fitavam-se e desfitavam-se, e depois de vagarem ao perto, tornavam a meter-se uns pelos outros... Padre futuro, estava assim diante dela como de um altar, sendo uma das faces a Epístola e a outra o Evangelho. A boca podia ser o cálix, os lábios a patena. Faltava dizer a missa nova, por um latim que ninguém aprende, e é a língua católica dos homens. Não me tenhas por sacrílego, leitora minha devota; a limpeza da intenção lava o que puder haver menos curial no estilo. Estávamos ali com o céu em nós. As mãos, unindo os nervos, faziam das duas criaturas uma só, mas uma só criatura seráfica. Os olhos continuaram a dizer cousas infinitas, as palavras de boca é que nem tentavam sair, tornavam ao coração caladas como vinham...

XV
Outra voz repentina

Outra voz repentina, mas desta vez uma voz de homem:

— Vocês estão jogando o siso?

Era o pai de Capitu, que estava à porta dos fundos, ao pé da mulher. Soltamos as mãos depressa, e ficamos atrapalhados. Capitu foi ao muro, e, com o prego, disfarçadamente, apagou os nossos nomes escritos.

— Capitu!

— Papai!

— Não me estragues o reboco do muro.

Capitu riscava sobre o riscado, para apagar bem o escrito. Pádua saiu ao quintal, a ver o que era, mas já a filha tinha começado outra cousa, um perfil, que disse ser o retrato dele, e tanto podia ser dele como da mãe; fê-lo rir, era o essencial. De resto, ele chegou sem cólera, todo meigo, apesar do gesto duvidoso ou menos que duvidoso em que nos apanhou. Era um homem baixo e grosso, pernas e braços curtos, costas abauladas, donde lhe veio a alcunha de Tartaruga, que José Dias lhe pôs. Ninguém lhe chamava assim lá em casa; era só o agregado.

— Vocês estavam jogando o siso? perguntou.

Olhei para um pé do sabugueiro que ficava perto; Capitu respondeu por ambos.

— Estávamos, sim, senhor, mas Bentinho ri logo, não aguenta.

— Quando eu cheguei à porta, não ria.

— Já tinha rido das outras vezes; não pode. Papai quer ver?

E séria, fitou em mim os olhos, convidando-me ao jogo. O susto é naturalmente sério; eu estava ainda sob a ação do que trouxe a entrada de Pádua, e não fui capaz de rir, por mais que devesse fazê-lo, para legitimar a resposta de Capitu. Esta, cansada de esperar, desviou o rosto, dizendo que eu não ria daquela vez por estar ao pé do pai. E nem assim ri. Há cousas que só se aprendem tarde; é mister nascer com elas para fazê-las cedo. E melhor é naturalmente cedo que artificialmente tarde. Capitu, após duas voltas, foi ter com a mãe, que continuava à porta da casa, deixando-nos a mim e ao pai encantados dela; o pai, olhando para ela e para mim, dizia-me, cheio de ternura:

— Quem dirá que esta pequena tem catorze anos? Parece dezessete. Mamãe está boa? continuou voltando-se inteiramente para mim.

— Está.

— Há muitos dias que não a vejo. Estou com vontade de dar um capote ao doutor, mas não tenho podido, ando com trabalhos da repartição, em casa; escrevo todas as noites que é um desespero; negócio de relatório. Você já viu o meu gaturamo? Está ali no fundo. Ia agora mesmo buscar a gaiola; ande ver.

Que o meu desejo era nenhum, crê-se facilmente, sem ser preciso jurar pelo céu nem pela terra. Meu desejo era ir atrás de Capitu e falar-lhe agora do mal que nos esperava, mas o pai era o pai, e demais amava particularmente os passarinhos. Tinha-os de vária espécie, cor e tamanho. A área que havia no centro da casa era cercada de gaiolas de canários, que faziam cantando um barulho de todos os diabos. Trocava pássaros com outros amadores, comprava-os, apanhava alguns, no próprio quintal, armando alçapões. Também, se adoeciam, tratava deles como se fossem gente.

XVI
O administrador interino

Pádua era empregado em repartição dependente do Ministério da Guerra. Não ganhava muito, mas a mulher gastava pouco, e a vida era barata. Demais, a casa em que morava, assobradada como a nossa, posto que menor, era propriedade dele. Comprou-a com a sorte grande que lhe saiu num meio bilhete de loteria, dez contos de réis. A primeira ideia do Pádua, quando lhe saiu o prêmio, foi comprar um cavalo do Cabo, um adereço de brilhantes para a mulher, uma sepultura perpétua de família, mandar vir da Europa alguns pássaros etc.; mas a mulher, esta dona Fortunata que ali está à porta dos fundos da casa, em pé, falando à filha, alta, forte, cheia, como a filha, a mesma cabeça, os mesmos olhos claros, a mulher é que lhe disse que o melhor era comprar a casa, e guardar o que sobrasse para acudir às moléstias grandes. Pádua hesitou muito; afinal, teve de ceder aos conselhos de minha mãe, a quem dona Fortunata pediu auxílio. Nem foi só nessa ocasião que minha mãe lhes valeu; um dia chegou a salvar a vida ao Pádua. Escutai; a anedota é curta.

O administrador da repartição em que Pádua trabalhava teve de ir ao Norte, em comissão. Pádua, ou por ordem regulamentar, ou por especial designação, ficou substituindo o administrador com os respectivos honorários. Esta mudança de fortuna trouxe-lhe certa vertigem; era antes dos dez contos. Não se contentou de reformar a roupa e a copa, atirou-se às despesas supérfluas, deu joias à mulher, nos dias de festa matava um leitão, era visto em teatros, chegou aos sapatos de verniz. Viveu assim vinte e dous meses na suposição de uma eterna interinidade. Uma tarde entrou em nossa casa, aflito e desvairado, ia perder o lugar, porque chegara o efetivo naquela manhã. Pediu a minha mãe que velasse pelas infelizes que deixava; não podia sofrer a desgraça, matava-se. Minha mãe falou-lhe com bondade, mas ele não atendia a cousa nenhuma.

— Não, minha senhora, não consentirei em tal vergonha! Fazer descer a família, tornar atrás... Já disse, mato-me! Não hei de confessar à minha gente esta miséria. E os outros? Que dirão os vizinhos? E os amigos? E o público?

— Que público, sr. Pádua? Deixe-se disso; seja homem. Lembre-se que sua mulher não tem outra pessoa... e que há de fazer? Pois um homem... Seja homem, ande.

Pádua enxugou os olhos e foi para casa, onde viveu prostrado alguns dias, mudo, fechado na alcova, — ou então no quintal, ao pé do poço, como se a ideia da morte teimasse nele. Dona Fortunata ralhava:

— Joãozinho, você é criança?

Mas, tanto lhe ouviu falar em morte que teve medo, e um dia correu a pedir a minha mãe que lhe fizesse o favor de ver se lhe salvava o marido que se queria matar. Minha mãe foi achá-lo à beira do poço, e intimou-lhe que vivesse. Que maluquice era aquela de parecer que ia ficar desgraçado, por causa de uma gratificação menos, e perder um emprego interino? Não, senhor, devia ser homem, pai de família, imitar a mulher e a filha... Pádua obedeceu; confessou que acharia forças para cumprir a vontade de minha mãe.

— Vontade minha, não; é obrigação sua.

— Pois seja obrigação; não desconheço que é assim mesmo.

Nos dias seguintes, continuou a entrar e sair de casa, cosido à parede, cara no chão. Não era o mesmo homem que estragava o chapéu em cortejar a vizinhança, risonho, olhos no ar, antes mesmo da administração interina. Vieram as semanas, a ferida foi sarando. Pádua começou a interessar-se pelos negócios domésticos, a cuidar dos passarinhos, a dormir tranquilo as noites e as tardes, a conversar e dar notícias da rua. A serenidade regressou; atrás dela veio a alegria, um domingo, na figura de dous amigos, que iam jogar o solo, a tentos. Já ele ria, já brincava, tinha o ar do costume; a ferida sarou de todo.

Com o tempo veio um fenômeno interessante. Pádua começou a falar da administração interina, não somente sem as saudades dos honorários, nem o vexame da perda, mas até com desvanecimento e orgulho. A administração ficou sendo a Hégira, donde ele contava para diante e para trás.

— No tempo em que eu era administrador...

Ou então:

— Ah! Sim, lembra-me, foi antes da minha administração, um ou dous meses antes... Ora espere; a minha administração começou... É isto, mês e meio antes; foi mês e meio antes, não foi mais.

Ou ainda:

— Justamente; havia já seis meses que eu administrava...

Tal é o sabor póstumo das glórias interinas. José Dias bradava que era a vaidade sobrevivente; mas o padre Cabral, que levava tudo para a Escritura, dizia que com o vizinho Pádua se dava a lição de Elifás a Jó: "Não desprezes a correção do Senhor; ele fere e cura".

XVII
Os vermes

"Ele fere e cura!" Quando, mais tarde, vim a saber que a lança de Aquiles também curou uma ferida que fez, tive tais ou quais veleidades de escrever uma dissertação a este propósito. Cheguei a pegar em livros velhos, livros mortos, livros enterrados, a abri-los, a compará-los, catando o texto e o sentido, para achar a origem comum do oráculo pagão e do pensamento israelita. Catei os próprios vermes dos livros, para que me dissessem o que havia nos textos roídos por eles.

— Meu senhor, respondeu-me um longo verme gordo, nós não sabemos absolutamente nada dos textos que roemos, nem escolhemos o que roemos, nem amamos ou detestamos o que roemos; nós roemos.

Não lhe arranquei mais nada. Os outros todos, como se houvessem passado palavra, repetiam a mesma cantilena. Talvez esse discreto silêncio sobre os textos roídos, fosse ainda um modo de roer o roído.

XVIII
Um plano

Pai nem mãe foram ter conosco, quando Capitu e eu, na sala de visitas, falávamos do seminário. Com os olhos em mim, Capitu queria saber que notícia era a que me afligia tanto. Quando lhe disse o que era, fez-se cor de cera.

— Mas eu não quero, acudi logo, não quero entrar em seminários; não entro, é escusado teimarem comigo, não entro.

Capitu, a princípio não disse nada. Recolheu os olhos, meteu-os em si e deixou-se estar com as pupilas vagas e surdas, a boca entreaberta, toda parada. Então eu, para dar força às afirmações, comecei a jurar que não seria padre. Naquele tempo jurava muito e rijo, pela vida e pela morte. Jurei pela hora da morte. Que a luz me faltasse na hora da morte se fosse para o seminário. Capitu não parecia crer nem descrer, não parecia sequer ouvir; era uma figura de pau. Quis chamá-la, sacudi-la, mas faltou-me ânimo. Essa criatura que brincara comigo, que pulara, dançara, creio até que dormira comigo, deixava-me agora com os braços atados e medrosos. Enfim, tornou a si, mas tinha a cara lívida, e rompeu nestas palavras furiosas:

— Beata! carola! papa-missas!

Fiquei aturdido. Capitu gostava tanto de minha mãe, e minha mãe dela, que eu não podia entender tamanha explosão. É verdade que também gostava de mim, e naturalmente mais, ou melhor, ou de outra maneira, cousa bastante a explicar o despeito que lhe trazia a ameaça da separação; mas os impropérios, como entender que lhe chamasse nomes tão feios, e principalmente para deprimir costumes religiosos, que eram os seus? Que ela também ia à missa, e três ou quatro vezes minha mãe é que a levou, na nossa velha sege. Também lhe dera um rosário, uma cruz de ouro e um *Livro de horas*... Quis defendê-la, mas Capitu não me deixou, continuou a chamar-lhe beata e carola, em voz tão alta que tive medo fosse ouvida dos pais. Nunca a vi tão irritada como então; parecia disposta a dizer tudo a todos. Cerrava os dentes, abanava a cabeça... Eu, assustado, não sabia que fizesse; repetia os juramentos, prometia ir naquela mesma noite declarar em casa que, por nada neste mundo, entraria no seminário.

— Você? Você entra.

— Não entro.

— Você verá se entra ou não.

Calou-se outra vez. Quando tornou a falar, tinha mudado; não era ainda a Capitu do costume, mas quase. Estava séria, sem aflição, falava baixo. Quis saber a conversação da minha casa; eu contei-lha toda, menos a parte que lhe dizia respeito.

— E que interesse tem José Dias em lembrar isto? — perguntou-me no fim.

— Acho que nenhum; foi só para fazer mal. É um sujeito muito ruim; mas, deixe estar que me há de pagar. Quando eu for dono da casa, quem vai para a rua é ele, você verá; não me fica um instante. Mamãe é boa demais; dá-lhe atenção de mais. Parece até que chorou.

— José Dias?

— Não, mamãe.

— Chorou por quê?

— Não sei; ouvi só dizer que ela não chorasse, que não era cousa de choro... Ele chegou a mostrar-se arrependido, e saiu; eu então, para não ser apanhado, deixei o canto e corri para a varanda. Mas, deixe estar, que ele me paga!

Disse isto fechando o punho, e proferi outras ameaças. Ao relembrá-las, não me acho ridículo; a adolescência e a infância não são, neste ponto, ridículas; é um dos seus privilégios. Este mal ou este perigo começa na mocidade, cresce na madureza e atinge o maior grau na velhice. Aos quinze anos, há até certa graça em ameaçar muito e não executar nada.

Capitu refletia. A reflexão não era cousa rara nela, e conheciam-se as ocasiões pelo apertado dos olhos. Pediu-me algumas circunstâncias mais, as próprias palavras de uns e de outros, e o tom delas. Como eu não queria dizer o ponto inicial da conversa, que era ela mesma, não lhe pude dar toda a significação. A atenção de Capitu estava agora particularmente nas lágrimas de minha mãe; não acabava de entendê-las. Em meio disto, confessou que certamente não era por mal que minha mãe me queria fazer padre; era a promessa antiga, que ela, temente a Deus, não podia deixar de cumprir. Fiquei tão satisfeito de ver que assim espontaneamente reparava as injúrias que lhe saíram do peito, pouco antes, que peguei da mão dela e apertei-a muito. Capitu deixou-se ir, rindo; depois a conversa entrou a cochilar e dormir. Tínhamos chegado à janela; um preto, que, desde algum tempo, vinha apregoando cocadas, parou em frente e perguntou:

— Sinhazinha, qué cocada hoje?

— Não, respondeu Capitu.

— Cocadinha tá boa.

— Vá-se embora, replicou ela sem rispidez.

— Dê cá! disse eu descendo o braço para receber duas.

Comprei-as, mas tive de as comer sozinho; Capitu recusou. Vi que, em meio da crise, eu conservava um canto para as cocadas, o que tanto pode ser perfeição como imperfeição, mas o momento não é para definições tais; fiquemos em que a minha amiga, apesar de equilibrada e lúcida, não quis saber de doce, e gostava muito de doce.

Ao contrário, o pregão que o preto foi cantando, o pregão das velhas tardes, tão sabido do bairro e da nossa infância:

Chora, menina, chora,
Chora, porque não tem
Vintém,

a modo que lhe deixara uma impressão aborrecida. Da toada não era; ela a sabia de cor e de longe, usava repeti-la nos nossos jogos da puerícia, rindo, saltando, trocando os papéis comigo, ora vendendo, ora comprando um doce ausente. Creio que a letra, destinada a picar a vaidade das crianças, foi que a enojou agora, porque logo depois me disse:

— Se eu fosse rica, você fugia, metia-se no paquete e ia para a Europa.

Dito isto, espreitou-me os olhos, mas creio que eles não lhe disseram nada, ou só agradeceram a boa intenção. Com efeito, o sentimento era tão amigo que eu podia escusar o extraordinário da aventura.

Como vês, Capitu, aos catorze anos, tinha já ideias atrevidas, muito menos que outras que lhe vieram depois; mas eram só atrevidas em si, na prática faziam-se hábeis, sinuosas, surdas, e alcançavam o fim proposto, não de salto, mas aos saltinhos. Não sei se me explico bem. Suponde uma concepção grande executada por meios pequenos. Assim, para não sair do desejo vago e hipotético de me mandar para a Europa, Capitu, se pudesse cumpri-lo, não me faria embarcar no paquete e fugir; estenderia uma fila de canoas daqui até lá, por onde eu, parecendo ir à fortaleza da Laje em ponte movediça, iria realmente até Bordéus, deixando minha mãe na praia, à espera. Tal era a feição particular do caráter da minha amiga; pelo que, não admira que, combatendo os meus projetos de resistência franca, fosse antes pelos meios brandos, pela ação do empenho, da palavra, da persuasão lenta e diuturna, e examinasse antes as pessoas com quem podíamos contar. Rejeitou Tio Cosme; era um "boa-vida"; se não aprovava a minha ordenação, não era capaz de dar um passo para suspendê-la. Prima Justina era melhor que ele, e melhor que os dous seria o padre Cabral, pela autoridade, mas o padre não havia de trabalhar contra a Igreja; só se eu lhe confessasse que não tinha vocação...

— Posso confessar?

— Pois, sim, mas seria aparecer francamente, e o melhor é outra cousa. José Dias...

— Que tem José Dias?

— Pode ser um bom empenho.

— Mas se foi ele mesmo que falou...

— Não importa, continuou Capitu; dirá agora outra cousa. Ele gosta muito de você. Não lhe fale acanhado. Tudo é que você não tenha medo, mostre que há de vir a ser dono da casa, mostre que quer e que pode. Dê-lhe bem a entender que não é favor. Faça-lhe também elogios; ele gosta muito de ser elogiado. Dona Glória presta-lhe atenção; mas o principal não é isso; é que ele, tendo de servir a você, falará com muito mais calor que outra pessoa.

— Não acho, não, Capitu.

— Então vá para o seminário.

— Isso não.

— Mas que se perde em experimentar? Experimentemos; faça o que lhe digo. Dona Glória pode ser que mude de resolução; se não mudar, faz-se outra cousa, mete-se então o padre Cabral. Você não se lembra como é que foi ao teatro pela primeira vez, há dous meses? Dona Glória não queria, e bastava isso para que José Dias não teimasse; mas ele queria ir, e fez um discurso, lembra-se?

— Lembra-me; disse que o teatro era uma escola de costumes.

— Justo; tanto falou que sua mãe acabou consentindo, e pagou a entrada aos dous... Ande, peça, mande. Olhe; diga-lhe que está pronto a ir estudar leis em São Paulo.

Estremeci de prazer, São Paulo era um frágil biombo, destinado a ser arredado um dia, em vez da grossa parede espiritual e eterna. Prometi falar a José Dias nos termos propostos. Capitu repetiu-os, acentuando alguns, como principais; e inquiria-me depois sobre eles, a ver se entendera bem, se não trocara uns por outros. E insistia em que pedisse com boa cara, mas assim como quem pede um copo de água a pessoa que tem obrigação de o trazer. Conto estas minúcias para que melhor se entenda aquela manhã da minha amiga; logo virá a tarde, e da manhã e da tarde se fará o primeiro dia, como no Gênesis, onde se fizeram sucessivamente sete.

XIX
Sem falta

Quando voltei a casa era noite. Vim depressa, não tanto, porém, que não pensasse nos termos em que falaria ao agregado. Formulei o pedido de cabeça, escolhendo as palavras que diria e o tom delas, entre seco e benévolo. Na chácara, antes de entrar em casa, repeti-as comigo, depois em voz alta, para ver se eram adequadas e se obedeciam às recomendações de Capitu: "Preciso falar-lhe, *sem falta*, amanhã; escolha o lugar e diga-me". Proferi-as lentamente, e mais lentamente ainda as palavras *sem falta*, como para sublinhá-las. Repeti-as ainda, e então achei-as secas de mais, quase ríspidas, e, francamente, impróprias de um criançola para um homem maduro. Cuidei de escolher outras, e parei.

Afinal disse comigo que as palavras podiam servir, tudo era dizê-las em tom que não ofendesse. E a prova é que, repetindo-as novamente, saíram-me quase súplices. Bastava não carregar tanto, nem adoçar muito, um meio-termo. "E Capitu tem razão, pensei, a casa é minha, ele é um simples agregado... Jeitoso é, pode muito bem trabalhar por mim, e desfazer o plano de mamãe."

XX
Mil padre-nossos e mil ave-marias

Levantei os olhos ao céu, que começava a embruscar-se, mas não foi para vê-lo coberto ou descoberto. Era ao outro céu que eu erguia a minha alma; era ao meu refúgio, ao meu amigo. E então disse de mim para mim:

— Prometo rezar mil padre-nossos e mil ave-marias, se José Dias arranjar que eu não vá para o seminário.

A soma era enorme. A razão é que eu andava carregado de promessas não cumpridas. A última foi de duzentos padre-nossos e duzentas ave-marias, se não chovesse em certa tarde de passeio a Santa Teresa. Não choveu, mas eu não rezei as orações. Desde pequenino acostumara-me a pedir ao céu os seus favores, mediante orações que diria, se eles viessem. Disse as primeiras, as outras foram adiadas, e à medida que se amontoavam iam sendo esquecidas. Assim cheguei aos números vinte, trinta, cinquenta. Entrei nas centenas e agora no milhar. Era um modo de peitar a vontade divina pela quantia das orações; além disso, cada promessa nova era feita e jurada no sentido de pagar a dívida antiga. Mas vão lá matar a preguiça de uma alma que a trazia do berço e não a sentia atenuada pela vida! O céu fazia-me o favor, eu adiava a paga. Afinal perdi-me nas contas.

— Mil, mil, repeti comigo.

Realmente, a matéria do benefício era agora imensa, não menos que a salvação ou o naufrágio da minha existência inteira. Mil, mil, mil. Era preciso uma soma que pagasse os atrasados todos. Deus podia muito bem, irritado com os esquecimentos, negar-se a ouvir-me sem muito dinheiro... Homem grave, é possível que estas agitações de menino te enfadem, se é que não as achas ridículas. Sublimes não eram. Cogitei muito no modo de resgatar a dívida espiritual. Não achava outra espécie em que, mediante a intenção, tudo se cumprisse, fechando a escrituração da minha consciência moral sem déficit. Mandar dizer cem missas, ou subir de joelhos a ladeira da Glória para ouvir uma, ir à Terra Santa, tudo o que as velhas escravas me contavam de promessas célebres, tudo me acudia sem se fixar de vez no espírito. Era muito duro subir uma ladeira de joelhos; devia feri-los por força. A Terra Santa ficava muito longe. As missas eram numerosas, podiam empenhar-me outra vez a alma...

XXI
Prima Justina

Na varanda achei prima Justina, passeando de um lado para outro. Veio ao patamar e perguntou-me onde estivera.

— Estive aqui ao pé, conversando com dona Fortunata, e distraí-me. É tarde, não é? Mamãe perguntou por mim?

— Perguntou, mas eu disse que você já tinha vindo.

A mentira espantou-me, não menos que a franqueza da notícia. Não é que prima Justina fosse de biocos; dizia francamente a Pedro o mal que pensava de Paulo, e a Paulo o que pensava de Pedro; mas, confessar que mentira é que me pareceu novidade. Era quadragenária, magra e pálida, boca fina e olhos curiosos. Vivia conosco por favor de minha mãe, e também por interesse; minha mãe queria ter uma senhora íntima ao pé de si, e antes parenta que estranha.

Passeamos alguns minutos na varanda, alumiada por um lampião. Quis saber se eu não esquecera os projetos eclesiásticos de minha mãe, e dizendo-lhe eu que não, inquiriu-me sobre o gosto que eu tinha à vida de padre. Respondi esquivo:

— Vida de padre é muito bonita.

— Sim, é bonita; mas o que pergunto é se você gostaria de ser padre — explicou rindo.

— Eu gosto do que mamãe quiser.

— Prima Glória deseja muito que você se ordene, mas

ainda que não desejasse, há cá em casa quem lhe meta isso na cabeça.

— Quem é?

— Ora, quem! Quem é que há de ser? Primo Cosme não é, que não se importa com isso; eu também não.

— José Dias? concluí.

— Naturalmente.

Enruguei a testa interrogativamente, como se não soubesse nada. Prima Justina completou a notícia dizendo que ainda naquela tarde José Dias lembrara a minha mãe a promessa antiga.

— Prima Glória pode ser que, em passando os dias, vá esquecendo a promessa; mas como há de esquecer se uma pessoa estiver sempre, nos ouvidos, zás que darás, falando do seminário? E os discursos que ele faz, os elogios da Igreja, e que a vida de padre é isto e aquilo, tudo com aquelas palavras que só ele conhece, e aquela afetação... Note que é só para fazer mal, porque ele é tão religioso, como este lampião. Pois é verdade, ainda hoje. Você não se dê por achado... Hoje de tarde falou como você não imagina...

— Mas falou à toa? perguntei, a ver se ela contava a denúncia do meu namoro com a vizinha.

Não contou; fez apenas um gesto como indicando que havia outra cousa que não podia dizer. Novamente me recomendou que não me desse por achado, e recapitulou todo o mal que pensava de José Dias, e não era pouco, um intrigante, um bajulador, um especulador, e, apesar da casca de polidez, um grosseirão. Eu, passados alguns instantes, disse:

— Prima Justina, a senhora era capaz de uma cousa?

— De quê?

— Era capaz de... Suponha que eu não gostasse de ser padre... a senhora podia pedir a mamãe...

— Isso não, atalhou prontamente; prima Glória tem este negócio firme na cabeça, e não há nada no mundo que a faça mudar de resolução; só o tempo. Você ainda era pequenino, já ela contava isto a todas as pessoas da nossa amizade, ou só conhecidas. Lá avivar-lhe a memória, não, que eu não trabalho para a desgraça dos outros; mas também, pedir outra cousa, não peço. Se ela me consultasse, bem; se ela me dissesse: "Prima Justina, você que acha?", a minha resposta era: "Prima Glória, eu penso que, se ele gosta de ser padre, pode ir; mas, se não gosta, o melhor é ficar". É o que eu diria e direi se ela me consultar algum dia. Agora, ir falar-lhe sem ser chamada, não faço.

XXII
Sensações alheias

Não alcancei mais nada, e para o fim arrependi-me do pedido: devia ter seguido o conselho de Capitu. Então, como eu quisesse ir para dentro, prima Justina reteve-me alguns minutos, falando do calor e da próxima festa da Conceição, dos meus velhos oratórios, e finalmente de Capitu. Não disse mal dela; ao contrário insinuou-me que podia vir a ser uma moça bonita. Eu, que já a achava lindíssima, bradaria que era a mais bela criatura do mundo, se o receio me não fizesse discreto. Entretanto, como prima Justina se metesse a elogiar-lhe os modos, a gravidade, os costumes, o trabalhar para os seus, o amor que tinha a minha mãe, tudo isto me acendeu a ponto de elogiá-la também. Quando não era com palavras, era com gesto de aprovação que dava a cada uma das asserções da outra, e certamente com a felicidade que devia iluminar-me a cara. Não adverti que assim confirmava a denúncia de José Dias, ouvida por ela, à tarde, na sala de visitas, se é que também ela não desconfiava já. Só pensei nisso na cama. Só então senti que os olhos de prima Justina, quando eu falava, pareciam apalpar-me, ouvir-me, cheirar-me, gostar-me, fazer o ofício de todos os sentidos. Ciúmes não podiam ser; entre um pirralho da minha idade e uma viúva quarentona não havia lugar para ciúmes. É certo que, após algum tempo, modificou os elogios a Capitu, e até lhe fez algumas críticas, disse-me que era um pouco trêfega e olhava por baixo; mas ainda assim, não creio que fossem ciúmes. Creio antes... sim... sim, creio isto. Creio que prima Justina achou no espetáculo das sensações alheias uma ressurreição vaga das próprias. Também se goza por influição dos lábios que narram.

XXIII
Prazo dado

— Preciso falar-lhe amanhã, sem falta; escolha o lugar e diga-me.

Creio que José Dias achou desusado este meu falar. O tom não me sairia tão imperativo como eu receava, mas as palavras o eram, e o não interrogar, não pedir, não hesitar, como era próprio da criança e do meu estilo habitual, certamente lhe deu ideia de uma pessoa nova e de uma nova situação. Foi no corredor, quando íamos para o chá; José Dias vinha andando cheio da leitura de Walter Scott que fizera a minha mãe e a prima Justina. Lia cantado e compassado. Os castelos e os parques saíam maiores da boca dele, os lagos tinham mais água e a "abóbada celeste" contava alguns milhares mais de estrelas centelhantes. Nos diálogos, alternava o som das vozes, que eram levemente grossas ou finas, conforme o sexo dos interlocutores, e reproduziam com moderação a ternura e a cólera.

Ao despedir-se de mim, na varanda, disse-me ele:

— Amanhã, na rua. Tenho umas compras que fazer, você pode ir comigo, pedirei a mamãe. É dia de lição?

— A lição foi hoje.

— Perfeitamente. Não lhe pergunto o que é; afirmo desde já que é matéria grave e pura.

— Sim, senhor.

— Até amanhã.

Fez-se tudo o melhor possível. Houve só uma alteração: minha mãe achou o dia quente e não consentiu que eu fosse a pé; entramos no ônibus, à porta de casa.

— Não importa, disse-me José Dias; podemos apear-nos à porta do Passeio Público.

XXIV
De mãe e de servo

José Dias tratava-me com extremos de mãe e atenções de servo. A primeira cousa que conseguiu logo que comecei a andar fora, foi dispensar-me o pajem; fez-se pajem, ia comigo à rua. Cuidava dos meus arranjos em casa, dos meus livros, dos meus sapatos, da minha higiene e da minha prosódia. Aos oito anos os meus plurais careciam, alguma vez, da desinência exata, ele a corrigia, meio sério para dar autoridade à lição, meio risonho para obter o perdão da emenda. Ajudava assim o mestre de primeiras letras. Mais tarde, quando o padre Cabral me ensinava latim, doutrina e história sagrada, ele assistia às lições, fazia reflexões eclesiásticas, e, no fim, perguntava ao padre: "Não é verdade que o nosso jovem amigo caminha depressa?". Chamava-me "um prodígio"; dizia a minha mãe ter conhecido outrora meninos muito inteligentes, mas que eu excedia a todos esses, sem contar que, para a minha idade, possuía já certo número de qualidades morais sólidas. Eu, posto não avaliasse todo o valor deste outro elogio, gostava do elogio; era um elogio.

XXV
No Passeio Público

Entramos no Passeio Público. Algumas caras velhas, outras doentes ou só vadias espalhavam-se melancolicamente no caminho que vai da porta ao terraço. Seguimos para o terraço. Andando, para me dar ânimo, falei do jardim:

— Há muito tempo que não venho aqui, talvez um ano.

— Perdoe-me, atalhou ele, não há três meses que esteve aqui com o nosso vizinho Pádua; não se lembra?

— É verdade, mas foi tão de passagem...

— Ele pediu a sua mãe que o deixasse trazer consigo, e ela, que é boa como a mãe de Deus, consentiu; mas ouça-me, já que falamos nisto, não é bonito que você ande com o Pádua na rua.

— Mas eu andei algumas vezes...

— Quando era mais jovem; em criança, era natural, ele podia passar por criado. Mas você está ficando moço, e ele vai tomando confiança. Dona Glória, afinal, não pode gostar disto. A gente Pádua não é de todo má. Capitu, apesar daqueles olhos que o diabo lhe deu... Você já reparou nos olhos dela? São assim de cigana oblíqua e dissimulada. Pois, apesar deles, poderia passar, se não fosse a vaidade e a adulação. Oh! A adulação! Dona Fortunata merece estima, e ele não nego que seja honesto, tem um bom emprego, possui a casa em que mora, mas honestidade e estima não bastam, e as outras qualidades perdem muito de valor com as más companhias em que ele anda. Pádua tem uma tendência para gente reles. Em lhe cheirando a homem chulo é com ele. Não digo isto por ódio, nem porque ele fale mal de mim e se ria, como se riu, há dias, dos meus sapatos acalcanhados...

— Perdão, interrompi suspendendo o passo, nunca ouvi que falasse mal do senhor; pelo contrário, um dia, não há muito tempo, disse ele a um sujeito, em minha presença, que o senhor era "um homem de capacidade e sabia falar como um deputado nas câmaras".

José Dias sorriu deliciosamente, mas fez um esforço grande e fechou outra vez o rosto; depois replicou:

— Não lhe agradeço nada. Outros, de melhor sangue, me tem feito o favor de juízos altos. E nada disso impede que ele seja o que lhe digo.

Tínhamos outra vez andado, subimos ao terraço, e olhamos para o mar.

— Vejo que o senhor não quer senão o meu benefício, disse eu depois de alguns instantes.

— Pois que outra cousa, Bentinho?

— Neste caso, peço-lhe um favor.

— Um favor? Mande, ordene, que é?

— Mamãe...

Durante algum tempo não pude dizer o resto, que era pouco, e vinha de cor. José Dias tornou a perguntar o que era, sacudia-me com brandura, levantava-me o queixo e espetava os olhos em mim, ansioso também, como a prima Justina na véspera.

— Mamãe quê? Que é que tem mamãe?

— Mamãe quer que eu seja padre, mas eu não posso ser padre — disse finalmente.

José Dias endireitou-se pasmado.

— Não posso, continuei eu, não menos pasmado que ele, não tenho jeito, não gosto da vida de padre. Estou por tudo o que ela quiser; mamãe sabe que eu faço tudo o que ela manda; estou pronto a ser o que for do seu agrado, até cocheiro de ônibus. Padre, não; não posso ser padre. A carreira é bonita, mas não é para mim.

Todo esse discurso não me saiu assim, de vez, enfiado naturalmente, peremptório, como pode parecer do texto, mas aos pedaços, mastigado, em voz um pouco surda e tímida. Não obstante, José Dias ouvira-o espantado. Não contava certamente com a resistência, por mais acanhada que fosse; mas o que ainda mais o assombrou foi esta conclusão:

— Conto com o senhor para salvar-me.

Os olhos do agregado escancararam-se, as sobrancelhas arquearam-se, e o prazer que eu contava dar-lhe com a escolha da proteção não se mostrou em nenhum dos músculos. Toda a cara dele era pouca para a estupefação. Realmente, a matéria do discurso revelara em mim uma alma nova; eu próprio não me conhecia. Mas a palavra final é que trouxe um vigor único. José Dias ficou aturdido. Quando os olhos tornaram às dimensões ordinárias:

— Mas que posso eu fazer? perguntou.

— Pode muito. O senhor sabe que, em nossa casa, todos o apreciam. Mamãe pede muita vez os seus conselhos, não é? Tio Cosme diz que o senhor é pessoa de talento...

— São bondades, retorquiu lisonjeado. São favores de pessoas dignas, que merecem tudo... Aí está! Nunca ninguém me há de ouvir dizer nada de pessoas tais; por quê? Porque são ilustres e virtuosas. Sua mãe é uma santa, seu tio é um cavalheiro perfeitíssimo. Tenho conhecido famílias distintas; nenhuma poderá vencer a sua em nobreza de sentimentos. O talento que seu tio acha em mim confesso que o tenho, mas é só um, — é o talento de saber o que é bom e digno de admiração e de apreço.

— Há de ter também o de proteger os amigos, como eu.

— Em que lhe posso valer, anjo do céu? Não hei de dissuadir sua mãe de um projeto que é, além de promessa, a ambição e o sonho de longos anos. Quando pudesse, é tarde. Ainda ontem fez-me o favor de dizer: "José Dias, preciso meter Bentinho no seminário".

Timidez não é tão ruim moeda, como parece. Se eu fosse destemido, é provável que, com a indignação que experimentei, rompesse a chamar-lhe mentiroso, mas então seria preciso confessar-lhe que estivera à escuta, atrás da porta, e uma ação valia outra. Contentei-me de responder que não era tarde.

— Não é tarde, ainda é tempo, se o senhor quiser.

— Se eu quiser? Mas que outra cousa quero eu, senão servi-lo? Que desejo, senão que seja feliz, como merece?

— Pois ainda é tempo. Olhe, não é por vadiação. Estou pronto para tudo; se ela quiser que eu estude leis, vou para São Paulo...

XXVI
As leis são belas

Pela cara de José Dias passou algo parecido com o reflexo de uma ideia, — uma ideia que o alegrou extraordinariamente. Calou-se alguns instantes; eu tinha os olhos nele, ele voltara os seus para o lado da barra. Como insistisse:

— É tarde, disse ele; mas, para lhe provar que não há falta de vontade, irei falar a sua mãe. Não prometo vencer, mas lutar; trabalharei com alma. Deveras, não quer ser padre? As leis são belas, meu querido... Pode ir a São Paulo, a Pernambuco, ou ainda mais longe. Há boas universidades por esse mundo fora. Vá para as leis, se tal é a sua vocação. Vou falar a dona Glória, mas não conte só comigo; fale também a seu tio.

— Hei de falar.

— Pegue-se também com Deus, — com Deus e a Virgem Santíssima, concluiu apontando para o céu.

O céu estava meio enfarruscado. No ar, perto da praia, grandes pássaros negros faziam giros, avoaçando ou pairando, e desciam a roçar os pés, na água, e tornavam a erguer-se para descer novamente. Mas nem as sombras do céu, nem as danças fantásticas dos pássaros me desviavam o espírito do meu interlocutor. Depois de lhe responder que sim, emendei-me:

— Deus fará o que o senhor quiser.

— Não blasfeme. Deus é dono de tudo; ele é, só por si, a terra e o céu, o passado, o presente e o futuro. Peça-lhe a sua felicidade, que eu não faço outra cousa... Uma vez que você não pode ser padre, e prefere as leis... As leis são belas, sem desfazer na teologia, que é melhor que tudo, como a vida eclesiástica é a mais santa... Por que não há de ir estudar leis fora daqui? Melhor é ir logo para alguma universidade, e ao mesmo tempo que estuda, viaja. Podemos ir juntos; veremos as terras estrangeiras, ouviremos inglês, francês, italiano, espanhol, russo e até sueco. Dona Glória provavelmente não poderá acompanhá-lo; ainda que possa e vá, não quererá guiar os negócios, papéis, matrículas, e cuidar de hospedarias, e andar com você de um lado para outro... Oh! As leis são belíssimas!

— Está dito, pede a mamãe que me não meta no seminário?

— Pedir, peço, mas pedir não é alcançar. Anjo do meu coração, se vontade de servir é poder de mandar, estamos aqui, estamos a bordo. Ah! Você não imagina o que é a Europa; oh! A Europa...

Levantou a perna e fez uma pirueta. Uma das suas ambições era tornar à Europa, falava dela muitas vezes, sem acabar de tentar minha mãe nem Tio Cosme, por mais que louvasse os ares e as belezas... Não contava com esta possibilidade de ir comigo, e lá ficar durante a eternidade dos meus estudos.

— Estamos a bordo, Bentinho, estamos a bordo!

XXVII
Ao portão

Ao portão do Passeio, um mendigo estendeu-nos a mão. José Dias passou adiante, mas eu pensei em Capitu e no seminário, tirei dous vinténs do bolso e dei-os ao mendigo. Este beijou a moeda; eu pedi-lhe que rogasse a Deus por mim, a fim de que eu pudesse satisfazer todos os meus desejos.

— Sim, meu devoto!

— Chamo-me Bento, acrescentei para esclarecê-lo.

XXVIII
Na rua

José Dias ia tão contente que trocou o homem dos momentos graves, como era na rua, pelo homem dobradiço e inquieto. Mexia-se todo, falava de tudo, fazia-me parar a cada passo diante de um mostrador ou de um cartaz de teatro. Contava-me o enredo de algumas peças, recitava monólogos em verso. Fez os recados todos, pagou contas, recebeu aluguéis de casa; para si comprou um vigésimo de loteria. Afinal, o homem teso rendeu o flexível, e passou a falar pausado, com superlativos. Não vi que a mudança era natural; temi que houvesse mudado a resolução assentada, e entrei a tratá-lo com palavras e gestos carinhosos, até entrarmos no ônibus.

XXIX
O imperador

Em caminho, encontramos o imperador, que vinha da Escola de Medicina. O ônibus em que íamos parou, como todos os veículos; os passageiros desceram à rua e tiraram o chapéu, até que o coche imperial passasse. Quando tornei ao meu lugar, trazia uma ideia fantástica, a ideia de ir ter com o imperador, contar-lhe tudo e pedir-lhe a intervenção. Não confiaria esta ideia a Capitu. "Sua Majestade pedindo, mamãe cede", pensei comigo.

Vi então o imperador escutando-me, refletindo e acabando por dizer que sim, que iria falar a minha mãe; eu beijava-lhe a mão, com lágrimas. E logo me achei em casa, à espera, até que ouvi os batedores e o piquete de cavalaria; é o imperador! é o imperador! toda a gente chegava às janelas para vê-lo passar, mas não passava, o coche parava à nossa porta, o imperador apeava-se e entrava. Grande alvoroço na vizinhança: "O imperador entrou em casa de dona Glória! Que será? Que não será?". A nossa família saía a recebê-lo; minha mãe era a primeira que lhe beijava a mão. Então o imperador, todo risonho, sem entrar na sala ou entrando, — não me lembra bem, os sonhos são muita vez confusos, — pedia a minha mãe que me não fizesse padre, — e ela, lisonjeada e obediente, prometia que não.

— A medicina, — por que lhe não manda ensinar medicina?

— Uma vez que é do agrado de vossa majestade...

— Mande ensinar-lhe medicina; é uma bonita carreira, e nós temos aqui bons professores. Nunca foi à nossa Escola? É uma bela Escola. Já temos médicos de primeira ordem, que podem ombrear com os melhores de outras terras. A medicina é uma grande ciência; basta só isto de dar a saúde aos outros, conhecer as moléstias, combatê-las, vencê-las... A senhora mesma há de ter visto milagres. Seu marido morreu, mas a doença era fatal, e ele não tinha cuidado em si... É uma bonita carreira; mande-o para a nossa Escola. Faça isso por mim, sim? Você quer, Bentinho?

— Mamãe querendo.

— Quero, meu filho. Sua majestade manda.

Então o imperador dava outra vez a mão a beijar, e saía, acompanhado de todos nós, a rua cheia de gente, as janelas atopetadas, um silêncio de assombro; o imperador entrava no coche, inclinava-se e fazia um gesto de adeus, dizendo ainda: "A medicina, a nossa Escola". E o coche partia entre invejas e agradecimentos.

Tudo isso vi e ouvi. Não, a imaginação de Ariosto não é mais fértil que a das crianças e dos namorados, nem a visão do impossível precisa mais que de um recanto de ônibus. Consolei-me por instantes, digamos minutos, até destruir-se o plano e voltar-me para as caras sem sonhos dos meus companheiros.

XXX
O Santíssimo

Terás entendido que aquela lembrança do imperador acerca da medicina não era mais que a sugestão da minha pouca vontade de sair do Rio de Janeiro. Os sonhos do acordado são como os outros sonhos, tecem-se pelo desenho das nossas inclinações e das nossas recordações. Vá que fosse para São Paulo, mas a Europa... Era muito longe, muito mar e muito tempo. Viva a medicina! Iria contar estas esperanças a Capitu.

— Parece que vai sair o Santíssimo, disse alguém no ônibus. Ouço um sino; é, creio que é em Santo Antônio dos Pobres. Pare, sr. recebedor!

O recebedor das passagens puxou a correia que ia ter ao braço do cocheiro, o ônibus parou, e o homem desceu. José Dias deu duas voltas rápidas à cabeça, pegou-me no braço e fez-me descer consigo. Iríamos também acompanhar o Santíssimo. Efetivamente, o sino chamava os fiéis àquele serviço da última hora. Já havia algumas pessoas na sacristia. Era a primeira vez que me achava em momento tão grave; obedeci, a princípio constrangido, mas logo depois satisfeito, menos pela caridade do serviço que por me dar um ofício de homem. Quando o sacristão começou a distribuir as opas, entrou um sujeito esbaforido; era o meu vizinho Pádua, que também ia acompanhar o Santíssimo. Deu conosco, veio cumprimentar-nos. José Dias fez um gesto de aborrecido, e apenas lhe respondeu com uma palavra seca, olhando para o padre, que lavava as mãos. Depois, como Pádua falasse ao sacristão, baixinho, aproximou-se deles; eu fiz a mesma cousa. Pádua solicitava do sacristão uma das varas do pálio. José Dias pediu uma para si.

— Há só uma disponível, disse o sacristão.

— Pois essa, disse José Dias.

— Mas eu tinha pedido primeiro, aventurou Pádua.

— Pediu primeiro, mas entrou tarde, retorquiu José Dias; eu já cá estava. Leve uma tocha.

Pádua, apesar do medo que tinha ao outro, teimava em querer a vara, tudo isto em voz baixa e surda. O sacristão achou meio de conciliar a rivalidade, tomando a si obter de um dos outros seguradores do pálio que cedesse a vara ao Pádua, conhecido na paróquia, como José Dias. Assim fez; mas José Dias transtornou ainda esta combinação. Não, uma vez que tínhamos outra vara disponível, pedia-a para mim, "jovem seminarista", a quem esta distinção cabia mais diretamente. Pádua ficou pálido, como as tochas. Era pôr à prova o coração de um pai. O sacristão, que me conhecia de me ver ali com minha mãe, aos domingos, perguntou de curioso se eu era deveras seminarista.

— Ainda não, mas vai sê-lo, respondeu José Dias, piscando o olho esquerdo para mim, que, apesar do aviso, fiquei zangado.

— Bem, cedo ao nosso Bentinho, suspirou o pai de Capitu.

Pela minha parte, quis ceder-lhe a vara; lembrou-me que ele costumava acompanhar o Santíssimo Sacramento aos moribundos, levando uma tocha, mas que a última vez conseguira uma vara do pálio. A distinção especial do pálio vinha de cobrir o vigário e o sacramento; para tocha qualquer pessoa servia. Foi ele mesmo que me contou e explicou isto, cheio de uma glória pia e risonha. Assim fica entendido o alvoroço com que entrara na igreja; era a segunda vez do pálio, tanto que cuidou logo de ir pedi-lo.

E nada! E tornava à tocha comum, outra vez a interinidade interrompida; o administrador regressava ao antigo cargo... Quis ceder-lhe a vara; o agregado tolheu-me esse ato de generosidade, e pediu ao sacristão que nos pusesse, a ele e a mim, com as duas varas da frente, rompendo a marcha do pálio.

Opas enfiadas, tochas distribuídas e acesas, padre e cibório prontos, o sacristão de hissope e campainha nas mãos, saiu o préstito à rua. Quando me vi com uma das varas, passando pelos fiéis, que se ajoelhavam, fiquei comovido. Pádua roía a tocha amargamente. É uma metáfora, não acho outra forma mais viva de dizer a dor e a humilhação do meu vizinho. De resto, não pude mirá-lo por muito tempo, nem ao agregado, que, paralelamente a mim, erguia a cabeça com o ar de ser ele próprio o Deus dos exércitos. Com pouco, senti-me cansado; os braços caíam-me, felizmente a casa era perto, na rua do Senado.

A enferma era uma senhora viúva, tísica, tinha uma filha de quinze ou dezesseis anos, que estava chorando à porta do quarto. A moça não era formosa, talvez nem tivesse graça; os cabelos caíam despenteados, e as lágrimas faziam-lhe encarquilhar os olhos. Não obstante, o total falava e cativava o coração. O vigário confessou a doente, deu-lhe a comunhão e os santos óleos. O pranto da moça redobrou tanto que senti os meus olhos molhados e fugi. Vim para perto de uma janela. Pobre criatura! A dor era comunicativa em si mesma; complicada da lembrança de minha mãe, doeu-me mais, e, quando enfim pensei em Capitu, senti um ímpeto de soluçar também, enfiei pelo corredor, e ouvi alguém dizer-me:

— Não chore assim!

A imagem de Capitu ia comigo, e a minha imaginação, assim como lhe atribuíra lágrimas, há pouco, assim lhe encheu a boca de riso agora; vi-a escrever no muro, falar-me, andar à volta, com os braços no ar; ouvi distintamente o meu nome, de uma doçura que me embriagou, e a voz era dela. As tochas acesas, tão lúgubres na ocasião, tinham-me ares de um lustre nupcial... Que era lustre nupcial? Não sei; era alguma cousa contrária à morte, e não vejo outra mais que bodas. Esta nova sensação me dominou tanto que José Dias veio a mim, e me disse ao ouvido, em voz baixa:

— Não ria assim!

Fiquei sério depressa. Era o momento da saída. Peguei da minha vara; e, como já conhecia a distância, e agora voltávamos para a igreja, o que fazia a distância menor, — o peso da vara era mui pequeno. Demais, o sol cá fora, a animação da rua, os rapazes da minha idade que me fitavam cheios de inveja, as devotas que chegavam às janelas ou entravam nos corredores e se ajoelhavam à nossa passagem, tudo me enchia a alma de lepidez nova.

Pádua, ao contrário, ia mais humilhado. Apesar de substituído por mim, não acabava de se consolar da tocha, da miserável tocha. E contudo havia outros que também traziam tocha, e apenas mostravam a compostura do ato; não iam garridos, mas também não iam tristes. Via-se que caminhavam com honra.

XXXI
As curiosidades de Capitu

Capitu preferia tudo ao seminário. Em vez de ficar abatida com a ameaça da larga separação, se vingasse a ideia da Europa, mostrou-se satisfeita. E quando eu lhe contei o meu sonho imperial:

— Não, Bentinho, deixemos o imperador sossegado, replicou; fiquemos por ora com a promessa de José Dias. Quando é que ele disse que falaria a sua mãe?

— Não marcou dia; prometeu que ia ver, que falaria logo que pudesse, e que me pegasse com Deus.

Capitu quis que lhe repetisse as respostas todas do agregado, as alterações do gesto e até a pirueta, que apenas lhe contara. Pedia o som das palavras. Era minuciosa e atenta; a narração e o diálogo, tudo parecia remoer consigo. Também se pode dizer que conferia, rotulava e pregava na memória a minha exposição. Esta imagem é porventura melhor que a outra, mas a ótima delas é nenhuma. Capitu era Capitu, isto é, uma criatura mui particular, mais mulher do que eu era homem. Se ainda o não disse, aí fica. Se disse, fica também. Há conceitos que se devem incutir na alma do leitor, à força de repetição.

Era também mais curiosa. As curiosidades de Capitu dão para um capítulo. Eram de vária espécie, explicáveis e inexplicáveis, assim úteis como inúteis, umas graves, outras frívolas; gostava de saber tudo. No colégio onde, desde os sete anos, aprendera a ler, escrever e contar, francês, doutrina e obras de agulha, não aprendeu, por exemplo, a fazer renda; por isso mesmo, quis que prima Justina lho ensinasse. Se não estudou latim com o padre Cabral foi porque o padre, depois de lho propor gracejando, acabou dizendo que latim não era língua de meninas. Capitu confessou-me um dia que esta razão acendeu nela o desejo de o saber. Em compensação, quis aprender inglês com um velho professor amigo do pai e parceiro deste ao solo, mas não foi adiante. Tio Cosme ensinou-lhe gamão.

— Anda apanhar um capotinho, Capitu, dizia-lhe ele.

Capitu obedecia e jogava com facilidade, com atenção, não sei se diga com amor. Um dia fui achá-la desenhando a lápis um retrato; dava os últimos rasgos, e pediu-me que esperasse para ver se estava parecido. Era o de meu pai, copiado da tela que minha mãe tinha na sala e que ainda agora está comigo. Perfeição não era; ao contrário, os olhos saíram esbugalhados, e os cabelos eram pequenos círculos uns sobre outros. Mas, não tendo ela rudimento algum de arte, e havendo feito aquilo de memória em poucos minutos, achei que era obra de muito merecimento; descontai-me a idade e a simpatia. Ainda assim, estou que aprenderia facilmente pintura, como aprendeu música mais tarde. Já então namorava o piano da nossa casa, velho traste inútil, apenas de estimação. Lia os nossos romances, folheava os nossos livros de gravuras, querendo saber das ruínas, das pessoas, das campanhas, o nome, a história, o lugar. José Dias dava-lhe essas notícias com certo orgulho de erudito. A erudição deste não avultava muito mais que a sua homeopatia de Cantagalo.

Um dia, Capitu quis saber o que eram as figuras da sala de visitas. O agregado disse-lho sumariamente, demorando-se um pouco mais em César, com exclamações e latins:

— César! Júlio César! Grande homem! *Tu quoque, Brute?*

Capitu não achava bonito o perfil de César, mas as

ações citadas por José Dias davam-lhe gestos de admiração. Ficou muito tempo com a cara virada para ele. Um homem que podia tudo! que fazia tudo! Um homem que dava a uma senhora uma pérola do valor de seis milhões de sestércios!

— E quanto valia cada sestércio?

José Dias, não tendo presente o valor do sestércio, respondeu entusiasmado:

— É o maior homem da história!

A pérola de César acendia os olhos de Capitu. Foi nessa ocasião que ela perguntou a minha mãe por que é que já não usava as joias do retrato; referia-se ao que estava na sala, com o de meu pai; tinha um grande colar, um diadema e brincos.

— São joias viúvas, como eu, Capitu.

— Quando é que botou estas?

— Foi pelas festas da Coroação.

— Oh! Conte-me as festas da Coroação!

Sabia já o que os pais lhe haviam dito, mas naturalmente tinha para si que eles pouco mais conheceriam do que o que se passou nas ruas. Queria a notícia das tribunas da Capela Imperial e dos salões dos bailes. Nascera muito depois daquelas festas célebres. Ouvindo falar várias vezes da Maioridade, teimou um dia em saber o que fora este acontecimento; disseram-lho, e achou que o imperador fizera muito bem em querer subir ao trono aos quinze anos. Tudo era matéria às curiosidades de Capitu, mobílias antigas, alfaias velhas, costumes, notícias de Itaguaí, a infância e a mocidade de minha mãe, um dito daqui, uma lembrança dali, um adágio dacolá...

XXXII
Olhos de ressaca

Tudo era matéria às curiosidades de Capitu. Caso houve, porém, no qual não sei se aprendeu ou ensinou, ou se fez ambas as cousas, como eu. É o que contarei no outro capítulo. Neste direi somente que, passados alguns dias do ajuste com o agregado, fui ver a minha amiga; eram dez horas da manhã. Dona Fortunata, que estava no quintal, nem esperou que eu lhe perguntasse pela filha.

— Está na sala penteando o cabelo, disse-me; vá devagarzinho para lhe pregar um susto.

Fui devagar, mas ou o pé ou o espelho traiu-me. Este pode ser que não fosse; era um espelhinho de pataca (perdoai a barateza), comprado a um mascate italiano, moldura tosca, argolinha de latão, pendente da parede, entre as duas janelas. Se não foi ele, foi o pé. Um ou outro, a verdade é que, apenas entrei na sala, pente, cabelos, toda ela voou pelos ares, e só lhe ouvi esta pergunta:

— Há alguma cousa?

— Não há nada, respondi; vim ver você antes que o padre Cabral chegue para a lição. Como passou a noite?

— Eu bem. José Dias ainda não falou?

— Parece que não.

— Mas então quando fala?

— Disse-me que hoje ou amanhã pretende tocar no assunto; não vai logo de pancada, falará assim por alto e por longe, um toque. Depois, entrará em matéria. Quer primeiro ver se mamãe tem a resolução feita...

— Que tem, tem, interrompeu Capitu. E se não fosse preciso alguém para vencer já, e de todo, não se lhe falaria. Eu já nem sei se José Dias poderá influir tanto; acho que fará tudo, se sentir que você realmente não quer ser padre, mas poderá alcançar...? Ele é atendido; se, porém... É um inferno isto! Você teime com ele, Bentinho.

— Teimo; hoje mesmo ele há de falar.

— Você jura?

— Juro! Deixe ver os olhos, Capitu.

Tinha-me lembrado a definição que José Dias dera deles, "olhos de cigana oblíqua e dissimulada". Eu não sabia o que era oblíqua, mas dissimulada sabia, e queria ver se se podiam chamar assim. Capitu deixou-se fitar e examinar. Só me perguntava o que era, se nunca os vira; eu nada achei extraordinário; a cor e a doçura eram minhas conhecidas. A demora da contemplação creio que lhe deu outra ideia do meu intento; imaginou que era um pretexto para mirá-los mais de perto, com os meus olhos longos, constantes, enfiados neles, e a isto atribuo que entrassem a ficar crescidos, crescidos e sombrios, com tal expressão que...

Retórica dos namorados, dá-me uma comparação exata e poética para dizer o que foram aqueles olhos de Capitu. Não me acode imagem capaz de dizer, sem quebra da dignidade do estilo, o que eles foram e me fizeram. Olhos de ressaca? Vá, de ressaca. É o que me dá ideia daquela feição nova. Traziam não sei que fluido misterioso e enérgico, uma força que arrastava para dentro, como a vaga que se retira da praia, nos dias de ressaca. Para não ser arrastado, agarrei-me às outras partes vizinhas, às orelhas, aos braços, aos cabelos espalhados pelos ombros; mas tão depressa buscava as pupilas, a onda que saía delas vinha crescendo, cava e escura, ameaçando envolver-me, puxar-me e tragar-me. Quantos minutos gastamos naquele jogo? Só os relógios do céu terão marcado esse tempo infinito e breve. A eternidade tem as suas pêndulas; nem por não acabar nunca deixa de querer saber a duração das felicidades e dos suplícios. Há de dobrar o gozo aos bem-aventurados do céu conhecer a soma dos tormentos que já terão padecido no inferno os seus inimigos; assim também a quantidade das delícias que terão gozado no céu os seus desafetos aumentará as dores aos condenados do inferno. Este outro suplício escapou ao divino Dante; mas eu não estou aqui para emendar poetas. Estou para contar que, ao cabo de um tempo não marcado, agarrei-me definitivamente aos cabelos de Capitu, mas então com as mãos, e disse-lhe, — para dizer alguma cousa, — que era capaz de os pentear, se quisesse.

— Você?

— Eu mesmo.

— Vai embaraçar-me o cabelo todo, isso, sim.

— Se embaraçar, você desembaraça depois.

— Vamos ver.

XXXIII
O penteado

Capitu deu-me as costas, voltando-se para o espelhinho. Peguei-lhe dos cabelos, colhi-os todos e entrei a alisá-los com o pente, desde a testa até às últimas pontas, que lhe desciam à cintura. Em pé não dava jeito: não esquecestes que ela era um nadinha mais alta que eu, mas ainda que fosse da mesma altura. Pedi-lhe que se sentasse.

— Senta aqui, é melhor.

Sentou-se. "Vamos ver o grande cabeleireiro", disse-me rindo. Continuei a alisar os cabelos, com muito cuidado, e dividi-os em duas porções iguais, para compor as duas tranças. Não as fiz logo, nem assim depressa, como podem supor os cabeleireiros de ofício, mas devagar, devagarinho, saboreando pelo tato aqueles fios grossos, que eram parte dela. O trabalho era atrapalhado, às vezes por desazo, outras de propósito para desfazer o feito e refazê-lo. Os dedos roçavam na nuca da pequena ou nas espáduas vestidas de chita, e a sensação era um deleite. Mas, enfim, os cabelos iam acabando, por mais que eu os quisesse intermináveis. Não pedi ao céu que eles fossem tão longos como os da Aurora, porque não conhecia ainda esta divindade que os velhos poetas me apresentaram depois; mas, desejei penteá-los por todos os séculos dos séculos, tecer duas tranças que pudessem envolver o infinito por um número inominável de vezes. Se isto vos parecer enfático, desgraçado leitor, é que nunca penteastes uma pequena, nunca pusestes as mãos adolescentes na jovem cabeça de uma ninfa... Uma ninfa! Todo eu estou mitológico. Ainda há pouco, falando dos seus olhos de ressaca, cheguei a escrever Tétis; risquei Tétis, risquemos ninfa; digamos somente uma criatura amada, palavra que envolve todas as potências cristãs e pagãs. Enfim, acabei as duas tranças. Onde estava a fita para atar-lhes as pontas? Em cima da mesa, um triste pedaço de fita enxovalhada. Juntei as pontas das tranças, uni-as por um laço, retoquei a obra alargando aqui, achatando ali, até que exclamei:

— Pronto!

— Estará bom?

— Veja no espelho.

Em vez de ir ao espelho, que pensais que fez Capitu? Não vos esqueçais que estava sentada, de costas para mim. Capitu derreou a cabeça, a tal ponto que me foi preciso acudir com as mãos e ampará-la; o espaldar da cadeira era baixo. Inclinei-me depois sobre ela, rosto a rosto, mas trocados, os olhos de um na linha da boca do outro. Pedi-lhe que levantasse a cabeça, podia ficar tonta, machucar o pescoço. Cheguei a dizer-lhe que estava feia; mas nem esta razão a moveu.

— Levanta, Capitu!

Não quis, não levantou a cabeça, e ficamos assim a olhar um para o outro, até que ela abrochou os lábios, eu desci os meus, e...

Grande foi a sensação do beijo; Capitu ergueu-se, rápida, eu recuei até à parede com uma espécie de vertigem, sem fala, os olhos escuros. Quando eles me clarearam, vi que Capitu tinha os seus no chão. Não me atrevi a dizer nada; ainda que quisesse, faltava-me língua. Preso, atordoado, não achava gesto nem ímpeto que me descolasse da parede e me atirasse a ela com mil palavras cálidas e mimosas... Não mofes dos meus quinze anos, leitor precoce. Com dezessete, Des Grieux (e mais era Des Grieux) não pensava ainda na diferença dos sexos.

XXXIV
Sou homem!

Ouvimos passos no corredor; era dona Fortunata. Capitu compôs-se depressa, tão depressa que, quando a mãe apontou à porta, ela abanava a cabeça e ria. Nenhum laivo amarelo, nenhuma contração de acanhamento, um riso espontâneo e claro, que ela explicou por estas palavras alegres:

— Mamãe, olhe como este senhor cabeleireiro me penteou; pediu-me para acabar o penteado, e fez isto. Veja que tranças!

— Que tem? acudiu a mãe, transbordando de benevolência. Está muito bem, ninguém dirá que é de pessoa que não sabe pentear.

— O que, mamãe? Isto? redarguiu Capitu desfazendo as tranças. Ora, mamãe!

E com um enfadamento gracioso e voluntário que às vezes tinha, pegou do pente e alisou os cabelos para renovar o penteado. Dona Fortunata chamou-lhe tonta, e disse-me que não fizesse caso, não era nada, maluquices da filha. Olhava com ternura para mim e para ela. Depois, parece-me que desconfiou. Vendo-me calado, enfiado, cosido à parede, achou talvez que houvera entre nós algo mais que penteado, e sorriu por dissimulação...

Como eu quisesse falar também para disfarçar o meu estado, chamei algumas palavras cá de dentro, e elas acudiram de pronto, mas de atropelo, e encheram-me a boca sem poder sair nenhuma. O beijo de Capitu fechava-me os lábios. Uma exclamação, um simples artigo, por mais que investissem com força, não logravam romper de dentro. E todas as palavras recolheram-se ao coração, murmurando: "Eis aqui um que não fará grande carreira no mundo, por menos que as emoções o dominem...".

Assim, apanhados pela mãe, éramos dous e contrários, ela encobrindo com a palavra o que eu publicava pelo silêncio. Dona Fortunata tirou-me daquela hesitação, dizendo que minha mãe me mandara chamar para a lição de latim; o padre Cabral estava à minha espera. Era uma saída; despedi-me e enfiei pelo corredor. Andando, ouvi que a mãe censurava as maneiras da filha, mas a filha não dizia nada.

Corri ao meu quarto, peguei dos livros, mas não passei à sala da lição; sentei-me na cama, recordando o penteado e o resto. Tinha estremeções, tinha uns esquecimentos em que perdia a consciência de mim e das cousas que me rodeavam, para viver não sei onde nem como. E tornava a mim, e via a cama, as paredes, os livros, o chão, ouvia algum som de fora, vago, próximo ou remoto, e logo perdia tudo para sentir somente os beiços de Capitu... Sentia-os estirados, embaixo dos meus, igualmente esticados para os dela, e unindo-se uns aos outros. De repente, sem querer, sem pensar, saiu-me da boca esta palavra de orgulho:

— Sou homem!

Supus que me tivessem ouvido, porque a palavra saiu em voz alta, e corri à porta da alcova. Não havia ninguém fora. Voltei para dentro, e, baixinho, repeti que era homem. Ainda agora tenho o eco aos meus ouvidos. O gosto que isto me deu foi enorme. Colombo não o teve maior, descobrindo a América, e perdoai a banalidade em favor do cabimento; com efeito, há em cada adolescente um mundo encoberto, um almirante e um sol de outubro. Fiz outros achados mais tarde; nenhum me deslumbrou tanto. A denúncia de José Dias alvoroçara-me, a lição do velho coqueiro também, a vista dos nossos nomes abertos por ela no muro do quintal deu-me grande abalo, como vistes; nada disso valeu a sensação do beijo. Podiam ser mentira ou ilusão. Sendo verdade, eram os ossos da verdade, não eram a carne e o sangue dela. As próprias mãos tocadas, apertadas, como que fundidas, não podiam dizer tudo.

— Sou homem!

Quando repeti isto, pela terceira vez, pensei no seminário, mas como se pensa em perigo que passou, um mal abortado, um pesadelo extinto; todos os meus nervos me disseram que homens não são padres. O sangue era da mesma opinião. Outra vez senti os beiços de Capitu. Talvez abuso um pouco das reminiscências osculares; mas a saudade é isto mesmo; é o passar e repassar das memórias antigas. Ora, de todas as daquele tempo creio que a mais doce é esta, a mais nova, a mais compreensiva, a que inteiramente me revelou a mim mesmo. Outras tenho, vastas e numerosas, doces também, de vária espécie, muitas intelectuais, igualmente intensas. Grande homem que fosse, a recordação era menor que esta.

XXXV
O protonotário apostólico

Enfim, peguei dos livros e corri à lição. Não corri precisamente; a meio caminho parei, advertindo que devia ser muito tarde, e podiam ler-me no semblante alguma cousa. Tive ideia de mentir, alegar uma vertigem que me houvesse deitado ao chão; mas o susto que causaria a minha mãe fez-me rejeitá-la. Pensei em prometer algumas dezenas de padre-nossos; tinha, porém, outra promessa em aberto e outro favor pendente... Não, vamos ver; fui andando, ouvi vozes alegres, conversavam ruidosamente. Quando entrei na sala, ninguém ralhou comigo.

O padre Cabral recebera na véspera um recado do internúncio; foi ter com ele, e soube que, por decreto pontifício, acabava de ser nomeado protonotário apostólico. Esta distinção do papa dera-lhe grande contentamento e a todos os nossos. Tio Cosme e prima Justina repetiam o título com admiração; era a primeira vez que ele soava aos nossos ouvidos, acostumados a cônegos, monsenhores, bispos, núncios, e internúncios; mas que era protonotário apostólico? O padre Cabral explicou que não era propriamente o cargo da cúria, mas as honras dele. Tio Cosme viu exalçar-se no parceiro de voltarete, e repetia:

— Protonotário apostólico!

E voltando-se para mim:

— Prepara-te, Bentinho; tu podes vir a ser protonotário apostólico.

Cabral ouvia com gosto a repetição do título. Estava em pé, dava alguns passos, sorria ou tamborilava na tampa da boceta. O tamanho do título como que lhe dobrava a magnificência, posto que, para ligá-lo ao nome, era demasiado comprido; esta segunda reflexão foi Tio Cosme que a fez. Padre Cabral acudiu que não era preciso dizê-lo todo, bastava que lhe chamassem o protonotário Cabral. Subentendia-se apostólico.

— Protonotário Cabral.

— Sim, tem razão; protonotário Cabral.

— Mas, sr. protonotário, — acudiu prima Justina para se ir acostumando ao uso do título, — isto o obriga a ir a Roma?

— Não, dona Justina.

— Não, são só as honras, observou minha mãe.

— Agora, não impede, — disse Cabral, que continuava a refletir, — não impede que nos casos de maior formalidade, atos públicos, cartas de cerimônia etc., se empregue o título inteiro: protonotário apostólico. No uso comum, basta protonotário.

— Justamente, assentiram todos.

José Dias, que entrou pouco depois de mim, aplaudiu a distinção, e recordou, a propósito, os primeiros atos políticos de Pio IX, grandes esperanças da Itália; mas ninguém pegou do assunto; o principal da hora e do lugar era o meu velho mestre de latim. Eu, voltando a mim do receio, entendi que devia cumprimentá-lo também, e este aplauso não lhe foi menos ao coração que os outros. Bateu-me na bochecha paternalmente, e acabou dando-me férias. Era muita felicidade para uma só hora. Um beijo e férias! Creio que o meu rosto disse isto mesmo, porque Tio Cosme, sacudindo a barriga, chamou-me peralta; mas José Dias corrigiu a alegria:

— Não tem que festejar a vadiação; o latim sempre lhe há de ser preciso, *ainda que não venha a ser padre.*

Conheci aqui o meu homem. Era a primeira palavra,

a semente lançada à terra, assim de passagem, como para acostumar os ouvidos da família. Minha mãe sorriu para mim, cheia de amor e de tristeza, mas respondeu logo:

— Há de ser padre, e padre bonito.

— Não esqueça, mana Glória, e protonotário também. Protonotário apostólico.

— O protonotário Santiago, acentuou Cabral.

Se a intenção do meu mestre de latim era ir acostumando ao uso do título com o nome, não sei bem; o que sei é que quando ouvi o meu nome ligado a tal título, deu-me vontade de dizer um desaforo. Mas a vontade aqui foi antes uma ideia, uma ideia sem língua, que se deixou ficar quieta e muda, tal como daí a pouco outras ideias... Mas essas pedem um capítulo especial. Rematemos este dizendo que o mestre de latim falou algum tempo da minha ordenação eclesiástica, ainda que sem grande interesse. Ele buscava um assunto alheio para se mostrar esquecido da própria glória, mas era esta que o deslumbrava na ocasião. Era um velho magro, sereno, dotado de qualidades boas. Alguns defeitos tinha; o mais excelso deles era ser guloso, não propriamente glutão; comia pouco, mas estimava o fino e o raro, e a nossa cozinha, se era simples, era menos pobre que a dele. Assim, quando minha mãe lhe disse que viesse jantar, a fim de se lhe fazer uma saúde, os olhos com que aceitou seriam de protonotário, mas não eram apostólicos. E para agradar a minha mãe novamente pegou em mim, descrevendo o meu futuro eclesiástico, e queria saber se ia para o seminário agora, no ano próximo, e oferecia-se a falar ao "senhor bispo", tudo marchetado do "protonotário Santiago".

XXXVI
Ideia sem pernas e ideia sem braços

Deixei-os, a pretexto de brincar, e fui-me outra vez a pensar na aventura da manhã. Era o que melhor podia fazer, sem latim, e até com latim. Ao cabo de cinco minutos, lembrou-me ir correndo à casa vizinha, agarrar Capitu, desfazer-lhe as tranças, refazê-las e concluí-las daquela maneira particular, boca sobre boca. É isto, vamos, é isto... Ideia só! Ideia sem pernas! As outras pernas não queriam correr nem andar. Muito depois é que saíram vagarosamente e levaram-me à casa de Capitu. Quando ali cheguei, dei com ela na sala, na mesma sala, sentada na marquesa, almofada no regaço, cosendo em paz. Não me olhou de rosto, mas a furto e a medo, ou, se preferes a fraseologia do agregado, oblíqua e dissimulada. As mãos pararam, depois de encravada a agulha no pano. Eu, do lado oposto da mesa, não sabia que fizesse; e outra vez me fugiram as palavras que trazia. Assim gastamos alguns minutos compridos, até que ela deixou inteiramente a costura, ergueu-se e esperou-me. Fui ter com ela, e perguntei se a mãe havia dito alguma cousa; respondeu-me que não. A boca com que respondeu era tal que cuido haver-me provocado um gesto de aproximação. Certo é que Capitu recuou um pouco.

Era ocasião de pegá-la, puxá-la, beijá-la... Ideia só! Ideia sem braços! Os meus ficaram caídos e mortos. Não conhecia nada da Escritura. Se conhecesse, é provável que o espírito de Satanás me fizesse dar à língua mística do

Cântico um sentido direto e natural. Então obedeceria ao primeiro versículo: "Aplique ele os lábios, dando-me o ósculo da sua boca". E pelo que respeita aos braços, que tinha inertes, bastaria cumprir o versículo 6º do capítulo II: "A sua mão esquerda se pôs já debaixo da minha cabeça, e a sua mão direita me abraçará depois". Vedes aí a cronologia dos gestos. Era só executá-la; mas ainda que eu conhecesse o texto, as atitudes de Capitu eram agora tão retraídas, que não sei se não continuaria parado. Foi ela entretanto, que me tirou daquela situação.

XXXVII
A alma é cheia de mistérios

— Padre Cabral estava esperando há muito tempo?

— Hoje não dei lição; tive férias.

Expliquei-lhe o motivo das férias. Contei-lhe também que o padre Cabral falara da minha entrada no seminário, apoiando a resolução de minha mãe, e disse dele cousas feias e duras. Capitu refletiu algum tempo, e acabou perguntando-me se podia ir cumprimentar o padre, à tarde, em minha casa.

— Pode, mas para quê?

— Papai naturalmente há de querer ir também, mas é melhor que ele vá à casa do padre, é mais bonito. Eu não, que já sou meia moça, concluiu rindo.

O riso animou-me. As palavras pareciam ser uma troça consigo mesma, uma vez que, desde manhã, era mulher, como eu era homem. Achei-lhe graça, e, para dizer tudo, quis provar-lhe que era moça inteira. Peguei-lhe levemente na mão direita, depois na esquerda, e fiquei assim pasmado e trêmulo. Era a ideia com mãos. Quis puxar as de Capitu, para obrigá-la a vir atrás delas, mas ainda agora a ação não respondeu à intenção. Contudo, achei-me forte e atrevido. Não imitava ninguém; não vivia com rapazes, que me ensinassem anedotas de amor. Não conhecia a violação de Lucrécia. Dos romanos apenas sabia que falavam pela artinha do padre Pereira e eram patrícios de Pôncio Pilatos. Não nego que o final do penteado da manhã era um grande passo no caminho da movimentação amorosa, mas o gesto de então foi justamente o contrário deste. De manhã, ela derreou a cabeça, agora fugia-me; nem é só nisso que os lances diferiam; em outro ponto, parecendo haver repetição, houve contraste.

Penso que ameacei puxá-la a mim. Não juro, começava a estar tão alvoroçado, que não pude ter toda a consciência dos meus atos; mas concluo que sim, porque ela recuou e quis tirar as mãos das minhas; depois, talvez por não poder recuar mais, colocou um dos pés adiante e o outro atrás, e fugiu com o busto. Foi este gesto que me obrigou a reter-lhe as mãos com força. O busto afinal cansou e cedeu, mas a cabeça não quis ceder também, e, caída para trás, inutilizava todos os meus esforços, porque eu já fazia esforços, leitor amigo. Não conhecendo a lição do *Cântico*, não me acudiu estender a mão esquerda por baixo da cabeça dela; demais, este gesto supõe um acordo de vontades, e Capitu, que me resistia agora, aproveitaria o gesto para arrancar-se à outra mão e fugir-me inteiramente. Ficamos naquela luta, sem estrépito, porque apesar do ataque e da defesa, não perdíamos a cautela necessária para não sermos ouvidos lá de dentro; a alma é cheia de mistérios. Agora sei que a puxava; a cabeça continuou a recuar, até que cansou; mas então foi a vez da boca. A boca de Capitu iniciou um movimento inverso, relativamente à minha, indo para um lado, quando eu a buscava do lado oposto. Naquele desencontro estivemos, sem que ousasse um pouco mais, e bastaria um pouco mais...

Nisto ouvimos bater à porta e falar no corredor. Era o pai de Capitu, que voltava da repartição um pouco mais cedo, como usava às vezes. "Abre, Nanata! Capitu, abre!" Aparentemente era o mesmo lance da manhã, quando a mãe deu conosco, mas só aparentemente; em verdade, era outro. Considerai que de manhã tudo estava acabado, e o passo de dona Fortunata foi um aviso para que nos compuséssemos. Agora lutávamos com as mãos presas, e nada estava sequer começado.

Ouvimos o ferrolho da porta que dava para o corredor interno; era a mãe que abria. Eu, uma vez que confesso tudo, digo aqui que não tive tempo de soltar as mãos da minha amiga; pensei nisso, cheguei a tentá-lo, mas Capitu, antes que o pai acabasse de entrar, fez um gesto inesperado, pousou a boca na minha boca, e deu de vontade o que estava a recusar à força. Repito, a alma é cheia de mistérios.

XXXVIII
Que susto, meu Deus!

Quando Pádua, vindo pelo interior, entrou na sala de visitas, Capitu, em pé, de costas para mim, inclinada sobre a costura, como a recolhê-la, perguntava em voz alta:

— Mas, Bentinho, que é protonotário apostólico?

— Ora, vivam! exclamou o pai.

— Que susto, meu Deus!

Agora é que o lance é o mesmo; mas se conto aqui, tais quais, os dous lances de há quarenta anos, é para mostrar que Capitu não se dominava só em presença da mãe; o pai não lhe meteu mais medo. No meio de uma situação que me atava a língua, usava da palavra com a maior ingenuidade deste mundo. A minha persuasão é que o coração não lhe batia mais nem menos. Alegou susto, e deu à cara um ar meio enfiado; mas eu, que sabia tudo, vi que era mentira e fiquei com inveja. Foi logo falar ao pai, que apertou a minha mão, e quis saber por que a filha falava em protonotário apostólico. Capitu repetiu-lhe o que ouvira de mim, e opinou logo que o pai devia ir cumprimentar o padre em casa dele; ela iria à minha. E coligindo os petrechos da costura, enfiou pelo corredor, bradando infantilmente:

— Mamãe, jantar, papai chegou!

XXXIX
A vocação

Padre Cabral estava naquela primeira hora das honras em que as mínimas congratulações valem por odes. Tempo chega em que os dignificados recebem os louvores como um tributo usual, cara morta, sem agradecimentos. O alvoroço da primeira hora é melhor; esse estado da alma que vê na inclinação do arbusto, tocado do vento, um parabém da flora universal, traz sensações mais íntimas e finas que qualquer outro. Cabral ouviu as palavras de Capitu com infinito prazer.

— Obrigado, Capitu, muito obrigado; estimo que você goste também. Papai está bom? E mamãe? A você não se pergunta; essa cara é mesmo de quem vende saúde. E como vamos de rezas?

A todas as perguntas, Capitu ia respondendo prontamente e bem. Trazia um vestidinho melhor e os sapatos de sair. Não entrou com a familiaridade do costume, deteve-se um instante à porta da sala, antes de ir beijar a mão a minha mãe e ao padre. Como desse a este, duas vezes em cinco minutos, o título de protonotário, José Dias, para se desforrar da concorrência, fez um pequeno discurso em honra "ao coração paternal e augustíssimo de Pio IX".

— Você é um grande prosa, disse Tio Cosme, quando ele acabou.

José Dias sorriu sem vexame. Padre Cabral confirmou os louvores do agregado, sem os seus superlativos; ao que este acrescentou que o cardeal Mastai evidentemente fora talhado para a tiara desde o princípio dos tempos. E, piscando-me o olho, concluiu:

— A vocação é tudo. O estado eclesiástico é perfeitíssimo, contanto que o sacerdote venha já destinado do berço. Não havendo vocação, falo de vocação sincera e real, um jovem pode muito bem estudar as letras humanas, que também são úteis e honradas.

Padre Cabral retorquia:

— A vocação é muito, mas o poder de Deus é soberano. Um homem pode não ter gosto à Igreja e até persegui-la, e um dia a voz de Deus lhe fala, e ele sai apóstolo; veja são Paulo.

— Não contesto, mas o que eu digo é outra cousa. O que eu digo é que se pode muito bem servir a Deus sem ser padre, cá fora; pode-se ou não se pode?

— Pode-se.

— Pois então! exclamou José Dias triunfalmente, olhando em volta de si. Sem vocação é que não há bom padre, e em qualquer profissão liberal se serve a Deus, como todos devemos.

— Perfeitamente, mas vocação não é só do berço que se traz.

— Homem, é a melhor.

— Um moço sem gosto nenhum à vida eclesiástica pode acabar por ser muito bom padre; tudo é que Deus o determine. Não me quero dar por modelo, mas aqui estou eu que nasci com a vocação da medicina; meu padrinho, que era coadjutor de Santa Rita, teimou com meu pai para que eu me metesse no seminário; meu pai cedeu. Pois, senhor, tomei tal gosto aos estudos e à companhia dos padres, que acabei ordenando-me. Mas, suponha que não acontecia assim, e que eu não mudava de vocação, o que é que acontecia? Tinha estudado no seminário algumas matérias que é bom saber, e são sempre melhor ensinadas naquelas casas.

Prima Justina interveio:

— Como? Então pode-se entrar para o seminário e não sair padre?

Padre Cabral respondeu que sim, que se podia, e, voltando-se para mim, falou da minha vocação, que era manifesta; os meus brinquedos foram sempre de igreja, e eu adorava os ofícios divinos. A prova não provava; todas as crianças do meu tempo eram devotas. Cabral acrescentou que o reitor de São José, a quem contara ultimamente a promessa de minha mãe, tinha o meu nascimento por milagre; ele era da mesma opinião. Capitu, cosida às saias de minha mãe, não atendia aos olhos ansiosos que eu lhe mandava; também não parecia escutar a conversação sobre o seminário e suas consequências, e, aliás, decorou o principal, como vim a saber depois. Duas vezes fui à janela, esperando que ela fosse também, e ficássemos à vontade, sozinhos, até acabar o mundo, se acabasse, mas Capitu não me apareceu. Não deixou minha mãe, senão para ir embora. Eram ave-marias, despediu-se.

— Vai com ela, Bentinho, disse minha mãe.

— Não precisa, não, dona Glória, acudiu ela rindo, eu sei o caminho. Adeus, sr. protonotário...

— Adeus, Capitu.

Tendo dado um passo no sentido de atravessar a sala, é claro que o meu dever, o meu gosto, todos os impulsos da idade e da ocasião eram atravessá-la de todo, seguir a vizinha corredor fora, descer à chácara, entrar no quintal, dar-lhe terceiro beijo, e despedir-me. Não me importou a recusa, que cuidei simulada, e enfiei pelo corredor; mas, Capitu que ia depressa, estacou e fez-me sinal que voltasse. Não obedeci; cheguei-me a ela.

— Não venha, não; amanhã falaremos.

— Mas eu queria dizer a você...

— Amanhã.

— Escuta!

— Fica!

Falava baixinho; pegou-me na mão, e pôs o dedo na boca. Uma preta, que veio de dentro acender o lampião do corredor, vendo-nos naquela atitude quase às escuras, riu de simpatia e murmurou em tom que ouvíssemos alguma cousa que não entendi bem nem mal. Capitu segredou-me que a escrava desconfiara, e ia talvez contar às outras. Novamente me intimou que ficasse, e retirou-se; eu deixei-me estar parado, pregado, agarrado ao chão.

XL
Uma égua

Ficando só, refleti algum tempo, e tive uma fantasia. Já conheceis as minhas fantasias. Contei-vos a da visita imperial; disse-vos a desta casa do Engenho Novo, reproduzindo a de Matacavalos... A imaginação foi a companheira de toda a minha existência, viva, rápida, inquieta, alguma vez tímida e amiga de empacar, as mais delas capaz de engolir campanhas e campanhas, correndo. Creio haver lido em Tácito que as éguas iberas concebiam pelo vento; se não foi nele, foi noutro autor antigo, que entendeu guardar essa crendice nos seus livros. Neste particular, a minha imaginação era uma grande égua ibera; a menor brisa lhe dava um potro, que saía logo cavalo de Alexandre; mas deixemos metáforas atrevidas e impróprias dos meus quinze anos. Digamos o caso simplesmente. A fantasia daquela hora foi confessar a minha mãe os meus amores para lhe dizer que não tinha vocação eclesiástica. A conversa sobre vocação tornava-me agora toda inteira, e, ao passo que me assustava, abria-me uma porta de saída. "Sim, é isto", pensei; "vou dizer a mamãe que não tenho vocação, e confesso o nosso namoro; se ela duvidar, conto-lhe o que se passou outro dia, o penteado e o resto..."

XLI
A audiência secreta

O resto fez-me ficar mais algum tempo, no corredor, pensando. Vi entrar o dr. João da Costa, e preparou-se logo o voltarete do costume. Minha mãe saiu da sala, e, dando comigo, perguntou se acompanhara Capitu.

— Não, senhora, ela foi só.

E quase investindo para ela:

— Mamãe, eu queria dizer-lhe uma cousa.

— Que é?

Toda assustada, quis saber o que é que me doía, se a cabeça, se o peito, se o estômago, e apalpava-me a testa para ver se tinha febre.

— Não tenho nada, não, senhora.

— Mas então que é?

— É uma cousa, mamãe... Mas, escute, olhe, é melhor depois do chá; logo... Não é nada mau; mamãe assusta-se por tudo; não é cousa de cuidado.

— Não é moléstia?

— Não, senhora.

— É, isso é volta de constipação. Disfarças para não tomar suadouro, mas tu estás constipado; conhece-se pela voz.

Tentei rir, para mostrar que não tinha nada. Nem por isso permitiu adiar a confidência, pegou em mim, levou-me ao quarto dela, acendeu vela, e ordenou-me que lhe dissesse tudo. Então eu perguntei-lhe, para principiar, quando é que ia para o seminário.

— Agora só para o ano, depois das férias.

— Vou... para ficar?

— Como ficar?

— Não volto para casa?

— Voltas aos sábados e pelas férias; é melhor. Quando te ordenares padre, vens morar comigo.

Enxuguei os olhos e o nariz. Ela afagou-me, depois quis repreender-me, mas creio que a voz lhe tremia, e pareceu-me que tinha os olhos úmidos. Disse-lhe que também sentia a nossa separação. Negou que fosse separação; era só alguma ausência, por causa dos estudos; só os primeiros dias. Em pouco tempo eu me acostumaria aos companheiros e aos mestres, e acabaria gostando de viver com eles.

— Eu só gosto de mamãe.

Não houve cálculo nesta palavra, mas estimei dizê-la, por fazer crer que ela era a minha única afeição; desviava as suspeitas de cima de Capitu. Quantas intenções viciosas há assim que embarcam, a meio caminho, numa frase inocente e pura! Chega a fazer suspeitar que a mentira é, muita vez, tão involuntária como a transpiração. Por outro lado, leitor amigo, nota que eu queria desviar as suspeitas de cima de Capitu, quando havia chamado minha mãe justamente para confirmá-las; mas as contradições são deste mundo. A verdade é que minha mãe era cândida como a primeira aurora, anterior ao primeiro pecado; nem por simples intuição era capaz de deduzir uma cousa de outra, isto é, não concluiria da minha repentina oposição que eu andasse em segredinhos com Capitu, como lhe dissera José Dias. Calou-se durante alguns instantes; depois replicou-me sem imposição nem autoridade, o que me veio animando à resistência. Daí o falar-lhe na vocação que se discutira naquela tarde, e que eu confessei não sentir em mim.

— Mas tu gostavas tanto de ser padre, disse ela; não te lembras que até pedias para ir ver sair os seminaristas de São José, com as suas batinas? Em casa, quando José Dias te chamava Reverendíssimo, tu rias com tanto gosto! Como é que agora...? Não creio, não, Bentinho. E depois... Vocação? Mas a vocação vem com o costume, continuou repetindo as reflexões que ouvira ao meu professor de latim.

Como eu buscasse contestá-la, repreendeu-me sem aspereza, mas com alguma força, e eu tornei ao filho submisso que era. Depois, ainda falou gravemente e longamente sobre a promessa que fizera; não me disse as circunstâncias, nem a ocasião, nem os motivos dela, cousas que só vim a saber mais tarde. Afirmou o principal, isto é, que a havia de cumprir, em pagamento a Deus.

— Nosso Senhor me acudiu, salvando a tua existência, não lhe hei de mentir nem faltar, Bentinho; são cousas que não se fazem sem pecado, e Deus que é grande e poderoso, não me deixaria assim, não, Bentinho; eu sei que seria castigada e bem castigada. Ser padre é bom e santo; você conhece muitos, como o padre Cabral, que vive tão feliz com a irmã; um tio meu também foi padre, e escapou de ser bispo, dizem... Deixa de manha, Bentinho.

Creio que os olhos que lhe deitei foram tão queixosos, que ela emendou logo a palavra; manha, não, não podia ser manha, sabia muito bem que eu era amigo dela, e não seria capaz de fingir um sentimento que não tivesse. Moleza é o que queria dizer, que me deixasse de moleza, que me fizesse homem e obedecesse ao que cumpria, em benefício dela e para bem da minha alma. Todas essas cousas e outras foram ditas um pouco atropeladamente, e a voz não lhe saía clara, mas velada e esganada. Vi que a emoção dela era outra vez grande, mas não recuava dos seus propósitos, e aventurei-me a perguntar-lhe:

— E se mamãe pedisse a Deus que a dispensasse da promessa?

— Não, não peço. Estás tonto, Bentinho? E como havia de saber que Deus me dispensava?

— Talvez em sonho; eu sonho às vezes com anjos e santos.

— Também eu, meu filho; mas é inútil... Vamos, é tarde; vamos para a sala. Está entendido: no primeiro ou no segundo mês do ano que vem, irás para o seminário. O que eu quero é que saibas bem os livros que estás estudando; é bonito, não só para ti, como para o padre Cabral. No seminário há interesse em conhecer-te, porque o padre Cabral fala de ti com entusiasmo.

Caminhou para a porta, saímos ambos. Antes de sair, voltou-se para mim, e quase a vi saltar-me ao colo e dizer-me que não seria padre. Este era já o seu desejo íntimo, à proporção que se aproximava o tempo. Quisera um modo de pagar a dívida contraída, outra moeda, que valesse tanto ou mais, e não achava nenhuma.

XLII
Capitu refletindo

No dia seguinte fui à casa vizinha, logo que pude. Capitu despedia-se de [duas] amigas que tinham ido visitá-la, Paula e Sancha, companheiras de colégio, aquela de quinze, esta de dezessete anos, a primeira filha de um médico, a segunda de um comerciante de objetos americanos. Estava abatida, trazia um lenço atado na cabeça; a mãe contou-me que fora excesso de leitura na véspera, antes e depois do chá, na sala e na cama, até muito depois da meia-noite, e com lamparina...

— Se eu acendesse vela, mamãe zangava-se. Já estou boa.

E como desatasse o lenço, a mãe disse-lhe timidamente que era melhor atá-lo, mas Capitu respondeu que não era preciso, estava boa.

Ficamos sós na sala; Capitu confirmou a narração da mãe, acrescentando que passara mal por causa do que ouvira em minha casa. Também eu lhe contei o que se dera comigo, a entrevista com minha mãe, as minhas súplicas, as lágrimas dela, e por fim as últimas respostas decisivas: dentro de dous ou três meses iria para o seminário. Que faríamos agora? Capitu ouvia-me com atenção sôfrega, depois sombria; quando acabei, respirava a custo, como prestes a estalar de cólera, mas conteve-se.

Há tanto tempo que isto sucedeu que não posso dizer com segurança se chorou deveras, ou se somente enxugou os olhos; cuido que os enxugou somente. Vendo-lhe o gesto, peguei-lhe na mão para animá-la, mas também eu precisava ser animado. Caímos no canapé, e ficamos a olhar para o ar. Minto; ela olhava para o chão. Fiz o mesmo, logo que a vi assim... Mas eu creio que Capitu olhava para dentro de si mesma, enquanto que eu fitava deveras o chão, o roído das fendas, duas moscas andando e um pé de cadeira lascado. Era pouco, mas distraía-me da aflição. Quando tornei a olhar para Capitu, vi que não se mexia, e fiquei com tal medo que a sacudi brandamente. Capitu tornou cá para fora e pediu-me que outra vez lhe contasse o que se passara com minha mãe. Satisfi-la, atenuando o texto desta vez, para não amofiná-la. Não me chames dissimulado, chama-me compassivo; é certo que receava perder Capitu, se lhe morressem as esperanças todas, mas doía-me vê-la padecer. Agora, a verdade última, a verdade das verdades, é que já me arrependia de haver falado a minha mãe, antes de qualquer trabalho efetivo por parte de José Dias; examinando bem, não quisera ter ouvido um desengano que eu reputava certo, ainda que demorado. Capitu refletia, refletia, refletia...

XLIII
Você tem medo?

De repente, cessando a reflexão, fitou em mim os olhos de ressaca, e perguntou-me se tinha medo.

— Medo?

— Sim, pergunto se você tem medo.

— Medo de quê?

— Medo de apanhar, de ser preso, de brigar, de andar, de trabalhar...

Não entendi. Se ela me tem dito simplesmente: "Vamos embora!" pode ser que eu obedecesse ou não; em todo caso, entenderia. Mas aquela pergunta assim, vaga e solta, não pude atinar o que era.

— Mas... não entendo. De apanhar?

— Sim.

— Apanhar de quem? Quem é que me dá pancada?

Capitu fez um gesto de impaciência. Os olhos de ressaca não se mexiam e pareciam crescer. Sem saber de mim, e, não querendo interrogá-la novamente, entrei a cogitar donde me viriam pancadas, e por quê, e também por que é que seria preso, e quem é que me havia de prender. Valha-me Deus! vi de imaginação o aljube, uma casa escura e infecta. Também vi a presiganga, o quartel dos Barbonos e a Casa de Correção. Todas essas belas instituições sociais me envolviam no seu mistério, sem que os olhos de ressaca de Capitu deixassem de crescer para mim, a tal ponto que as fizeram esquecer de todo. O erro de Capitu foi não deixá-los crescer infinitamente, antes diminuir até às dimensões normais, e dar-lhes o movimento do costume. Capitu tornou ao que era, disse-me que estava brincando, não precisava afligir-me, e, com um gesto cheio de graça, bateu-me na cara sorrindo, e disse:

— Medroso!

— Eu? Mas...

— Não é nada, Bentinho. Pois quem é que há de dar pancada ou prender você? Desculpe que eu hoje estou meia maluca; quero brincar, e...

— Não, Capitu; você não está brincando; nesta ocasião, nenhum de nós tem vontade de brincar.

— Tem razão, foi só maluquice; até logo.

— Como até logo?

— Está-me voltando a dor de cabeça; vou botar uma rodela de limão nas fontes.

Fez o que disse, e atou o lenço outra vez na testa. Em seguida, acompanhou-me ao quintal para se despedir de mim; mas, ainda aí nos detivemos por alguns minutos, sentados sobre a borda do poço. Ventava, o céu estava coberto. Capitu falou novamente da nossa separação, como de um fato certo e definitivo, por mais que eu, receoso disso mesmo, buscasse agora razões para animá-la. Capitu, quando não falava, riscava no chão, com um pedaço de taquara, narizes e perfis. Desde que se metera a desenhar, era uma das suas diversões; tudo lhe servia de papel e lápis. Como me lembrassem os nossos nomes abertos por ela no muro, quis fazer o mesmo no chão, e pedi-lhe a taquara. Não me ouviu ou não me atendeu.

XLIV
O primeiro filho

— Dê cá, deixe escrever uma cousa.

Capitu olhou para mim, mas de um modo que me fez lembrar a definição de José Dias, oblíquo e dissimulado; levantou o olhar, sem levantar os olhos. A voz, um tanto sumida, perguntou-me:

— Diga-me uma cousa, mas fale verdade, não quero disfarce; há de responder com o coração na mão.

— Que é? Diga.

— Se você tivesse de escolher entre mim e sua mãe, a quem é que escolhia?

— Eu?

Fez-me sinal que sim.

— Eu escolhia... mas para que escolher? Mamãe não é capaz de me perguntar isso.

— Pois, sim, mas eu pergunto. Suponha você que está no seminário e recebe a notícia de que eu vou morrer...

— Não diga isso!

— ... Ou que me mato de saudades, se você não vier logo, e sua mãe não quiser que você venha, diga-me, você vem?

— Venho.

— Contra a ordem de sua mãe?

— Contra a ordem de mamãe.

— Você deixa seminário, deixa sua mãe, deixa tudo, para me ver morrer?

— Não fale em morrer, Capitu!

Capitu teve um risinho descorado e incrédulo, e com a taquara escreveu uma palavra no chão; inclinei-me e li: *mentiroso*.

Era tão estranho tudo aquilo, que não achei resposta. Não atinava com a razão do escrito, como não atinava com a do falado. Se me acudisse ali uma injúria grande ou pequena, é possível que a escrevesse também, com a mesma taquara, mas não me lembrava nada. Tinha a cabeça vazia. Ao mesmo tempo tomei-me de receio de que alguém nos pudesse ouvir ou ler. Quem, se éramos sós? Dona Fortunata chegara uma vez à porta da casa, mas entrou logo depois. A solidão era completa. Lembra-me que umas andorinhas passaram por cima do quintal e foram para os lados do morro de Santa Teresa; ninguém mais. Ao longe, vozes vagas e confusas, na rua um tropel de bestas, do lado da casa o chilrear dos passarinhos do Pádua. Nada mais, ou somente este fenômeno curioso, que o nome escrito por ela, não só me espiava do chão com gesto escarninho, mas até me pareceu que repercutia no ar. Tive então uma ideia ruim; disse-lhe que, afinal de contas, a vida de padre não era má, e eu podia aceitá-la sem grande pena. Como desforço, era pueril; mas eu sentia a secreta esperança de vê-la atirar-se a mim lavada em lágrimas. Capitu limitou-se a arregalar muito os olhos, e acabou por dizer:

— Padre é bom, não há dúvida; melhor que padre só cônego, por causa das meias roxas. O roxo é cor muito bonita. Pensando bem, é melhor cônego.

— Mas não se pode ser cônego sem ser primeiramente padre — disse-lhe eu mordendo os beiços.

— Bem; comece pelas meias pretas, depois virão as roxas. O que eu não quero perder é a sua missa nova; avise-me a tempo para fazer um vestido à moda, saia balão e babados grandes... Mas talvez nesse tempo a moda seja outra. A igreja há de ser grande, Carmo ou São Francisco.

— Ou Candelária.

— Candelária também. Qualquer serve, contanto que eu ouça a missa nova. Hei de fazer um figurão. Muita gente há de perguntar: "Quem é aquela moça faceira que ali está com um vestido tão bonito?" — "Aquela é dona Capitolina, uma moça que morou na rua de Matacavalos...".

— Que morou? Você vai mudar-se?

— Quem sabe onde é que há de morar amanhã? disse ela com um tom leve de melancolia; mas tornando logo ao sarcasmo: E você no altar, metido na alva, com a capa de ouro por cima, cantando... *Pater noster*...

Ah! Como eu sinto não ser poeta romântico para dizer que isto era um duelo de ironias! Contaria os meus botes e os dela, a graça de um e a prontidão de outro, e o sangue correndo, e o furor na alma, até ao meu golpe final que foi este:

— Pois, sim, Capitu, você ouvirá a minha missa nova, mas com uma condição.

Ao que ela respondeu:

— Vossa reverendíssima pode falar.

— Promete uma cousa?

— Que é?

— Diga se promete.

— Não sabendo o que é, não prometo.

— A falar verdade são duas cousas, continuei eu, por haver-me acudido outra ideia.

— Duas? Diga quais são.

— A primeira é que só se há de confessar comigo, para eu lhe dar a penitência e a absolvição. A segunda é que...

— A primeira está prometida, disse ela vendo-me hesitar, e acrescentou que esperava a segunda.

Palavra que me custou, e antes não me chegasse a sair da boca; não ouviria o que ouvi, e não escreveria aqui uma cousa que vai talvez achar incrédulos.

— A segunda... sim... é que... Promete-me que seja eu o padre que case você?

— Que me case? disse ela um tanto comovida.

Logo depois fez descair os lábios, e abanou a cabeça.

— Não, Bentinho, disse, seria esperar muito tempo; você não vai ser padre já amanhã, leva muitos anos... Olhe, prometo outra cousa; prometo que há de batizar o meu primeiro filho.

XLV
Abane a cabeça, leitor

Abane a cabeça, leitor; faça todos os gestos de incredulidade. Chegue a deitar fora este livro, se o tédio já o não obrigou a isso antes; tudo é possível. Mas, se o não fez antes e só agora, fio que torne a pegar do livro e que o abra na mesma página, sem crer por isso na veracidade do autor. Todavia, não há nada mais exato. Foi assim mesmo que Capitu falou, com tais palavras e maneiras. Falou do primeiro filho, como se fosse a primeira boneca.

Quanto ao meu espanto, se também foi grande, veio de mistura com uma sensação esquisita. Percorreu-me um fluido. Aquela ameaça de um primeiro filho, o primeiro filho de Capitu, o casamento dela com outro, portanto, a separação absoluta, a perda, a aniquilação, tudo isso produzia um tal efeito, que não achei palavra nem gesto; fiquei estúpido. Capitu sorria; eu via o primeiro filho brincando no chão...

XLVI
As pazes

As pazes fizeram-se como a guerra, depressa. Buscasse eu neste livro a minha glória, e diria que as negociações partiram de mim; mas não, foi ela que as iniciou. Alguns instantes depois, como eu estivesse cabisbaixo, ela abaixou também a cabeça, mas voltando os olhos para cima a fim de ver os meus. Fiz-me de rogado; depois quis levantar-me para ir embora, mas nem me levantei, nem sei se iria. Capitu fitou-me uns olhos tão ternos, e a posição os fazia tão súplices, que me deixei ficar, passei-lhe o braço pela cintura, ela pegou-me na ponta dos dedos, e...

Outra vez dona Fortunata apareceu à porta da casa; não sei para quê, se nem me deixou tempo de puxar o braço; desapareceu logo. Podia ser um simples descargo de consciência, uma cerimônia, como as rezas de obrigação, sem devoção, que se dizem de tropel; a não ser que fosse para certificar aos próprios olhos a realidade que o coração lhe dizia...

Fosse o que fosse, o meu braço continuou a apertar a cintura da filha, e foi assim que nos pacificamos. O bonito é que cada um de nós queria agora as culpas para si, e pedíamos reciprocamente perdão. Capitu alegava a insônia, a dor de cabeça, o abatimento do espírito, e finalmente "os seus calundus". Eu, que era muito chorão por esse tempo, sentia os olhos molhados... Era amor puro, era efeito dos padecimentos da amiguinha, era a ternura da reconciliação.

XLVII
"A senhora saiu"

— Está bom, acabou, disse eu finalmente; mas, explique-me só uma cousa, por que é que você me perguntou se eu tinha medo de apanhar?

— Não foi por nada, respondeu Capitu, depois de alguma hesitação... Para que bulir nisso?

— Diga sempre. Foi por causa do seminário?

— Foi; ouvi dizer que lá dão pancada... Não? Eu também não creio.

A explicação agradou-me; não tinha outra. Se, como penso, Capitu não disse a verdade, força é reconhecer que não podia dizê-la, e a mentira é dessas criadas que se dão pressa em responder às visitas que "a senhora saiu", quando a senhora não quer falar a ninguém. Há nessa cumplicidade um gosto particular; o pecado em comum iguala por instantes a condição das pessoas, não contando o prazer que dá a cara das visitas enganadas, e as costas com que elas descem... A verdade não saiu, ficou em casa, no coração de Capitu, cochilando o seu arrependimento. E eu não desci triste nem zangado; achei a criada galante, apetecível, melhor que a ama.

As andorinhas vinham agora em sentido contrário, ou não seriam as mesmas. Nós é que éramos os mesmos; ali ficamos somando as nossas ilusões, os nossos temores, começamos já a somar as nossas saudades.

XLVIII
Juramento do poço

— Não! exclamei de repente.

— Não quê?

Tinha havido alguns minutos de silêncio, durante os quais refleti muito e acabei por uma ideia; o tom da exclamação, porém, foi tão alto que espantou a minha vizinha.

— Não há de ser assim, continuei. Dizem que não estamos em idade de casar, que somos crianças, criançolas, — já ouvi dizer criançolas. Bem; mas dous ou três anos passam depressa. Você jura uma cousa? Jura que só há de casar comigo?

Capitu não hesitou em jurar, e até lhe vi as faces vermelhas de prazer. Jurou duas vezes e uma terceira:

— Ainda que você case com outra, cumprirei o meu juramento, não casando nunca.

— Que eu case com outra?

— Tudo pode ser, Bentinho. Você pode achar outra moça que lhe queira, apaixonar-se por ela e casar. Quem sou eu para você lembrar-se de mim nessa ocasião?

— Mas eu também juro! Juro, Capitu, juro por Deus Nosso Senhor que só me casarei com você. Basta isto?

— Devia bastar, disse ela; eu não me atrevo a pedir mais. Sim, você jura... Mas juremos por outro modo; juremos que nos havemos de casar um com outro, haja o que houver.

Compreendeis a diferença; era mais que a eleição do

cônjuge, era a afirmação do matrimônio. A cabeça da minha amiga sabia pensar claro e depressa. Realmente, a fórmula anterior era limitada, apenas exclusiva. Podíamos acabar solteirões, como o sol e a lua, sem mentir ao juramento do poço. Esta fórmula era melhor, e tinha a vantagem de me fortalecer o coração contra a investidura eclesiástica. Juramos pela segunda fórmula, e ficamos tão felizes que todo receio de perigo desapareceu. Éramos religiosos, tínhamos o céu por testemunha. Eu nem já temia o seminário.

— Se teimarem muito, irei; mas faço de conta que é um colégio qualquer; não tomo ordens.

Capitu temia a nossa separação, mas acabou aceitando este alvitre, que era o melhor. Não afligíamos minha mãe, e o tempo correria até o ponto em que o casamento pudesse fazer-se. Ao contrário, qualquer resistência ao seminário confirmaria a denúncia de José Dias. Esta reflexão não foi minha, mas dela.

XLIX
Uma vela aos sábados

Eis aqui como, após tantas canseiras, tocávamos o porto a que nos devíamos ter abrigado logo. Não nos censures, piloto de má morte, não se navegam corações como os outros mares deste mundo. Estávamos contentes, entramos a falar do futuro. Eu prometia à minha esposa uma vida sossegada e bela, na roça ou fora da cidade. Viríamos aqui uma vez por ano. Se fosse em arrabalde, seria longe, onde ninguém nos fosse aborrecer. A casa, na minha opinião, não devia ser grande nem pequena, um meio-termo; plantei-lhe flores, escolhi móveis, uma sege e um oratório. Sim, havíamos de ter um oratório bonito, alto, de jacarandá, com a imagem de Nossa Senhora da Conceição. Demorei-me mais nisto que no resto, em parte porque éramos religiosos, em parte para compensar a batina que eu ia deitar às ortigas; mas ainda restava uma parte que atribuo ao intuito secreto e inconsciente de captar a proteção do céu. Havíamos de acender uma vela aos sábados...

L
Um meio-termo

Meses depois fui para o seminário de São José. Se eu pudesse contar as lágrimas que chorei na véspera e na manhã, somaria mais que todas as vertidas desde Adão e Eva. Há nisto alguma exageração; mas é bom ser enfático, uma ou outra vez, para compensar este escrúpulo de exatidão que me aflige. Entretanto, se eu me ativer só à lembrança da sensação, não fico longe da verdade; aos quinze anos, tudo é infinito. Realmente, por mais preparado que estivesse, padeci muito. Minha mãe também padeceu, mas sofria com alma e coração; demais, o padre Cabral achara um meio-termo, experimentar-me a vocação; se no fim de dous anos, eu não revelasse vocação eclesiástica, seguiria outra carreira.

— As promessas devem ser cumpridas conforme Deus quer. Suponha que Nosso Senhor nega disposição a seu filho, e que o costume do seminário não lhe dá o gosto que me concedeu a mim, é que a vontade divina é outra. A senhora não podia pôr em seu filho, antes de nascido, uma vocação que Nosso Senhor lhe recusou...

Era uma concessão do padre. Dava a minha mãe um perdão antecipado, fazendo vir do credor a relevação da dívida. Os olhos dela brilharam, mas a boca disse que não. José Dias, não tendo alcançado ir comigo para a Europa, agarrou-se ao mais próximo, e apoiou o "alvitre do sr. protonotário"; só lhe parecia que um ano era bastante.

— Estou certo, disse ele, piscando-me o olho, que dentro de um ano a vocação eclesiástica do nosso Bentinho se manifesta clara e decisiva. Há de dar um padre de mão-cheia. Também se não vier em um ano...

E a mim, mais tarde, em particular:

— Vá por um ano; um ano passa depressa. Se não sentir gosto nenhum, é que Deus não quer, como diz o padre, e nesse caso, meu amiguinho, o melhor remédio é a Europa.

Capitu deu-me igual conselho, quando minha mãe lhe anunciou a minha ida definitiva para o seminário:

— Minha filha, você vai perder o seu companheiro de criança...

Fez-lhe tão bem este tratamento de *filha* (era a primeira vez que minha mãe lho dava), que nem teve tempo de ficar triste; beijou-lhe a mão, e disse-lhe que já sabia disso por mim mesmo. Em particular animou-me a suportar tudo com paciência; no fim de um ano as cousas estariam mudadas, e um ano andava depressa. Não foi ainda a nossa despedida; esta fez-se na véspera, por um modo que pede capítulo especial. O que unicamente digo aqui é que, ao passo que nos prendíamos um ao outro, ela ia prendendo minha mãe, fez-se mais assídua e terna, vivia ao pé dela, com os olhos nela. Minha mãe era de natural simpático, e igualmente sensível; tanto se doía como se aprazia de qualquer cousa. Entrou a achar em Capitu uma porção de graças novas, de dotes finos e raros; deu-lhe um anel dos seus e algumas galanterias. Não consentiu em fotografar-se, como a pequena lhe pedia, para lhe dar um retrato; mas tinha uma miniatura, feita aos vinte e cinco anos, e, depois de algumas hesitações, resolveu dar-lha. Os olhos de Capitu, quando recebeu o mimo, não se descrevem; não eram oblíquos, nem de ressaca, eram direitos, claros, lúcidos. Beijou o retrato com paixão, minha mãe fez-lhe a mesma cousa a ela. Tudo isto me lembra a nossa despedida.

LI
Entre luz e fusco

Entre luz e fusco, tudo há de ser breve como esse instante. Nem durou muito a nossa despedida, foi o mais que pôde, em casa dela, na sala de visitas, antes do acender das velas; aí é que nos despedimos de uma vez. Juramos novamente que havíamos de casar um com outro, e não foi só o aperto de mão que selou o contrato, como no quintal, foi a conjunção das nossas bocas amorosas... Talvez risque isto na impressão, se até lá não pensar de outra maneira; se pensar, fica. E desde já fica, porque, em verdade, é a nossa defesa. O que o mandamento divino quer é que não juremos *em vão* pelo santo nome de Deus. Eu não ia mentir ao seminário, uma vez que levava um contrato feito no próprio cartório do céu. Quanto ao selo, Deus, como fez as mãos limpas, assim fez os lábios limpos, e a malícia está antes na tua cabeça perversa que na daquele casal de adolescentes... Oh! Minha doce companheira da meninice, eu era puro, e puro fiquei, e puro entrei na aula de São José, a buscar de aparência a investidura sacerdotal, e antes dela a vocação. Mas a vocação eras tu, a investidura eras tu.

LII
O velho Pádua

Já agora conto também os adeuses do velho Pádua. Logo cedo veio à nossa casa. Minha mãe disse-lhe que fosse falar-me ao quarto.

— Dá licença? perguntou metendo a cabeça pela porta.

Fui apertar-lhe a mão; ele abraçou-me com ternura.

— Seja feliz! disse-me. A mim e a toda a minha gente creia que ficam muitas saudades. Todos nós estimamos muito o senhor, como merece. Se lhe disserem outra cousa, não acredite. São intrigas. Também eu, quando me casei, fui vítima de intrigas; desfizeram-se. Deus é grande e descobre a verdade. Se algum dia perder sua mãe e seu tio, — cousa que eu, por esta luz que me alumia, não desejo, porque são boas pessoas, excelentes pessoas, e eu sou grato às finezas recebidas... Não, eu não sou como outros, certos parasitas, vindos de fora para desunião das famílias, aduladores baixos, não; eu sou de outra espécie; não vivo papando os jantares nem morando em casa alheia... Enfim, são os mais felizes!

— Por que falará assim? pensei. Naturalmente sabe que José Dias diz mal dele.

— Mas, como ia dizendo, se algum dia perder os seus parentes, pode contar com a nossa companhia. Não é suficiente em importância, mas a afeição é imensa, creia. Padre que seja, a nossa casa está às suas ordens. Quero só que me não esqueça; não esqueça o velho Pádua...

Suspirou e continuou:

— Não esqueça o seu velho Pádua, e, se tem algum trapinho que me deixe em lembrança, um caderno latino, qualquer cousa, um botão de colete, cousa que já lhe não preste para nada. O valor é a lembrança.

Tive um sobressalto. Havia embrulhado em um papel um cacho dos meus cabelos, tão grandes e tão bonitos, cortados na véspera. A intenção era levá-los a Capitu, ao sair; mas tive ideia de dá-lo ao pai, a filha saberia tomá-lo e guardá-lo. Peguei do embrulho e dei-lho.

— Aqui está, guarde.

— Um cachinho dos seus cabelos! Exclamou Pádua abrindo e fechando o embrulho. Oh! Obrigado! Obrigado por mim e pela minha gente! Vou dá-lo à velha, para guardá-lo, ou à pequena, que é mais cuidadosa que a mãe. Que lindos que são! Como é que se corta uma beleza destas? Dê cá um abraço! Outro! Mais outro! Adeus!

Tinha os olhos úmidos deveras; levava a cara dos desenganados, como quem empregou em um só bilhete todas as suas economias de esperanças, e vê sair branco o maldito número, — um número tão bonito!

LIII
A caminho!

Fui para o seminário. Poupa-me as outras despedidas. Minha mãe apertava-me ao peito. Prima Justina suspirava. Talvez chorasse mal ou nada. Há pessoas a quem as lágrimas não acodem logo nem nunca; diz-se que padecem mais que as outras. Prima Justina disfarçava naturalmente os seus padecimentos íntimos, emendando os descuidos de minha mãe, fazendo-me recomendações, dando ordens. Tio Cosme, quando eu lhe beijei a mão em despedida, disse-me rindo:

— Anda lá, rapaz, volta-me papa!

José Dias, composto e grave, não dizia nada a princípio; tínhamos falado na véspera, no quarto dele, onde fui ver se era ainda possível evitar o seminário. Já não era, mas deu-me esperanças e principalmente animou-me muito. Antes de um ano estaríamos a bordo. Como eu achasse muito breve, explicou-se.

— Dizem que não é bom tempo de atravessar o Atlântico, vou indagar; se não for, iremos em março ou abril.

— Posso estudar medicina aqui mesmo.

José Dias correu os dedos pelos suspensórios com um gesto de impaciência, apertou os beiços, até que formalmente rejeitou o alvitre.

— Não duvidaria aprovar a ideia, disse ele, se na Escola de Medicina não ensinassem, exclusivamente, a podridão alopata. A alopatia é o erro dos séculos, e vai morrer;

é o assassinato, é a mentira, é a ilusão. Se lhe disserem que pode aprender na Escola de Medicina aquela parte da ciência comum a todos os sistemas, é verdade; a alopatia é erro na terapêutica. Fisiologia, anatomia, patologia, não são alopáticas nem homeopáticas, mas é melhor aprender logo tudo de uma vez, por livros e por língua de homens cultores da verdade...

Assim falara na véspera e no quarto. Agora não dizia nada, ou proferia algum aforismo sobre a religião e a família; lembro-me deste: "Dividi-lo com Deus é ainda possuí-lo". Quando minha mãe me deu o último beijo: "Quadro amantíssimo!" suspirou ele. Era manhã de um lindo dia. Os moleques cochichavam; as escravas tomavam a benção: "Benção, Nhô Bentinho! Não se esqueça de sua Joana! Sua Miquelina fica rezando por vosmecê!". Na rua José Dias insistiu nas esperanças:

— Aguente um ano; até lá tudo estará arranjado.

LIV
Panegírico de Santa Mônica

No seminário... Ah! Não vou contar o seminário, nem me bastaria a isso um capítulo. Não, senhor meu amigo; algum dia, sim, é possível que componha um abreviado do que ali vi e vivi, das pessoas que tratei, dos costumes, de todo o resto. Esta sarna de escrever, quando pega aos cinquenta anos, não despega mais. Na mocidade é possível curar-se um homem dela; e, sem ir mais longe, aqui mesmo no seminário tive um companheiro que compôs versos, à maneira dos de Junqueira Freire, cujo livro de frade poeta era recente. Ordenou-se; anos depois encontrei-o no coro de São Pedro e pedi-lhe que me mostrasse os versos novos.

— Que versos? perguntou meio espantado.

— Os seus. Pois não se lembra que no seminário...

— Ah! sorriu ele.

Sorriu, e continuando a procurar num livro aberto a hora em que tinha de cantar no dia seguinte, confessou-me que não fizera mais versos depois de ordenado. Foram cócegas da mocidade; coçou-se, passou, estava bom. E falou-me em prosa de uma infinidade de cousas do dia, a vida cara, um sermão do padre X... uma vigairaria mineira...

Contrário a isso foi um seminarista que não seguiu a carreira. Chamava-se... Não é preciso dizer o nome; baste o caso. Tinha composto um *Panegírico de Santa Mônica*, elogiado por algumas pessoas e então lido entre os seminaristas. Alcançou licença de imprimi-lo, e dedicou-o a Santo Agostinho. Tudo isso é história velha; o que é mais moço é que um dia, em 1882, indo ver certo negócio em repartição da Marinha, ali dei com este meu colega, feito chefe de uma seção administrativa. Deixara seminário, deixara letras, casara e esquecera tudo, menos o *Panegírico de Santa Mônica*, umas vinte e nove páginas, que veio distribuindo pela vida fora. Como eu precisasse de algumas informações, fui pedir-lhas, e seria impossível achar melhor nem mais pronta vontade; deu-me tudo, claro, certo, copioso. Naturalmente conversamos do passado, memórias pessoais, casos de estudo, incidentes de nada, um livro, um verbo, um mote, toda a velha palhada saiu cá fora, e rimos juntos, e suspiramos de companhia. Vivemos algum tempo do nosso velho seminário. Ou porque eram dele, ou porque éramos então moços, as recordações traziam tal poder de felicidade que, se alguma sombra contrária houve então, não apareceu agora. Ele confessou-me que perdera de vista todos os companheiros do seminário.

— Também eu, quase todos; uma vez ordenados, voltaram naturalmente às suas províncias, e os daqui tomaram vigairarias fora.

— Bom tempo! suspirou ele.

E, após alguma reflexão, fitando em mim uns olhos murchos e teimosos, perguntou-me:

— Conservou o meu *Panegírico*?

Não achei que dizer; tentei mover os beiços, mas não tinha palavra; afinal, perguntei:

— Panegírico? Que panegírico?

— O meu *Panegírico de Santa Mônica*.

Não me lembrou logo, mas a explicação devia bastar; e depois de alguns instantes de pesquisa mental, respondi que por muito tempo o conservara, mas as mudanças, as viagens...

— Hei de levar-lhe um exemplar.

Antes de vinte e quatro horas estava em minha casa,

com o folheto, um velho folheto de vinte e seis anos, encardido, manchado do tempo, mas sem lacuna, e com uma dedicatória manuscrita e respeitosa.

— É o penúltimo exemplar, disse-me; agora só me resta um, que não posso dar a ninguém.

E como me visse folhear o opúsculo:

— Veja se lhe lembra algum pedaço, disse-me.

Vinte e seis anos de intervalo fazem morrer amizades mais estreitas e assíduas, mas era cortesia, era quase caridade recordar alguma lauda; li uma delas, acentuando certas frases para lhe dar a impressão de que achavam eco em minha memória. Concordou que fossem belas, mas preferia outras, e apontou-as.

— Recorda-se bem?

— Perfeitamente. *Panegírico de Santa Mônica!* Como isto me faz remontar os anos da minha mocidade! Nunca me esqueceu o seminário, creia. Os anos passam, os acontecimentos vêm uns sobre outros, e as sensações também, e vieram amizades novas, que também se foram depois, como é lei da vida... Pois, meu caro colega, nada fez apagar aquele tempo da nossa convivência, os padres, as lições, os recreios... os nossos recreios, lembra-se? O padre Lopes, oh! O padre Lopes...

Ele, com os olhos no ar, devia estar ouvindo, e naturalmente ouvia, mas só me disse uma palavra, e ainda assim depois de algum tempo de silêncio, recolhendo os olhos e um suspiro!

— Tem agradado muito este meu *Panegírico*!

LV
Um soneto

Dita a palavra, apertou-me as mãos com as forças todas de um vasto agradecimento, despediu-se e saiu. Fiquei só com o *Panegírico*, e o que as folhas dele me lembraram foi tal que merece um capítulo ou mais. Antes, porém, e porque também eu tive o meu *Panegírico*, contarei a história de um soneto que nunca fiz; era no tempo do seminário, e o primeiro verso é o que ides ler:

Oh! Flor do céu! Oh! Flor cândida e pura!

Como e por que me saiu este verso da cabeça, não sei; saiu assim, estando eu na cama, como uma exclamação solta, e, ao notar que tinha a medida de verso, pensei em compor com ele alguma cousa, um soneto. A insônia, musa de olhos arregalados, não me deixou dormir uma longa hora ou duas; as cócegas pediam-me unhas, e eu coçava-me com alma. Não escolhi logo, logo o soneto; a princípio cuidei de outra forma, e tanto de rima como de verso solto, mas afinal ative-me ao soneto. Era um poema breve e prestadio. Quanto à ideia, o primeiro verso não era ainda uma ideia, era uma exclamação; a ideia viria depois. Assim na cama, envolvido no lençol, tratei de poetar. Tinha o alvoroço da mãe que sente o filho, e o primeiro filho. Ia ser poeta, ia competir com aquele monge da Bahia, pouco antes revelado, e então na moda;

eu, seminarista, diria em verso as minhas tristezas, como ele dissera as suas no claustro. Decorei bem o verso, e repetia-o em voz baixa, aos lençóis; francamente, achava-o bonito, e ainda agora não me parece mau:

Oh! Flor do céu! Oh! Flor cândida e pura!

Quem era a flor? Capitu, naturalmente; mas podia ser a virtude, a poesia, a religião, qualquer outro conceito a que coubesse a metáfora da flor, e flor do céu. Aguardei o resto, recitando sempre o verso, e deitado ora sobre o lado direito, ora sobre o esquerdo; afinal deixei-me estar de costas, com os olhos no teto, mas nem assim vinha mais nada. Então adverti que os sonetos mais gabados eram os que concluíam com chave de ouro, isto é, um desses versos capitais no sentido e na forma. Pensei em forjar uma de tais chaves, considerando que o verso final, saindo cronologicamente dos treze anteriores, com dificuldade traria a perfeição louvada; imaginei que tais chaves eram fundidas antes da fechadura. Assim foi que me determinei a compor o último verso do soneto, e, depois de muito suar, saiu este:

Perde-se a vida, ganha-se a batalha!

Sem vaidade, e falando como se fosse de outro, era um verso magnífico. Sonoro, não há dúvida. E tinha um pensamento, a vitória ganha à custa da própria vida, pensamento alevantado e nobre. Que não fosse novidade, é possível, mas também não era vulgar; e ainda agora não explico por que via misteriosa entrou numa cabeça de tão poucos anos. Naquela ocasião achei-o sublime. Recitei uma e muitas vezes a chave de ouro; depois repeti os dous versos seguidamente, e dispus-me a ligá-los pelos doze centrais. A ideia agora, à vista do último verso, pareceu-me melhor não ser Capitu; seria a justiça. Era mais próprio dizer que, na pugna pela justiça, perder-se-ia acaso a vida, mas a batalha ficava ganha. Também me ocorreu aceitar a batalha, no sentido natural, e fazer dela a luta pela pátria, por exemplo; nesse caso a flor do céu seria a liberdade. Esta acepção, porém, sendo o poeta um seminarista, podia não caber tanto como a primeira, e gastei alguns minutos em escolher uma ou outra. Achei melhor a justiça, mas afinal aceitei definitivamente uma ideia nova, a caridade, e recitei os dous versos, cada um a seu modo, um languidamente:

Oh! Flor do céu! Oh! Flor cândida e pura!

e o outro com grande brio:

Perde-se a vida, ganha-se a batalha!

A sensação que tive é que ia sair um soneto perfeito. Começar bem e acabar bem não era pouco. Para me dar um banho de inspiração, evoquei alguns sonetos célebres, e notei que os mais deles eram facílimos; os versos saíam uns dos outros, com a ideia em si, tão naturalmente, que se não acabava de crer se ela é que os fizera, se eles é que a suscitavam. Então tornava ao meu soneto, e novamente repetia o primeiro verso e esperava o segundo; o segundo não vinha, nem terceiro, nem quarto; não vinha nenhum. Tive alguns ímpetos de raiva, e mais de uma vez pensei em sair da cama e ir ver tinta e papel; pode ser que, escrevendo, os versos acudissem, mas...

Cansado de esperar, lembrou-me alterar o sentido do último verso, com a simples transposição de duas palavras, assim:

Ganha-se a vida, perde-se a batalha!

O sentido vinha a ser justamente o contrário, mas talvez isso mesmo trouxesse a inspiração. Neste caso, era uma ironia: não exercendo a caridade, pode-se ganhar a vida, mas perde-se a batalha do céu. Criei forças novas e esperei. Não tinha janela; se tivesse, é possível que fosse pedir uma ideia à noite. E quem sabe se os vaga-lumes, luzindo cá embaixo, não seriam para mim como rimas das estrelas, e esta viva metáfora não me daria os versos esquivos, com os seus consoantes e sentidos próprios?

Trabalhei em vão, busquei, catei, esperei, não vieram os versos. Pelo tempo adiante escrevi algumas páginas em prosa, e agora estou compondo esta narração, não achando maior dificuldade que escrever, bem ou mal. Pois, senhores, nada me consola daquele soneto que não fiz. Mas, como eu creio que os sonetos existem feitos, como as odes e os dramas, e as demais obras de arte, por uma razão de ordem metafísica, dou esses dous versos ao primeiro desocupado que os quiser. Ao domingo, ou se estiver chovendo, ou na roça, em qualquer ocasião de lazer, pode tentar ver se o soneto sai. Tudo é dar-lhe uma ideia e encher o centro que falta.

LVI
Um seminarista

Tudo me ia repetindo o diabo do opúsculo, com as suas letras velhas e citações latinas. Vi sair daquelas folhas muitos perfis de seminaristas: os irmãos Albuquerque, por exemplo, um dos quais é cônego na Bahia, enquanto o outro seguiu medicina e dizem haver descoberto um específico contra a febre amarela. Vi o Bastos, um magricela, que está de vigário em Meia-Ponte, se não morreu já; Luiz Borges, apesar de padre, fez-se político, e acabou senador do Império... Quantas outras caras me fitavam das páginas frias do *Panegírico*! Não, não eram frias; traziam o calor da juventude nascente, o calor do passado, o meu próprio calor. Queria lê-las outra vez, e lograva entender algum texto, tão recente como no primeiro dia, ainda que mais breve. Era um encanto ir por ele; às vezes, inconscientemente, dobrava a folha como se estivesse lendo de verdade; creio que era quando os olhos me caíam na palavra do fim da página, e a mão, acostumada a ajudá-los, [fazia] o seu ofício...

Eis aqui outro seminarista. Chamava-se Ezequiel de Souza Escobar. Era um rapaz esbelto, olhos claros, um pouco fugitivos, como as mãos, como os pés, como a fala, como tudo. Quem não estivesse acostumado com ele podia acaso sentir-se mal, não sabendo por onde lhe pegasse. Não fitava de rosto, não falava claro nem seguido; as mãos não apertavam as outras, nem se deixavam apertar delas, porque os dedos, sendo delgados e curtos, quando a gente cuidava tê-los entre os seus, já não tinha nada. O mesmo digo dos pés, que tão depressa estavam aqui como lá. Esta dificuldade em pousar foi o maior obstáculo que achou para tomar os costumes do seminário. O sorriso era instantâneo, mas também ria folgado e largo. Uma cousa não seria tão fugitiva, como o resto, a reflexão; íamos dar com ele, muita vez, olhos enfiados em si, cogitando. Respondia-nos sempre que meditava algum ponto espiritual, ou então que recordava a lição da véspera. Quando ele entrou na minha intimidade pedia-me frequentemente explicações e repetições miúdas, e tinha memória para guardá-las todas, até as palavras. Talvez esta faculdade prejudicasse alguma outra.

Era mais velho que eu três anos, filho de um advogado de Curitiba, aparentado com um comerciante do Rio de Janeiro, que servia de correspondente ao pai. Este era homem de fortes sentimentos católicos. Escobar tinha uma irmã, que era um anjo, dizia ele.

— Não é só na beleza que é um anjo, mas também na bondade. Não imagina que boa criatura que ela é. Escreve-me muita vez, hei de mostrar-lhe as cartas dela.

De fato, eram simples e afetuosas, cheias de carícias e conselhos. Escobar contava-me histórias dela, interessantes, todas as quais vinham a dar na bondade e no espírito daquela criatura; tais eram que me fariam capaz de acabar casando com ela, se não fosse Capitu. Morreu pouco depois. Eu, seduzido pelas palavras dele, estive quase a contar-lhe logo, logo, a minha história. A princípio fui tímido, mas ele fez-se entrado na minha confiança. Aqueles modos fugitivos cessavam quando ele queria, e o meio e o tempo os fizeram mais pousados. Escobar veio abrindo a alma toda, desde a porta da rua até ao fundo do quintal. A alma da gente, como sabes, é uma casa assim disposta, não raro com janelas para todos os lados, muita luz e ar puro. Também as há fechadas e escuras, sem janelas, ou com poucas e gradeadas, à semelhança de conventos e prisões. Outrossim, capelas e bazares, simples alpendres ou paços suntuosos.

Não sei o que era a minha. Eu não era ainda casmurro, nem dom casmurro; o receio é que me tolhia a franqueza, mas como as portas não tinham chaves nem fechaduras, bastava empurrá-las, e Escobar empurrou-as e entrou. Cá o achei dentro, cá ficou, até que...

LVII
De preparação

Ah! Mas não eram só os seminaristas que me iam saindo daquelas folhas velhas do *Panegírico*. Elas me trouxeram também sensações passadas, tais e tantas que eu não poderia dizê-las todas, sem tirar espaço ao resto. Uma dessas, e das primeiras, quisera contá-la aqui em latim. Não é que a matéria não ache termos honestos em nossa língua, que é casta para os castos, como pode ser torpe para os torpes. Sim, leitora castíssima, como diria o meu finado José Dias, podeis ler o capítulo até ao fim, sem susto nem vexame.

Já agora meto a história em outro capítulo. Por mais composto que este me saia, há sempre no assunto alguma cousa menos austera, que pede umas linhas de repouso e preparação. Sirva este de preparação. E isto é muito, leitor meu amigo; o coração, quando examina a possibilidade do que há de vir, as proporções dos acontecimentos e a cópia deles, fica robusto e disposto, e o mal é menor mal. Também, se não fica então, não fica nunca. E aqui verás tal ou qual esperteza minha; porquanto, ao ler o que vás ler, é provável que o aches menos cru do que esperavas.

LVIII
O tratado

Foi o caso que, uma segunda-feira, voltando eu para o seminário, vi cair na rua uma senhora. O meu primeiro gesto, em tal caso, devia ser de pena ou de riso; não foi uma nem outra cousa, porquanto (e é isto que eu quisera dizer em latim) porquanto, a senhora tinha as meias mui lavadas, e não as sujou, levava ligas de seda, e não as perdeu. Várias pessoas acudiram, mas não tiveram tempo de a levantar; ela ergueu-se muito vexada, sacudiu-se, agradeceu, e enfiou pela rua próxima.

— Este gosto de imitar as francesas da rua do Ouvidor, dizia-me José Dias andando e comentando a queda, é evidentemente um erro. As nossas moças devem andar como sempre andaram, com seu vagar e paciência, e não este tique-tique afrancesado...

Eu mal podia ouvi-lo. As meias e as ligas da senhora branqueavam e enroscavam-se diante de mim, e andavam, caíam, erguiam-se e iam-se embora. Quando chegamos à esquina, olhei para a outra rua, e vi, à distância, a nossa desastrada, que ia no mesmo passo, tique-tique, tique-tique...

— Parece que não se machucou, disse eu.

— Tanto melhor para ela, mas é impossível que não tenha arranhado os joelhos; aquela presteza é manha...

Creio que foi "manha" que ele disse; eu fiquei "nos joelhos arranhados". Dali em diante, até o seminário, não vi mulher na rua, a quem não desejasse uma queda; a algumas adivinhei que trazia[m] as meias esticadas e as ligas justas... Tal haveria que nem levasse meias... Mas eu as via com elas... Ou então... Também é possível...

Vou esgarçando isto com reticências, para dar uma ideia das minhas ideias, que eram assim difusas e confusas; com certeza não dou nada. A cabeça ia-me quente, e o andar não era seguro. No seminário, a primeira hora foi insuportável. As batinas traziam ar de saias, e lembravam-me a queda da senhora. Já não era uma só que eu via cair; todas as que eu encontrara na rua, mostravam-me agora de relance as ligas azuis; eram azuis. De noite, sonhei com elas. Uma multidão de abomináveis criaturas veio andar à roda de mim, tique-tique... Eram belas, umas finas, outras grossas, todas ágeis como o diabo. Acordei, busquei afugentá-las com esconjuros e outros métodos, mas tão depressa dormi como tornaram, e, com as mãos presas em volta de mim, faziam um vasto círculo de saias, ou, trepadas no ar, choviam pés e pernas sobre a minha cabeça. Assim fui até madrugada. Não dormi mais; rezei padre-nossos, ave-marias, e credos, e sendo este livro a verdade pura, é força confessar que tive de interromper mais de uma vez as minhas orações para acompanhar no escuro uma figura ao longe, tique-tique, tique-tique... Pegava depressa na oração, sempre no meio para concertá-la bem, como se não tivesse havido interrupção, mas certamente não unia a frase nova à antiga.

Vindo o mal pela manhã adiante, tentei vencê-lo, mas por um modo que o não perdesse de todo. Sábios da escritura, adivinhai o que podia ser. Foi isto. Não podendo rejeitar de mim aqueles quadros, recorri a um tratado entre a minha consciência e a minha imaginação. As visões feminis seriam de ora avante consideradas como simples encarnações dos vícios, e por isso mesmo contempláveis, como o melhor modo de temperar o caráter e aguerri-lo para os combates ásperos da vida. Não formulei isto por palavras, nem foi preciso; o contrato fez-se tacitamente, com alguma repugnância, mas fez-se. E por alguns dias, era eu mesmo que evocava as visões para fortalecer-me, e não as rejeitava, senão quando elas mesmas, de cansadas, se iam embora.

LIX
Convivas de boa memória

Há dessas reminiscências que não descansam antes que a pena ou a língua as publique. Um antigo dizia arrenegar de conviva que tem boa memória. A vida é cheia de tais convivas, e eu sou acaso um deles, conquanto a prova de ter a memória fraca seja exatamente não me acudir agora o nome de tal antigo; mas era um antigo, e basta.

Não, não, a minha memória não é boa. Ao contrário, é comparável a alguém que tivesse vivido por hospedarias, sem guardar delas nem caras nem nomes, e somente raras circunstâncias. A quem passe a vida na mesma casa de família, com os seus eternos móveis e costumes, pessoas e afeições, é que se lhe grava tudo pela continuidade e repetição. Como eu invejo os que não esqueceram a cor das primeiras calças que vestiram! Eu não atino com a das que enfiei ontem. Juro só que não eram amarelas porque execro essa cor; mas isso mesmo pode ser olvido e confusão.

E antes seja olvido que confusão; explico-me. Nada se emenda bem nos livros confusos, mas tudo se pode meter nos livros omissos. Eu, quando leio algum desta outra casta, não me aflijo nunca. O que faço, em chegando ao fim, é cerrar os olhos e evocar todas as cousas que não achei nele. Quantas ideias finas me acodem então! Que de reflexões profundas! Os rios, as montanhas, as igrejas que não vi nas folhas lidas, todos me aparecem agora com as suas águas, as suas árvores, os seus altares, e os generais sacam das espadas que tinham ficado na bainha, e os clarins soltam as notas que dormiam no metal, e tudo marcha com uma alma imprevista.

É que tudo se acha fora de um livro falho, leitor amigo. Assim preencho as lacunas alheias; assim podes também preencher as minhas.

LX
Querido opúsculo!

Assim fiz eu ao *Panegírico de Santa Mônica*, e fiz mais: pus-lhe não só o que faltava da santa, mas ainda cousas que não eram dela. Viste o soneto, as meias, as ligas, o seminarista Escobar e vários outros. Vás agora ver o mais que naquele dia me foi saindo das páginas amarelas do opúsculo.

Querido opúsculo, tu não prestavas para nada, mas que mais presta um velho par de chinelas? Entretanto, há muita vez no casal de chinelas um como aroma e calor de dous pés. Gastas e rotas, não deixam de lembrar que uma pessoa as calçava de manhã, ao erguer da cama, ou as descalçava à noite, ao entrar nela. E se a comparação não vale, porque as chinelas são ainda uma parte da pessoa e tiveram o contato dos pés, aqui estão outras lembranças, como a pedra da rua, a porta da casa, um assobio particular, um pregão de quitanda, como aquele das cocadas que contei no capítulo XVIII. Justamente, quando contei o pregão das cocadas, fiquei tão curtido de saudades que me lembrou fazê-lo escrever por um amigo, mestre de música, e grudá-lo às pernas do capítulo. Se depois jarretei o capítulo, foi porque outro músico, a quem o mostrei, me confessou ingenuamente não achar no trecho escrito nada que lhe acordasse saudades. Para que não aconteça o mesmo aos outros profissionais que porventura me lerem, melhor é poupar ao editor do livro o trabalho e a despesa da gravura. Vês que não pus nada, nem ponho. Já agora creio que não basta que os pregões de rua, como os opúsculos de seminário, encerrem casos, pessoas e sensações; é preciso que a gente os tenha conhecido e padecido no tempo, sem o que tudo é calado e incolor.

Mas, vamos ao mais que me foi saindo das páginas amarelas.

LXI
A vaca de Homero

O mais foi muito. Vi saírem os primeiros dias da separação, duros e opacos, sem embargo das palavras de conforto que me deram os padres e os seminaristas, e as de minha mãe e Tio Cosme, trazidas por José Dias ao seminário.

— Todos estão saudosos, disse-me este, mas a maior saudade está naturalmente no maior dos corações; e qual é ele? perguntou escrevendo a resposta nos olhos.

— Mamãe, acudi eu.

José Dias apertou-me as mãos com alvoroço, e logo pintou a tristeza de minha mãe, que falava de mim todos os dias, quase a todas as horas. Como a aprovasse sempre, e acrescentasse alguma palavra relativamente aos dotes que Deus me dera, o desvanecimento de minha mãe nessas ocasiões era indescritível; e contava-me tudo isso cheio de uma admiração lacrimosa. Tio Cosme também se enternecia muito.

— Ontem até se deu um caso interessante. Tendo eu dito à excelentíssima que Deus lhe dera, não um filho, mas um anjo do céu, o doutor ficou tão comovido que não achou outro modo de vencer o choro senão fazendo-me um daqueles elogios de galhofa que só ele sabe. Não é preciso dizer que dona Glória enxugou furtivamente uma lágrima. Ou ela não fosse mãe! Que coração amantíssimo!

— Mas, sr. José Dias, e a minha saída daqui?

— Isso é negócio meu. A viagem à Europa é o que é preciso, mas pode fazer-se daqui a um ou dous anos, em 1859 ou 1860...

— Tão tarde!

— Era melhor que fosse este mesmo ano, mas demos tempo ao tempo. Tenha paciência, vá estudando, não se perde nada em ir sabendo já daqui alguma cousa; e, demais, ainda não acabando padre, a vida do seminário é útil, e vale sempre entrar no mundo ungido com os santos óleos da teologia...

Neste ponto, — lembra-me como se fosse hoje, — os olhos de José Dias fulguraram tão intensamente que me encheram de espanto. As pálpebras caíram depois, e assim ficaram por alguns instantes, até que novamente se ergueram, e os olhos fixaram-se na parede do pátio, como que embebidos em alguma cousa, se não era em si mesmos; depois despegaram-se da parede e entraram a vagar pelo pátio todo. Podia compará-lo aqui à vaca de Homero; andava e gemia em volta da cria que acabava de parir. Não lhe perguntei o que é que tinha, já por acanhamento, já porque dous lentes, um deles de teologia, vinham caminhando na nossa direção. Ao passarem por nós, o agregado, que os conhecia, cortejou-os com as deferências devidas, e pediu-lhes notícias minhas.

— Por ora nada se pode afiançar, disse um deles, mas parece que dará conta da mão.

— É o que eu lhe dizia agora mesmo, acudiu José Dias. Conto ouvir-lhe a missa nova; mas ainda que não chegue a ordenar-se, não pode ter melhores estudos que os que fizer aqui. Para a viagem da existência, concluiu demorando mais as palavras, irá ungido com os santos óleos da teologia...

Desta vez a fulguração dos olhos foi menor, as pálpebras não lhe caíram nem as pupilas fizeram os movimentos anteriores. Ao contrário, todo ele era atenção e interrogação; quando muito, um sorriso claro e amigo lhe errava nos lábios. O lente de teologia gostou da metáfora, e disse-lho; ele agradeceu, explicando que eram ideias que lhe escapavam no correr da conversação; não escrevia nem orava. Eu é que não gostei nada; e logo que os lentes se foram, sacudi a cabeça:

— Não quero saber dos santos óleos da teologia; desejo sair daqui o mais cedo que puder, ou já...

— Já, meu anjo, não pode ser; mas pode suceder que muito antes do que imaginamos. Quem sabe se este mesmo ano de 1858? Tenho um plano feito, e penso já nas palavras com que hei de expô-lo a dona Glória; estou certo que ela cederá e irá conosco.

— Duvido que mamãe embarque.

— Veremos. Mãe é capaz de tudo; mas, com ela ou sem ela, tenho por certa a nossa ida, e não haverá esforço que eu não empregue, deixe estar. Paciência é que é preciso. E não faça aqui nada que dê lugar a censuras ou queixas; muita docilidade e toda a aparente satisfação. Não ouviu o elogio do lente? É que você tem-se portado bem. Pois continue.

— Mas, 1859 ou 1860 é muito tarde.

— Será este ano, replicou José Dias.

— Daqui a três meses?

— Ou seis.

— Não; três meses.

— Pois sim. Tenho agora um plano, que me parece melhor que outro qualquer. É combinar a ausência de vocação eclesiástica e a necessidade de mudar de ares. Você por que não tosse?

— Por que não tusso?

— Já, já, não, mas eu hei de avisar você para tossir, quando for preciso, aos poucos, uma tossezinha seca, e algum fastio; eu irei preparando a excelentíssima... Oh! Tudo isto é em benefício dela. Uma vez que o filho não pode servir a Igreja, como deve ser servida, o melhor modo de cumprir a vontade de Deus é dedicá-lo a outra cousa. O mundo também é igreja para os bons...

Pareceu-me outra vez a vaca de Homero, como se este "mundo também é igreja para os bons", fosse outro bezerro, irmão dos "santos óleos da teologia." Mas não dei tempo à ternura materna, e repliquei:

— Ah! Entendo! Mostrar que estou doente para embarcar, não é?

José Dias hesitou um pouco, depois explicou-se:

— Mostrar a verdade, porque, francamente, Bentinho, eu há meses que desconfio do seu peito. Você não anda bom do peito. Em pequeno, teve umas febres e uma ronqueira... Passou tudo, mas há dias em que está mais descorado. Não digo que já seja o mal, mas o mal pode vir depressa. Numa hora cai a casa. Por isso, se aquela santa senhora não quiser ir conosco, — ou para que vá mais depressa, acho que uma boa tosse... Se a tosse há de vir de verdade, melhor é apressá-la... Deixe estar, eu aviso...

— Bem, mas em saindo daqui não há de ser para embarcar logo; saio primeiro, depois cuidaremos do embarque; o embarque é que pode ficar para o ano. Não dizem que o melhor tempo é abril ou maio? Pois seja maio. Primeiro deixo o seminário, daqui a dous meses...

E porque a palavra me estivesse a pigarrear na garganta, dei uma volta rápida, e perguntei-lhe à queima-roupa:

— Capitu como vai?

LXII
Uma ponta de lago

A pergunta era imprudente, na ocasião em que eu cuidava de transferir o embarque. Equivalia a confessar que o motivo principal ou único da minha repulsa ao seminário era Capitu, e fazer crer improvável a viagem. Compreendi isto depois que falei; quis emendar-me, mas nem soube como, nem ele me deu tempo.

— Tem andado alegre, como sempre; é uma tontinha. Aquilo enquanto não pegar algum peralta da vizinhança, que case com ela...

Estou que empalideci; pelo menos, senti correr um frio pelo corpo todo. A notícia de que ela vivia alegre, quando eu chorava todas as noites, produziu-me aquele efeito, acompanhado de um bater de coração, tão violento, que ainda agora cuido ouvi-lo. Há alguma exageração nisto; mas o discurso humano é assim mesmo, um composto de partes excessivas e partes diminutas, que se compensam, ajustando-se. Por outro lado, se entendermos que a audiência aqui não é das orelhas, senão da memória, chegaremos à exata verdade. A minha memória ouve ainda agora as pancadas do coração naquele instante. Não esqueças que era a emoção do primeiro amor. Estive quase a perguntar a José Dias que me explicasse a alegria de Capitu, o que é que ela fazia, se vivia rindo, cantando ou pulando, mas retive-me a tempo, e depois outra ideia...

Outra ideia, não, — um sentimento cruel e desconhecido, o puro ciúme, leitor das minhas entranhas. Tal foi o que me mordeu, ao repetir comigo as palavras de José Dias: "Algum peralta da vizinhança". Em verdade, nunca pensara em tal desastre. Vivia tão nela, dela e para ela, que a intervenção de um peralta era como uma noção sem realidade; nunca me acudiu que havia peraltas na vizinhança, vária idade e feitio, grandes passeadores das tardes. Agora lembrava-me que alguns olhavam para Capitu, — e tão senhor me sentia dela que era como se olhassem para mim, um simples dever de admiração e de inveja. Separados um do outro pelo espaço e pelo destino, o mal aparecia-me agora, não só possível, mas certo. E a alegria de Capitu confirmava a suspeita; se ela vivia alegre é que já namorava a outro, acompanhá-lo-ia com os olhos na rua, falar-lhe-ia à janela, às ave-marias, trocariam flores e...

E... quê? Sabes o que é que trocariam mais; se o não achas por ti mesmo, escusado é ler o resto do capítulo e do livro, não acharás mais nada, ainda que eu o diga com todas as letras da etimologia. Mas se o achaste, compreenderás que eu, depois de estremecer, tivesse um ímpeto de atirar-me pelo portão fora, descer o resto da ladeira, correr, chegar a casa do Pádua, agarrar Capitu e intimar-lhe que me confessasse quantos, quantos, quantos já lhe dera o peralta da vizinhança. Não fiz nada. Os mesmos sonhos que ora conto não tiveram, naqueles três ou quatro minutos, esta lógica de movimentos e pensamentos. Eram soltos, emendados e mal emendados, como o desenho truncado e torto, uma confusão, um turbilhão, que me cegava e ensurdecia. Quando tornei a mim, José Dias concluía uma frase, cujo princípio não ouvi, e o mesmo fim era vago: "A conta que dará de si". Que conta e quem? Cuidei naturalmente que falava ainda de Capitu, e quis perguntar-lho, mas a vontade morreu ao nascer, como tantas outras gerações delas. Limitei-me a inquirir do agregado quando é que iria a casa ver minha mãe.

— Estou com saudades de mamãe. Posso ir já esta semana?

— Vai sábado.

— Sábado? Ah! Sim! Sim! Peça a mamãe que me mande buscar sábado! Sábado! Este sábado, não? Que me mande buscar, sem falta.

LXIII
Metades de um sonho

Fiquei ansioso pelo sábado. Até lá os sonhos perseguiam-me, ainda acordado, e não os digo aqui para não alongar esta parte do livro. Um só ponho, e no menor número de palavras, ou antes porei dous, porque um nasceu de outro, a não ser que ambos formem duas metades de um só. Tudo isto é obscuro, dona leitora, mas a culpa é do vosso sexo, que perturbava assim a adolescência de um pobre seminarista. Não fosse ele, e este livro seria talvez uma simples prática paroquial, se eu fosse padre, ou uma pastoral, se bispo, ou uma encíclica, se papa, como me recomendara Tio Cosme: "Anda lá, meu rapaz, volta-me papa!". Ah! Por que não cumpri esse desejo? Depois de Napoleão, tenente e imperador, todos os destinos estão neste século.

Quanto ao sonho foi isto. Como estivesse a espiar os peraltas da vizinhança, vi um destes que conversava com a minha amiga ao pé da janela. Corri ao lugar, ele fugiu; avancei para Capitu, mas não estava só, tinha o pai ao pé de si, enxugando os olhos e mirando um triste bilhete de loteria. Não me parecendo isto claro, ia pedir a explicação, quando ele de si mesmo a deu; o peralta fora levar-lhe a lista dos prêmios da loteria, e o bilhete saíra branco. Tinha o número 4004. Disse-me que esta simetria de algarismos era misteriosa e bela, e provavelmente a roda andara mal; era impossível que não devesse ter a sorte grande. Enquanto ele falava, Capitu dava-me com os olhos todas as sortes grandes e pequenas. A maior destas devia ser dada com a boca. E aqui entra a segunda parte do sonho. Pádua desapareceu, como as suas esperanças do bilhete. Capitu inclinou-se para fora, eu relancei os olhos pela rua, estava deserta. Peguei-lhe nas mãos, resmunguei não sei que palavras, e acordei sozinho no dormitório.

O interesse do que acabas de ler não está na matéria do sonho, mas nos esforços que fiz para ver se dormia novamente e pegava nele outra vez. Nunca dos nuncas poderás saber a energia e obstinação que empreguei em fechar os olhos, apertá-los bem, esquecer tudo para dormir, mas não dormia. Esse mesmo trabalho fez-me perder o sono até à madrugada. Sobre a madrugada, consegui conciliá-lo, mas então nem peraltas, nem bilhetes de loteria, nem sortes grandes ou pequenas, — nada dos nadas veio ter comigo. Não sonhei mais aquela noite, e dei mal as lições daquele dia.

LXIV
Uma ideia e um escrúpulo

Relendo o capítulo passado, acode-me uma ideia e um escrúpulo. O escrúpulo é justamente de escrever a ideia, não a havendo mais banal na terra, posto que daquela banalidade do sol e da lua, que o céu nos dá todos os dias e todos os meses. Deixei o manuscrito, e olhei para as paredes. Sabes que esta casa do Engenho Novo, nas dimensões, disposições e pinturas, é reprodução da minha antiga casa de Matacavalos. Outrossim, como te disse no capítulo II, o meu fim em imitar a outra foi ligar as duas pontas da vida, o que aliás não alcancei. Pois o mesmo sucedeu àquele sonho do seminário, por mais que tentasse dormir e dormisse. Donde concluo que um dos ofícios do homem é fechar e apertar muito os olhos, a ver se continua pela noite velha o sonho truncado na noite moça. Tal é a ideia banal e nova que eu não quisera por aqui, e só provisoriamente a escrevo.

Antes de concluir este capítulo, fui à janela indagar da noite por que razão os sonhos hão de ser assim tão tênues que se esgarçam ao menor abrir de olhos ou voltar de corpo, e não continuam mais. A noite não me respondeu logo. Estava deliciosamente bela, os morros palejavam de luar e o espaço morria de silêncio. Como eu insistisse, declarou-me que os sonhos já não pertencem à sua jurisdição. Quando eles moravam na ilha que Luciano lhes deu, onde ela tinha o seu palácio, e donde os fazia sair com suas caras de vária feição, dar-me-ia explicações possíveis. Mas os tempos mudaram tudo. Os sonhos antigos foram aposentados, e os modernos moram no cérebro da pessoa. Estes, ainda que quisessem imitar os outros, não poderiam fazê-lo; a ilha dos sonhos, como a dos amores, como todas as ilhas de todos os mares, são agora objeto da ambição e da rivalidade da Europa e dos Estados Unidos.

Era uma alusão às Filipinas. Pois que não amo a política, e ainda menos a política internacional, fechei a janela e vim acabar este capítulo para ir dormir. Não peço agora os sonhos de Luciano, nem outros, filhos da memória ou da digestão; basta-me um sono quieto e apagado. De manhã, com a fresca, irei dizendo o mais da minha história e suas pessoas.

LXV
A dissimulação

Chegou o sábado, chegaram outros sábados, e eu acabei afeiçoando-me à vida nova. Ia alternando a casa e o seminário. Os padres gostavam de mim, os rapazes também, e Escobar mais que os rapazes e os padres. No fim de cinco semanas estive quase a contar a este as minhas penas e esperanças; Capitu refreou-me.

— Escobar é muito meu amigo, Capitu!

— Mas não é meu amigo.

— Pode vir a ser; ele já me disse que há de vir cá para conhecer mamãe.

— Não importa; você não tem direito de contar um segredo que não é só seu, mas também meu, e eu não lhe dou licença de dizer nada a pessoa nenhuma.

Era justo, calei-me e obedeci. Outra cousa em que obedeci às suas reflexões foi, logo no primeiro sábado, quando eu fui à casa dela, e, após alguns minutos de conversa, me aconselhou a ir embora.

— Hoje não fique aqui mais tempo; vá para casa, que eu lá vou logo. É natural que dona Glória queira estar com você muito tempo, ou todo, se puder.

Em tudo isso mostrava a minha amiga tanta lucidez que eu bem podia deixar de citar um terceiro exemplo, mas os exemplos não se fizeram senão para ser citados, e este é tão bom que a omissão seria um crime. Foi à minha terceira ou quarta vinda à casa. Minha mãe depois que lhe respondi às mil perguntas que me fez sobre o tratamento que me davam, os estudos, as relações, a disciplina, e se me doía alguma cousa, e se dormia bem, tudo o que a ternura das mães inventa para cansar a paciência de um filho, concluiu voltando-se para José Dias.

— Sr. José Dias, ainda duvida que saia daqui um bom padre?

— Excelentíssima...

— E você, Capitu, interrompeu minha mãe voltando-se para a filha do Pádua que estava na sala, com ela, — você não acha que o nosso Bentinho dará um bom padre?

— Acho que sim, senhora, respondeu Capitu cheia de convicção.

Não gostei da convicção. Assim lho disse, na manhã seguinte, no quintal dela, recordando as palavras da véspera, e lançando-lhe em rosto, pela primeira vez, a alegria que ela mostrara desde a minha entrada no seminário, quando eu vivia curtido de saudades. Capitu fez-se muito séria, e perguntou-me como é que queria que se portasse, uma vez que suspeitavam de nós; também tivera noites desconsoladas, e os dias, em casa dela, foram tão tristes como os meus; podia indagá-lo do pai e da mãe. A mãe chegou a dizer-lhe, por palavras encobertas, que não pensasse mais em mim.

— Com dona Glória e dona Justina mostro-me naturalmente alegre, para que não pareça que a denúncia de José Dias é verdadeira. Se parecesse, elas tratariam de separar-nos mais, e talvez acabassem não me recebendo... Para mim, basta o nosso juramento de que nos havemos de casar um com outro.

Era isto mesmo; devíamos dissimular para matar qualquer suspeita, e ao mesmo tempo gozar toda a liberdade anterior, e construir tranquilos o nosso futuro. Mas o exemplo completa-se com o que ouvi no dia seguinte, ao almoço; minha mãe, dizendo Tio Cosme que ainda queria ver com que mão havia eu de abençoar o povo à missa, contou que, dias antes, estando a falar de moças que se casam cedo, Capitu lhe dissera: "Pois a mim quem me há de casar há de ser o padre Bentinho; eu espero que ele se ordene!". Tio Cosme riu da graça, José Dias não dessorriu, só prima Justina é que franziu a testa, e olhou para mim interrogativamente. Eu, que havia olhado para todos, não pude resistir ao gesto da prima, e tratei de comer. Mas comi mal; estava tão contente com aquela grande dissimulação de Capitu que não vi mais nada, e, logo que almocei, corri a referir-lhe a conversa e a louvar-lhe a astúcia. Capitu sorriu de agradecida.

— Você tem razão, Capitu, concluí eu; vamos enganar toda esta gente.

— Não é? disse ela com ingenuidade.

LXVI
Intimidade

Capitu ia agora entrando na alma de minha mãe. Viviam o mais do tempo juntas, falando de mim, a propósito do sol e da chuva, ou de nada; Capitu ia lá coser, às manhãs; alguma vez ficava para jantar.

Prima Justina não acompanhava a parenta naquelas finezas, mas não tratava de todo mal a minha amiga. Era assaz sincera para dizer o mal que sentia de alguém, e não sentia bem de pessoa alguma. Talvez do marido, mas o marido era morto; em todo o caso, não existira homem capaz de competir com ele na afeição, no trabalho e na honestidade, nas maneiras e na agudeza de espírito. Esta opinião, segundo Tio Cosme, era póstuma, pois em vida andavam às brigas, e os últimos seis meses acabaram separados. Tanto melhor para a justiça dela; o louvor dos mortos é um modo de orar por eles. Também gostaria de minha mãe, ou se algum mal pensou dela foi entre si e o travesseiro. Compreende-se que, de aparência, lhe desse a estima devida. Não penso que ela aspirasse a algum legado; as pessoas assim dispostas excedem os serviços naturais, fazem-se mais risonhas, mais assíduas, multiplicam os cuidados, precedem os fâmulos. Tudo isso era contrário à natureza de prima Justina, feita de azedume e de implicância. Como vivesse de favor na casa, explica-se que não desestimasse a dona e calasse os seus ressentimentos, ou só dissesse mal dela a Deus e ao diabo.

Caso tivesse ressentimentos de minha mãe, não era uma razão mais para detestar Capitu, nem ela precisava de razões suplementares. Contudo, a intimidade de Capitu fê-la mais aborrecível à minha parenta. Se a princípio não a tratava mal, com o tempo trocou de maneiras e acabou fugindo-lhe. Capitu, atenta, desde que a não via, indagava dela e ia procurá-la. Prima Justina tolerava esses cuidados. A vida é cheia de obrigações que a gente cumpre, por mais vontade que tenha de as infringir deslavadamente. Demais, Capitu usava certa magia que cativa; prima Justina acabava sorrindo, ainda que azedo, mas a sós com minha mãe achava alguma palavra ruim que dizer da menina.

Como minha mãe adoecesse de uma febre, que a pôs às portas da morte, quis que Capitu lhe servisse de enfermeira. Prima Justina, posto que isto a aliviasse de cuidados penosos, não perdoou à minha amiga a intervenção. Um dia, perguntou-lhe se não tinha que fazer em casa; outro dia, rindo, soltou-lhe este epigrama: "Não precisa correr tanto; o que tiver de ser seu às mãos lhe há de ir".

LXVII
Um pecado

Já agora não tiro a doente da cama sem contar o que se deu comigo. Ao cabo de cinco dias, minha mãe amanheceu tão transtornada que ordenou me mandassem buscar ao seminário. Em vão Tio Cosme:

— Mana Glória, você assusta-se sem motivo, a febre passa...

— Não! Não! Mandem buscá-lo! Posso morrer, e a minha alma não se salva, se Bentinho não estiver ao pé de mim.

— Vamos assustá-lo.

— Pois não lhe digam nada, mas vão buscá-lo, já, já, não se demorem.

Cuidaram fosse delírio; mas, não custando nada trazer-me, José Dias foi incumbido do recado. Entrou tão atordoado que me assustou. Contou particularmente ao reitor o que havia, e recebi licença para ir a casa. Na rua, íamos calados, ele não alterando o passo do costume, — a premissa antes da consequência, a consequência antes da conclusão, — mas cabisbaixo e suspirando, eu temendo ler no rosto dele alguma notícia dura e definitiva. Só me falara na doença, como negócio simples; mas o chamado, o silêncio, os suspiros podiam dizer alguma cousa mais. O coração batia-me com força, as pernas bambeavam-me, mais de uma vez cuidei cair...

O anseio de escutar a verdade complicava-se em mim

com o temor de a saber. Era a primeira vez que a morte me aparecia assim perto, me envolvia, me encarava com os olhos furados e escuros. Quanto mais andava aquela rua dos Barbonos, mais me aterrava a ideia de chegar a casa, de entrar, de ouvir os prantos, de ver um corpo defunto... Oh! Eu não poderia nunca expor aqui tudo o que senti naqueles terríveis minutos. A rua, por mais que José Dias andasse superlativamente devagar, parecia fugir-me debaixo dos pés, as casas voavam de um e outro lado, e uma corneta que nessa ocasião tocava no quartel dos Municipais Permanentes ressoava aos meus ouvidos como a trombeta do juízo final.

Fui, cheguei aos Arcos, entrei na rua de Matacavalos. A casa não era logo ali, mas muito além da dos Inválidos, perto da do Senado. Três ou quatro vezes, quisera interrogar o meu companheiro, sem ousar abrir a boca; mas agora, já nem tinha tal desejo. Ia só andando, aceitando o pior, como um gesto do destino, como uma necessidade da obra humana, e foi então que a Esperança, para combater o Terror, me segredou ao coração, não estas palavras, pois nada articulou parecido com palavras, mas uma ideia que poderia ser traduzida por elas: "Mamãe defunta, acaba o seminário".

Leitor, foi um relâmpago. Tão depressa alumiou a noite, como se esvaiu, e a escuridão fez-se mais cerrada, pelo efeito do remorso que me ficou. Foi uma sugestão da luxúria e do egoísmo. A piedade filial desmaiou um instante, com a perspectiva da liberdade certa, pelo desaparecimento da dívida e do devedor; foi um instante, menos que um instante, o centésimo de um instante, ainda assim o suficiente para complicar a minha aflição com um remorso.

José Dias suspirava. Uma vez olhou para mim tão cheio de pena que me pareceu haver-me adivinhado, e eu quis pedir-lhe que não dissesse nada a ninguém, que eu ia castigar-me etc. Mas a pena trazia tanto amor, que não podia ser pesar do meu pecado; mas então era sempre a morte de minha mãe... Senti uma angústia grande, um nó na garganta, e não pude mais, chorei de uma vez.

— Que é, Bentinho?

— Mamãe...?

— Não! Não! Que ideia é essa? O estado dela é gravíssimo, mas não é mal de morte, e Deus pode tudo. Enxugue os olhos, que é feio um mocinho da sua idade andar chorando na rua. Não há de ser nada, uma febre... As febres, assim como dão com força assim também se vão embora... Com os dedos, não; onde está o lenço?

Enxuguei os olhos, posto que de todas as palavras de José Dias uma só me ficasse no coração; foi aquele *gravíssimo*. Vi depois que ele só queria dizer *grave*, mas o uso do superlativo faz a boca longa, e, por amor do período, José Dias fez crescer a minha tristeza. Se achares neste livro algum caso da mesma família, avisa-me, leitor, para que o emende na segunda edição; nada há mais feio que dar pernas longuíssimas a ideias brevíssimas. Enxuguei os olhos, repito, e fui andando, ansioso agora por chegar a casa, e pedir perdão a minha mãe do ruim pensamento que tive. Enfim, chegamos, entramos, subi trêmulo os seis degraus da escada, e daí a pouco, debruçado sobre a cama, ouvia as palavras ternas de minha mãe que me apertava muito as mãos, chamando-me seu filho. Estava queimando, os olhos ardiam nos meus, toda ela parecia consumida por um vulcão interno. Ajoelhei-me ao pé do leito, mas como este era alto, fiquei longe das suas carícias:

— Não, meu filho, levanta, levanta!

Capitu, que estava na alcova, gostou de ver a minha entrada, os meus gestos, palavras e lágrimas, segundo me disse depois; mas não suspeitou naturalmente todas as causas da minha aflição. Entrando no meu quarto, pensei em dizer tudo a minha mãe, logo que ela ficasse boa, mas esta ideia não me mordia, era uma veleidade pura, uma ação que eu não faria nunca, por mais que o pecado me doesse. Então, levado do remorso, usei ainda uma vez do meu velho meio das promessas espirituais, e pedi a Deus que me perdoasse e salvasse a vida de minha mãe, e eu lhe rezaria dous mil padre-nossos. Padre que me lês, perdoa este recurso; foi a última vez que o empreguei. A crise em que me achava, não menos que o costume e a fé, explica tudo. Eram mais dous mil; onde iam os antigos? Não paguei uns nem outros, mas saindo de almas cândidas e verdadeiras tais promessas são como a moeda fiduciária, — ainda que o devedor as não pague, valem a soma que dizem.

LXVIII
Adiemos a virtude

Poucos teriam ânimo de confessar aquele meu pensamento da rua de Matacavalos. Eu confessarei tudo o que importar à minha história. Montaigne escreveu de si: *ce ne sont pas mes gestes que j'écris; c'est moi, c'est mon essence.* Ora, há só um modo de escrever a própria essência, é contá-la toda, o bem e o mal. Tal faço eu, à medida que me vai lembrando e convindo à construção ou reconstrução de mim mesmo. Por exemplo, agora que contei um pecado, diria com muito gosto alguma bela ação contemporânea, se me lembrasse, mas não me lembra; fica transferida a melhor oportunidade.

Nem perderás em esperar, meu amigo; ao contrário, acode-me agora que... Não só as belas ações são belas em qualquer ocasião, como são também possíveis e prováveis, pela teoria que tenho dos pecados e das virtudes, não menos simples que clara. Reduz-se a isto que cada pessoa nasce com certo número deles e delas, aliados por matrimônio para se compensarem na vida. Quando um de tais cônjuges é mais forte que o outro, ele só guia o indivíduo, sem que este, por não haver praticado tal virtude ou cometido tal pecado, se possa dizer isento de um ou de outro; mas a regra é dar-se a prática simultânea dos dous, com vantagem do portador de ambos, e alguma vez com resplendor maior da terra e do céu. É pena que eu não possa fundamentar isto com um ou mais casos estranhos; falta-me tempo.

Pelo que me toca, é certo que nasci com alguns daqueles casais, e naturalmente ainda os possuo. Já me sucedeu, aqui no Engenho Novo, por estar uma noite com muita dor de cabeça, desejar que o trem da Central estourasse longe dos meus ouvidos e interrompesse a linha por muitas horas, ainda que morresse alguém; e no dia seguinte perdi o trem da mesma estrada, por ter ido dar a minha bengala a um cego que não trazia bordão. *Voilà mes gestes, voilà mon essence.*

LXIX
A missa

Um dos gestos que melhor exprimem a minha essência foi a devoção com que corri no domingo próximo a ouvir missa em Santo Antônio dos Pobres. O agregado quis ir comigo, e principiou a vestir-se, mas era tão lento nos suspensórios e nas presilhas, que não pude esperar por ele. Demais, eu queria estar só. Sentia necessidade de evitar qualquer conversação que me desviasse o pensamento do fim a que ia, e era reconciliar-me com Deus, depois do que se passou no capítulo LXVII. Nem era só pedir-lhe perdão do pecado, era também agradecer o restabelecimento de minha mãe, e, visto que digo tudo, fazê-lo renunciar ao pagamento da minha promessa. Jeová, posto que divino, ou por isso mesmo, é um Rothschild muito mais humano, e não faz moratórias, perdoa as dívidas integralmente, uma vez que o devedor queira deveras emendar a vida e cortar nas despesas. Ora, eu não queria outra cousa; dali em diante não faria mais promessas que não pudesse pagar, e pagaria logo as que fizesse.

Ouvi missa; ao levantar a Deus, agradeci a vida e saúde de minha mãe; depois pedi perdão do pecado e relevação da dívida, e recebi a benção final do oficiante como um ato solene de reconciliação. No fim, lembrou-me que a igreja estabeleceu no confessionário um cartório seguro, e na confissão o mais autêntico dos instrumentos para o ajuste de contas morais entre o homem e Deus. Mas a minha incorrigível timidez me fechou essa porta certa; receei não achar palavra com que dizer ao confessor o meu segredo. Como o homem muda! Hoje chego a publicá-lo.

LXX
Depois da missa

Rezei ainda, persignei-me, fechei o livro de missa e caminhei para a porta. A gente não era muita, mas a igreja também não é grande, e não pude sair logo, logo, mas devagar. Havia homens e mulheres, velhos e moços, sedas e chitas, e provavelmente olhos feios e belos, mas eu não vi uns nem outros. Ia na direção da porta, com a onda, ouvindo as saudações e os cochichos. No adro, onde se fez claro, parei e olhei para todos. Vi então uma moça e um homem, que saíam da igreja e pararam; e a moça olhava para mim falando ao homem, e o homem olhava para mim, ouvindo a moça. E chegaram-me estas palavras:

— Mas que queres?

— Queria saber dela; papai pergunte.

Era sinhazinha Sancha, a companheira de colégio de Capitu, que queria notícias de minha mãe. O pai veio a mim; disse-lhe que estava restabelecida. Depois saímos, mostrou-me a casa dele, e, como eu vinha na mesma direção, viemos juntos. Gurgel era homem de quarenta anos ou pouco mais, com propensão a engrossar o ventre; era muito obsequioso; chegando à porta da casa, quis por força que eu fosse almoçar com ele.

— Obrigado; mamãe espera-me.

— Manda-se lá um preto dizer que o senhor fica almoçando, e irá mais tarde.

— Venho outro dia.

Sinhazinha Sancha, voltada para o pai, ouvia e esperava. Não era feia; só se lhe podia notar a semelhança do nariz, que também acabava grosso, mas há feições que tiram a graça de uns para dá-la a outros. Vestia simples. Gurgel era viúvo e morria pela filha. Como eu recusasse o almoço, quis que descansasse alguns minutos. Não pude recusar e subi. Quis saber a minha idade, os meus estudos, a minha fé, e dava-me conselhos para o caso de vir a ser padre; disse-me o número do armazém, rua da Quitanda. Enfim, despedi-me, veio ao patamar da escada; a filha deu-me recomendações para Capitu e para minha mãe. Da rua olhei para cima; o pai estava à janela e fez-me um gesto largo de despedida.

LXXI
Visita de Escobar

Em casa, tinham já mentido dizendo a minha mãe que eu voltara e estava mudando de roupa.

"A missa das oito já há de ter acabado... Bentinho devia estar de volta... Teria acontecido alguma cousa, mano Cosme?... Mandem ver..." Assim falava ela, de minuto a minuto, mas eu entrei e comigo a tranquilidade.

Era o dia das boas sensações. Escobar foi visitar-me e saber da saúde de minha mãe. Nunca me visitara até ali, nem as nossas relações estavam já tão estreitas, como vieram a ser depois; mas sabendo a razão da minha saída, três dias antes, aproveitou o domingo para ir ter comigo e perguntar se continuava o perigo ou não. Quando lhe disse que não, respirou.

— Tive receio, disse ele.

— Os outros souberam?

— Parece que sim: alguns souberam.

Tio Cosme e José Dias gostaram do moço; o agregado disse-lhe que vira uma vez o pai no Rio de Janeiro. Escobar era muito polido; e, conquanto falasse mais do que veio a falar depois, ainda assim não era tanto como os rapazes da nossa idade; naquele dia achei-o um pouco mais expansivo que de costume. Tio Cosme quis que jantasse conosco. Escobar refletiu um instante e acabou dizendo que o correspondente do pai esperava por ele. Eu, lembrando-me das palavras do Gurgel, repeti-as:

— Manda-se lá um preto dizer que o senhor janta aqui, e irá depois.

— Tanto incômodo!

— Incômodo nenhum, interveio Tio Cosme.

Escobar aceitou, e jantou. Notei que os movimentos rápidos que tinha e dominava na aula também os dominava agora, na sala como na mesa. A hora que passou comigo foi de franca amizade. Mostrei-lhe uns poucos livros que possuía. Gostou muito do retrato de meu pai; depois de alguns instantes de contemplação, virou-se e disse-me:

— Vê-se que era um coração puro!

Os olhos de Escobar, claros como já disse, eram dulcíssimos; assim os definiu José Dias, depois que ele saiu, e mantenho esta palavra, apesar dos quarenta anos que traz em cima de si. Nisto não houve exageração do agregado. A cara rapada mostrava uma pele alva e lisa. A testa é que era um pouco baixa, vindo a risca do cabelo quase em cima da sobrancelha esquerda; mas tinha sempre a altura necessária para não afrontar as outras feições, nem diminuir a graça delas. Realmente, era interessante de rosto, a boca fina e chocarreira, o nariz curvo e delgado. Tinha o sestro de sacudir o ombro direito, de quando em quando, e veio a perdê-lo, desde que um de nós lho notou um dia no seminário; primeiro exemplo que vi de que um homem pode corrigir-se muito bem dos defeitos miúdos.

Nunca deixei de sentir tal ou qual desvanecimento em que os meus amigos agradassem a todos. Em casa, ficaram querendo bem a Escobar; a mesma prima Justina achou que era um moço muito apreciável, apesar... Apesar de quê? perguntou-lhe José Dias, vendo que ela não acabava a frase. Não teve resposta, nem podia tê-la; prima Justina provavelmente não viu defeito claro ou importante no nosso hóspede; o *apesar* era uma espécie de ressalva para algum que lhe viesse a descobrir um dia; ou então foi obra de uso velho, que a levou a restringir, onde não achara restrição.

Escobar despediu-se logo depois de jantar; fui levá-lo à porta, onde esperamos a passagem de um ônibus. Disse-me que o armazém do correspondente era na rua dos Pescadores, e ficava aberto até às nove horas: ele é que se não queria demorar fora. Separámo-nos com muito afeto: ele, de dentro do ônibus, ainda me disse adeus, com a mão. Conservei-me à porta, a ver se, ao longe, ainda olharia para trás, mas não olhou.

— Que amigo é esse tamanho? perguntou alguém de uma janela ao pé.

Não é preciso dizer que era Capitu. São cousas que se adivinham na vida, como nos livros, sejam romances, sejam histórias verdadeiras. Era Capitu, que nos espreitara desde algum tempo, por dentro da veneziana, e agora abrira inteiramente a janela, e aparecera. Viu as nossas despedidas tão rasgadas e afetuosas, e quis saber quem era que me merecia tanto.

— É o Escobar, disse eu indo pôr-me embaixo da janela, a olhar para cima.

LXXII
Uma reforma dramática

Nem eu, nem tu, nem ela, nem qualquer outra pessoa desta história poderia responder mais, tão certo é que o destino, como todos os dramaturgos, não anuncia as peripécias nem o desfecho. Eles chegam a seu tempo, até que o pano cai, apagam-se as luzes, e os espectadores vão dormir. Nesse gênero há porventura alguma cousa que reformar, e eu proporia, como ensaio, que as peças começassem pelo fim. Otelo mataria a si e a Desdêmona no primeiro ato, os três seguintes seriam dados à ação lenta e decrescente do ciúme, e o último ficaria só com as cenas iniciais da ameaça dos turcos, as explicações de Otelo e Desdêmona, e o bom conselho do fino Iago: "Mete dinheiro na bolsa". Desta maneira, o espectador, por um lado, acharia no teatro a charada habitual que os periódicos lhe dão, porque os últimos atos explicariam o desfecho do primeiro, espécie de conceito, e, por outro lado, ia para a cama com uma boa impressão de ternura e de amor:

Ela amou o que me afligira,
Eu amei a piedade dela.

LXXIII
O contrarregra

O destino não é só dramaturgo, é também o seu próprio contrarregra, isto é, designa a entrada dos personagens em cena, dá-lhes as cartas e outros objetos, e executa dentro os sinais correspondentes ao diálogo, uma trovoada, um carro, um tiro. Quando eu era moço, representou-se aí, em não sei que teatro, um drama que acabava pelo juízo final. O principal personagem era Ahasvérus, que no último quadro concluía um monólogo por esta exclamação: "Ouço a trombeta do arcanjo!". Não se ouviu trombeta nenhuma. Ahasvérus, envergonhado, repetiu a palavra, agora mais alto, para advertir o contrarregra, mas ainda nada. Então caminhou para o fundo, disfarçadamente trágico, mas efetivamente com o fim de falar ao bastidor, e dizer em voz surda: "O pistom! O pistom! O pistom!". O público ouviu esta palavra e desatou a rir, até que, quando a trombeta soou deveras, e Ahasvérus bradou pela terceira vez que era a do arcanjo, um gaiato da plateia corrigiu cá debaixo: "Não, senhor, é o pistom do arcanjo!".

Assim se explicam a minha estada debaixo da janela de Capitu e a passagem de um cavaleiro, um dândi, como então dizíamos. Montava um belo cavalo alazão, firme na sela, rédea na mão esquerda, a direita à cinta, botas de verniz, figura e postura esbeltas: a cara não me era desconhecida. Tinham passado outros, e ainda outros viriam atrás; todos iam às suas namoradas. Era uso do tempo namorar a cavalo. Relê Alencar: "Porque um estudante (dizia um dos seus personagens de teatro de 1858) não pode estar sem estas duas cousas, um cavalo e uma namorada". Relê Álvares de Azevedo. Uma das suas poesias é destinada a contar (1851) que residia em Catumbi, e, para ver a namorada no Catete, alugara um cavalo por três mil-réis... Três mil-réis! Tudo se perde na noite dos tempos!

Ora, o dândi do cavalo baio não passou como os outros; era a trombeta do juízo final e soou a tempo; assim faz o Destino, que é o seu próprio contrarregra. O cavaleiro não se contentou de ir andando, mas voltou a cabeça para o nosso lado, o lado de Capitu, e olhou para Capitu, e Capitu para ele; o cavalo andava, a cabeça do homem deixava-se ir voltando para trás. Tal foi o segundo dente de ciúme que me mordeu. A rigor, era natural admirar as belas figuras; mas aquele sujeito costumava passar ali, às tardes; morava no antigo Campo da Aclamação, e depois... e depois... Vão lá raciocinar com um coração de brasa, como era o meu! Nem disse nada a Capitu; saí da rua à pressa, enfiei pelo meu corredor, e, quando dei por mim, estava na sala de visitas.

LXXIV
A presilha

Na sala de visitas, Tio Cosme e José Dias conversavam, um sentado, outro andando e parando. A vista de José Dias lembrou-me o que ele me dissera no seminário: "Aquilo enquanto não pegar algum peralta da vizinhança que case com ela...". Era certamente alusão ao cavaleiro. Tal recordação agravou a impressão que eu trazia da rua; mas não seria essa palavra, inconscientemente guardada, que me dispôs a crer na malícia dos seus olhares? A vontade que tive foi pegar em José Dias pela gola, levá-lo ao corredor e perguntar-lhe se falara de verdade ou por hipótese; mas José Dias, que parara ao ver-me entrar, continuou a andar e a falar. Eu, impaciente, queria ir à casa ao pé, imaginava que Capitu saísse da janela assustada e não tardasse a aparecer, para indagar e explicar... E os dous falavam, até que Tio Cosme ergueu-se para ir ver a doente, e José Dias veio ter comigo, ao vão da outra janela.

Há um instante tinha eu desejo de lhe perguntar o que havia entre Capitu e os peraltas do bairro; agora, imaginando que vinha justamente dizer-mo, fiquei com medo de ouvi-lo. Quis tapar-lhe a boca. José Dias viu no meu rosto algum sinal diferente da expressão habitual, e perguntou-me com interesse:

— Que é, Bentinho?

Para não fitá-lo, deixei cair os olhos. Os olhos, caindo, viram que uma das presilhas das calças do agregado estava desabotoada, e, como ele insistisse em saber o que é que eu tinha, respondi apontando com o dedo:

— Olhe a presilha, abotoe a presilha.

José Dias inclinou-se, eu saí correndo.

LXXV
O desespero

Escapei ao agregado, escapei a minha mãe não indo ao quarto dela, mas não escapei a mim mesmo. Corri ao meu quarto, e entrei atrás de mim. Eu falava-me, eu perseguia-me, eu atirava-me à cama, e rolava comigo, e chorava, e abafava os soluços com a ponta do lençol. Jurei não ir ver Capitu aquela tarde, nem nunca mais, e fazer-me padre de uma vez. Via-me já ordenado, diante dela, que choraria de arrependimento e me pediria perdão, mas eu, frio e sereno, não teria mais que desprezo, muito desprezo; voltava-lhe as costas. Chamava-lhe perversa. Duas vezes dei por mim mordendo os dentes, como se a tivesse entre eles.

Da cama ouvi a voz dela, que viera passar o resto da tarde com minha mãe, e naturalmente comigo, como das outras vezes; mas, por maior que fosse o abalo que me deu, não me fez sair do quarto. Capitu ria alto, falava alto, como se me avisasse; eu continuava surdo, a sós comigo e o meu desprezo. A vontade que me dava era cravar-lhe as unhas no pescoço, enterrá-las bem, até ver-lhe sair a vida com o sangue...

LXXVI
Explicação

Ao fim de algum tempo, estava sossegado, mas abatido. Como me achasse estirado na cama, com os olhos no teto, lembrou-me a recomendação que minha mãe fazia de me não deitar depois de jantar para evitar alguma congestão. Ergui-me de golpe, mas não saí do quarto. Capitu ria agora menos e falava mais baixo; estaria aflita com a minha reclusão, mas nem isso me abalou.

Não ceei e dormi mal. Na manhã seguinte não estava melhor, estava diferente. A minha dor agora complicava-se do receio de haver ido além do que convinha, deixando de examinar o negócio. Posto que a cabeça me doesse um pouco, simulei maior incômodo, com o fim de não ir ao seminário e falar a Capitu. Podia estar zangada comigo, podia não querer-me agora e preferir o cavaleiro. Quis resolver tudo, ouvi-la e julgá-la; podia ser que tivesse defesa e explicação.

Tinha ambas as cousas. Quando soube a causa da minha reclusão da véspera, disse-me que era grande injúria que lhe fazia; não podia crer que depois da nossa troca de juramentos, tão leviana a julgasse que pudesse crer... E aqui romperam-lhe lágrimas, e fez um gesto de separação; mas eu acudi de pronto, peguei-lhe das mãos e beijei-as com tanta alma e calor que as senti estremecer. Enxugou os olhos com os dedos, eu os beijei de novo, por eles e pelas lágrimas; depois suspirou, depois abanou a cabeça.

Confessou-me que não conhecia o rapaz, senão como os outros que ali passavam às tardes, a cavalo ou a pé. Se olhara para ele, era prova exatamente de não haver nada entre ambos; se houvesse, era natural dissimular.

— E que poderia haver, se ele vai casar? concluiu.

— Vai casar?

Ia casar, disse-me com quem, com uma moça da rua dos Barbonos. Esta razão quadrou-me mais que tudo, e ela o sentiu no meu gesto; nem por isso deixou de dizer que, para evitar nova equivocação, deixaria de ir mais à janela.

— Não! não! não! não lhe peço isto!

Consentiu em retirar a promessa, mas fez outra, e foi que, à primeira suspeita da minha parte, tudo estaria dissolvido entre nós. Aceitei a ameaça, e jurei que nunca a haveria de cumprir: era a primeira suspeita e a última.

LXXVII
Prazer das dores velhas

Contando aquela crise do meu amor adolescente, sinto uma cousa que não sei se explico bem, e é que as dores daquela quadra, a tal ponto se espiritualizaram com o tempo, que chegam a diluir-se no prazer. Não é claro isto, mas nem tudo é claro na vida ou nos livros. A verdade é que sinto um gosto particular em referir tal aborrecimento, quando é certo que ele me lembra outros que não quisera lembrar por nada.

LXXVIII
Segredo por segredo

De resto, naquele mesmo tempo senti tal ou qual necessidade de contar a alguém o que se passava entre mim e Capitu. Não referi tudo, mas só uma parte, e foi Escobar que a recebeu. Quando voltei ao seminário, na quarta-feira, achei-o inquieto; disse-me que era sua intenção ir ver-me, se eu me demorasse mais um dia em casa. Perguntava-me com interesse o que é que tivera, e se estava bom de todo.

— Estou.

Ouvia, espetando-me os olhos. Três dias depois disse que me estavam achando muito distraído; era bom disfarçar o mais que pudesse. Ele, à sua parte, tinha razões para andar distraído também, mas buscava ficar atento.

— Então parece-lhe...?

— Sim, você às vezes está que não ouve nada, olhando para ontem; disfarce, Santiago.

— Tenho motivos...

— Creio; ninguém se distrai à toa.

— Escobar...

Hesitei; ele esperou.

— Que é?

— Escobar, você é meu amigo, eu sou seu amigo também; aqui no seminário você é a pessoa que mais me tem entrado no coração, e lá fora, a não ser a gente da família, não tenho propriamente um amigo.

— Se eu disser a mesma cousa, retorquiu ele sorrindo, perde a graça; parece que estou repetindo. Mas a verdade é que não tenho aqui relações com ninguém, você é o primeiro e creio que já notaram; mas eu não me importo com isso.

Comovido, senti que a voz se me precipitava da garganta.

— Escobar, você é capaz de guardar um segredo?

— Você que pergunta é porque duvida, e nesse caso...

— Desculpe, é um modo de falar. Eu sei que é moço sério, e faço de conta que me confesso a um padre.

— Se precisa de absolvição, está absolvido.

— Escobar, eu não posso ser padre. Estou aqui, os meus acreditam, e esperam; mas eu não posso ser padre.

— Nem eu, Santiago.

— Nem você?

— Segredo por segredo; também eu tenho o propósito de não acabar o curso; meu desejo é o comércio, mas não diga nada, absolutamente nada; fica só entre nós. E não é que eu não seja religioso; sou religioso, mas o comércio é a minha paixão.

— Só isso?

— Que mais há de ser?

Dei duas voltas e sussurrei a primeira palavra da minha confidência, tão escassa e surda, que não a ouvi eu mesmo; sei porém que disse "uma pessoa..." com reticência. Uma pessoa...? Não foi preciso mais para que ele entendesse. Uma pessoa devia ser uma moça. Nem cuides que pasmou de me ver namorado; achou até natural e espetou-me outra vez os olhos. Então contei-lhe por alto o que podia, mas demoradamente para ter o gosto de repisar o assunto. Escobar escutava com interesse; no fim da nossa conversação, declarou-me que era segredo enterrado em cemitério. Deu-me de conselho que não me fizesse padre. Não podia levar para a Igreja um coração que não era do céu, mas da terra; seria um mau padre, nem seria padre. Ao contrário, Deus protegia os sinceros; uma vez que eu só podia servi-lo no mundo, aí me cumpria ficar.

Não calculas o prazer que me deu a confidência que lhe fiz. Era como que uma felicidade mais. Aquele coração moço que me ouvia e me dava razão, trazia a este mundo um aspecto extraordinário. Era um grande e belo mundo, a vida uma carreira excelente, e eu nem mais nem menos um mimoso do céu; eis a minha sensação. Nota que eu não lhe disse tudo, nem o melhor; não lhe referi o capítulo do penteado, por exemplo, nem outros assim; mas o contado era muito.

Que voltamos ao assunto, não é preciso dizê-lo. Voltamos uma e muitas vezes; eu louvava as qualidades morais de Capitu, matéria adequada à admiração de um seminarista, a simpleza, a modéstia, o amor do trabalho e os costumes religiosos. Não lhe tocava nas graças físicas, nem ele me perguntava por elas; apenas insinuei a conveniência de a conhecer de vista.

— Agora não é possível, disse-lhe na primeira semana, ao voltar de casa; Capitu vai passar uns dias com uma amiga da rua dos Inválidos. Quando ela vier, você irá lá; mas pode ir antes, pode ir sempre; por que não foi ontem jantar comigo?

— Você não me convidou.

— Pois precisa convidar? Lá em casa todos ficaram gostando muito de você.

— Também eu fiquei gostando de todos, mas se é possível fazer distinção, confesso-lhe que sua mãe é uma senhora adorável.

— Não é verdade? retorqui cheio de alvoroço.

LXXIX
Vamos ao capítulo

Com efeito, gostei de ouvi-lo falar assim. Sabes a opinião que eu tinha de minha mãe. Ainda agora, depois de interromper esta linha para mirar-lhe o retrato que pende da parede, acho que trazia no rosto impressa aquela qualidade. Nem de outro modo se explica a opinião de Escobar, que apenas trocara com ela quatro palavras. Uma só bastava a penetrar-lhe a essência íntima; sim, sim, minha mãe era adorável. Por mais que me estivesse então obrigando a uma carreira que eu não queria, não podia deixar de sentir que era adorável, como uma santa.

E porventura era certo que me obrigava à carreira eclesiástica? Aqui chego a um ponto, que esperei viesse depois, tanto que já pesquisava em que altura lhe daria um capítulo. Realmente, não cabia dizer agora o que só mais tarde presumi descobrir; mas, uma vez que toquei no ponto, melhor é acabar com ele. É grave e complexo, delicado e subtil, um destes em que o autor tem de atender ao filho, e o filho há de ouvir o autor, para que um e outro digam a verdade, só a verdade, mas toda a verdade. Cabe ainda notar que esse ponto é que torna justamente a santa mais adorável, sem prejuízo (ao contrário!) da parte humana e terrestre que havia nela. Basta de prefácio ao capítulo; vamos ao capítulo.

LXXX
Venhamos ao capítulo

Venhamos ao capítulo. Minha mãe era temente a Deus; sabes disto, e das suas práticas religiosas, e de fé pura que as animava. Nem ignoras que a minha carreira eclesiástica era objeto de promessa feita quando fui concebido. Tudo está contado oportunamente. Outrossim, sabes que para o fim de apertar o vínculo moral da obrigação, confiou os seus projetos e motivos a parentes e familiares. A promessa, feita com fervor, aceita com misericórdia, foi guardada por ela, com alegria, no mais íntimo do coração. Penso que lhe senti o sabor da felicidade no leite que me deu a mamar. Meu pai, se vivesse, é possível que alterasse os planos, e, como tinha vocação da política, é provável que me encaminhasse somente à política, embora os dous ofícios não fossem nem sejam inconciliáveis, e mais de um padre entre na luta dos partidos e no governo dos homens. Mas meu pai morrera sem saber nada, e ela ficou diante do contrato, como única devedora.

Um dos aforismos de Franklin é que, para quem tem de pagar na Páscoa, a quaresma é curta. A nossa quaresma não foi mais longa que as outras, e minha mãe, posto me mandasse ensinar latim e doutrina, começou a adiar a minha entrada no seminário. É o que se chama, comercialmente falando, reformar uma letra. O credor era arquimilionário, não dependia daquela quantia para comer, e consentiu nas transferências de pagamento, sem sequer agravar a taxa do juro. Um dia, porém, um dos familiares que serviam de endossantes da letra, falou da necessidade de entregar o preço ajustado; está num dos capítulos primeiros. Minha mãe concordou e recolhi-me a São José.

Ora, nesse mesmo capítulo, verteu ela umas lágrimas, que enxugou sem explicar, e que nenhum dos presentes, nem Tio Cosme, nem prima Justina, nem o agregado José Dias entendeu absolutamente; eu, que estava atrás da porta, não as entendi mais que eles. Bem examinadas, apesar da distância, vê-se que eram saudades prévias, a mágoa da separação, — e pode ser também (é o princípio do ponto), pode ser que arrependimento da promessa. Católica e devota, sentia muito bem que as promessas se cumprem; a questão é se é oportuno e adequado fazê-las todas, e naturalmente inclinava-se à negativa. Por que é que Deus a puniria, negando-lhe um segundo filho? A vontade divina podia ser a minha vida, sem necessidade de lha dedicar *ab ovo*. Era um raciocínio tardio; devia ter sido feito no dia em que fui gerado. Em todo caso, era uma conclusão primeira; mas, não bastando concluir para destruir, tudo se manteve, e eu fui para o seminário.

Um cochilo da fé teria resolvido a questão a meu favor, mas a fé velava com os seus grandes olhos ingênuos. Minha mãe faria, se pudesse, uma troca de promessa, dando parte dos seus anos para conservar-me consigo, fora do clero, casado e pai; é o que presumo, assim como suponho que rejeitou tal ideia, por lhe parecer uma deslealdade. Assim a senti sempre na corrente da vida ordinária.

Sucedeu que a minha ausência foi logo temperada pela assiduidade de Capitu. Esta começou a fazer-se-lhe necessária. Pouco a pouco veio-lhe a persuasão de que a pequena me faria feliz. Então (é o final do ponto anunciado), a esperança de que o nosso amor, tornando-me absolutamente incompatível com o seminário, me levasse a não ficar lá nem por Deus nem pelo diabo, esta esperança íntima e secreta entrou a invadir o coração de minha mãe.

Neste caso, eu romperia o contrato sem que ela tivesse culpa. Ela ficava comigo sem ato propriamente seu. Era como se, tendo confiado a alguém a importância de uma dívida para levá-la ao credor, o portador guardasse o dinheiro consigo e não levasse nada. Na vida comum, o ato de terceiro não desobriga o contratante; mas a vantagem de contratar com o céu é que intenção vale dinheiro.

Hás de ter tido conflitos parecidos com esse, e, se és religioso, haverás buscado alguma vez conciliar o céu e a terra, por modo idêntico ou análogo. O céu e a terra acabam conciliando-se; eles são quase irmãos gêmeos, tendo o céu sido feito no segundo dia e a terra no terceiro. Como Abrahão, minha mãe levou o filho ao monte da Visão, e mais a lenha para o holocausto, o fogo e o cutelo. E atou Isaac em cima do feixe de lenha, pegou do cutelo e levantou-o ao alto. No momento de fazê-lo cair, ouve a voz do anjo que lhe ordena da parte do Senhor: "Não faças mal algum a teu filho; conheci que temes a Deus". Tal seria a esperança secreta de minha mãe.

Capitu era naturalmente o anjo da Escritura. A verdade é que minha mãe não podia tê-la agora longe de si. A afeição crescente era manifesta por atos extraordinários. Capitu passou a ser a flor da casa, o sol das manhãs, o frescor das tardes, a lua das noites; lá vivia horas e horas, ouvindo, falando e cantando. Minha mãe apalpava-lhe o coração, revolvia-lhe os olhos, e o meu nome era entre ambas como a senha da vida futura.

LXXXI
Uma palavra

Assim contado o que descobri mais tarde, posso trasladar para aqui uma palavra de minha mãe. Agora se entenderá que ela me dissesse, no primeiro sábado, quando eu cheguei a casa, e soube que Capitu estava na rua dos Inválidos, com sinhazinha Gurgel:

— Por que não vais vê-la? Não me disseste que o pai de Sancha te ofereceu a casa?

— Ofereceu.

— Pois então? Mas é se queres. Capitu devia ter voltado hoje para acabar um trabalho comigo; certamente a amiga pediu-lhe que dormisse lá.

— Talvez ficassem namorando, insinuou prima Justina.

Não a matei por não ter à mão ferro nem corda, pistola nem punhal; mas os olhos que lhe deitei, se pudessem matar, teriam suprido tudo. Um dos erros da Providência foi deixar ao homem unicamente os braços e os dentes, como armas de ataque, e as pernas como armas de fuga ou de defesa. Os olhos bastavam ao primeiro efeito. Um mover deles faria parar ou cair um inimigo ou um rival, exerceriam vingança pronta, com este acréscimo que, para desnortear a justiça, os mesmos olhos matadores seriam olhos piedosos, e correriam a chorar a vítima. Prima Justina escapou aos meus; eu é que não escapei ao efeito da insinuação, e no domingo, às onze horas, corri à rua dos Inválidos.

O pai de Sancha recebeu-me em desalinho e triste. A filha estava enferma; caíra na véspera com uma febre, que se ia agravando. Como ele queria muito à filha, pensava já vê-la morta, e anunciou-me que se mataria também. Eis aqui um capítulo fúnebre como um cemitério, mortes, suicídios e assassinatos. Eu ansiava por um raio de luz clara e céu azul. Foi Capitu que os trouxe à porta da sala, vindo dizer ao pai de Sancha que a filha o mandara chamar.

— Está pior? perguntou Gurgel assustado.

— Não, senhor, mas quer falar-lhe.

— Fique aqui um bocadinho, disse-lhe ele; e voltando-se para mim: É a enfermeira de Sancha, que não quer outra; eu já volto.

Capitu trazia sinais de fadiga e comoção, mas tão depressa me viu, ficou toda outra, a mocinha de sempre, fresca e lépida, não menos que espantada. Custou-lhe a crer que fosse eu. Falou-me, quis que lhe falasse, e efetivamente conversamos por alguns minutos, mas tão baixo e abafado que nem as paredes ouviram, elas que têm ouvidos. De resto, se elas ouviram algo, nada entenderam, nem elas nem os móveis, que estavam tão tristes como o dono.

LXXXII
O canapé

Deles, só o canapé pareceu haver compreendido a nossa situação moral, visto que nos ofereceu os serviços da sua palhinha, com tal insistência que os aceitamos e nos sentamos. Data daí a opinião particular que tenho do canapé. Ele faz aliar a intimidade e o decoro, e mostra a casa toda sem sair da sala. Dous homens sentados nele podem debater o destino de um império, e duas mulheres a graça de um vestido; mas, um homem e uma mulher só por aberração das leis naturais dirão outra cousa que não seja de si mesmos. Foi o que fizemos, Capitu e eu. Vagamente lembra-me que lhe perguntei se a demora ali seria grande...

— Não sei; a febre parece que cede... mas...

Também me lembra, vagamente, que lhe expliquei a minha visita à rua dos Inválidos, com a pura verdade, isto é, a conselho de minha mãe.

— Conselho dela? murmurou Capitu.

E acrescentou com os olhos, que brilhavam extraordinariamente:

— Seremos felizes!

Repeti estas palavras, com os simples dedos, apertando os dela. O canapé, quer visse ou não, continuou a prestar os seus serviços às nossas mãos presas e às nossas cabeças juntas ou quase juntas.

LXXXIII
O retrato

Gurgel tornou à sala e disse a Capitu que a filha chamava por ela. Eu levantei-me depressa e não achei compostura; metia os olhos pelas cadeiras. Ao contrário, Capitu ergueu-se naturalmente e perguntou-lhe se a febre aumentara.

— Não, disse ele.

Nem sobressalto nem nada, nenhum ar de mistério da parte de Capitu; voltou-se para mim, e disse-me que levasse lembranças a minha mãe e a prima Justina, e que até breve; estendeu-me a mão e enfiou pelo corredor. Todas as minhas invejas foram com ela. Como era possível que Capitu se governasse tão facilmente e eu não?

— Está uma moça, observou Gurgel olhando também para ela.

Murmurei que sim. Na verdade, Capitu ia crescendo às carreiras, as formas arredondavam-se e avigoravam-se com grande intensidade; moralmente, a mesma cousa. Era mulher por dentro e por fora, mulher à direita e à esquerda, mulher por todos os lados, e desde os pés até à cabeça. Esse arvorecer era mais apressado, agora que eu a via de dias a dias; de cada vez que vinha a casa achava-a mais alta e mais cheia; os olhos pareciam ter outra reflexão, e a boca outro império. Gurgel, voltando-se para a parede da sala, onde pendia um retrato de moça, perguntou-me se Capitu era parecida com o retrato.

Um dos costumes da minha vida foi sempre concordar

com a opinião provável do meu interlocutor, desde que a matéria não me agrava, aborrece ou impõe. Antes de examinar se efetivamente Capitu era parecida com o retrato, fui respondendo que sim. Então ele disse que era o retrato da mulher dele, e que as pessoas que a conheceram diziam a mesma cousa. Também achava que as feições eram semelhantes, a testa principalmente e os olhos. Quanto ao gênio, era um; pareciam irmãs.

— Finalmente, até a amizade que ela tem a Sanchinha; a mãe não era mais amiga dela... Na vida há dessas semelhanças assim esquisitas.

LXXXIV
Chamado

No saguão e na rua, examinei ainda comigo se efetivamente ele teria desconfiado alguma cousa, mas achei que não e pus-me a andar. Ia satisfeito com a visita, com a alegria de Capitu, com os louvores de Gurgel, a tal ponto que não acudi logo a uma voz que me chamava:

— Sr. Bentinho! Sr. Bentinho!

Só depois que a voz cresceu e o dono dela chegou à porta é que eu parei e vi o que era e onde estava. Estava já na rua de Matacavalos. A casa era uma loja de louça, escassa e pobre; tinha as portas meio cerradas, e a pessoa que me chamava era um pobre homem grisalho e malvestido.

— Sr. Bentinho, disse-me ele chorando; sabe que meu filho Manduca morreu?

— Morreu?

— Morreu há meia hora, enterra-se amanhã. Mandei recado a sua mãe agora mesmo, e ela fez-me a caridade de mandar algumas flores para botar no caixão. Meu pobre filho! Tinha de morrer, e foi bom que morresse, coitado, mas apesar de tudo sempre doe. Que vida que ele teve!... Um dia destes ainda se lembrou do senhor, e perguntou se estava no seminário... Quer vê-lo? Entre, ande vê-lo...

Custa-me dizer isto, mas antes peque por excessivo que por diminuto. Quis responder que não, que não queria ver o Manduca, e fiz até um gesto para fugir. Não era medo; noutra ocasião pode ser até que entrasse com facilidade e curiosidade, mas agora ia tão contente! Ver um defunto ao voltar de uma namorada... Há cousas que se não ajustam nem combinam. A simples notícia era já uma turvação grande. As minhas ideias de ouro perderam todas a cor e o metal para se trocarem em cinza escura e feia, e não distingui mais nada. Penso que cheguei a dizer que tinha pressa, mas provavelmente não falei por palavras claras, nem sequer humanas, porque ele, encostado ao portal, abria-me espaço com o gesto, e eu, sem alma para entrar nem fugir, deixei ao corpo fazer o que pudesse, e o corpo acabou entrando.

Não culpo ao homem; para ele, a cousa mais importante do momento era o filho. Mas também não me culpem a mim; para mim, a cousa mais importante era Capitu. O mal foi que os dous casos se conjugassem na mesma tarde, e que a morte de um viesse meter o nariz na vida do outro. Eis o mal todo. Se eu passasse antes ou depois, ou se o Manduca esperasse algumas horas para morrer, nenhuma nota aborrecida viria interromper as melodias da minha alma. Por que morrer exatamente há meia hora? Toda hora é apropriada ao óbito; morre-se muito bem às seis ou sete horas da tarde.

LXXXV
O defunto

Tal foi o sentimento confuso com que entrei na loja de louça. A loja era escura, e o interior da casa menos luz tinha, agora que as janelas da área estavam cerradas. A um canto da sala de jantar vi a mãe chorando; à porta da alcova duas crianças olhavam espantadas para dentro, com o dedo na boca. O cadáver jazia na cama; a cama...

Suspendamos a pena e vamos à janela espairecer a memória. Realmente, o quadro era feio, já pela morte, já pelo defunto, que era horrível... Isto aqui, sim, é outra cousa. Tudo o que vejo lá fora respira vida, a cabra que rumina ao pé de uma carroça, a galinha que marisca no chão da rua, o trem da Estrada Central que bufa, assobia, fumega e passa, a palmeira que investe para o céu, e finalmente aquela torre de igreja, apesar de não ter músculos nem folhagem. Um rapaz, que ali no beco empina um papagaio de papel, não morreu nem morre, posto também se chame Manduca.

Verdade é que o outro Manduca era mais velho que este, pouco mais velho. Teria dezoito ou dezenove anos, mas tanto lhe darias quinze como vinte e dous, a cara não permitia trazer a idade à vista, antes a escondia nas dobras da... Vá, diga-se tudo; é morto, os seus parentes são mortos, se existe algum não é em tal evidência que se vexe ou doa. Diga-se tudo; Manduca padecia de uma cruel enfermidade, nada menos que a lepra. Vivo era feio; morto pareceu-me horrível. Quando eu vi, estendido na cama, o triste corpo daquele meu vizinho, fiquei apavorado e desviei os olhos. Não sei que mão oculta me compeliu a olhar outra vez, ainda que de fugida; cedi, olhei, tornei a olhar, até que recuei de todo e saí do quarto.

— Padeceu muito! suspirou o pai.

— Coitado de Manduca! soluçava a mãe.

Eu cuidei de sair, disse que era esperado em casa, e despedi-me. O pai perguntou-me se lhe faria o favor de ir ao enterro; respondi com a verdade, que não sabia, faria o que minha mãe quisesse. E rápido saí, atravessei a loja, e saltei à rua.

LXXXVI
Amai, rapazes!

Era tão perto, que antes de três minutos me achei em casa. Parei no corredor, a tomar fôlego; buscava esquecer o defunto, pálido e disforme, e o mais que não disse para não dar a estas páginas um aspecto repugnante, mas podes imaginá-lo. Tudo arredei da vista, em poucos segundos; bastou-me pensar na outra casa, e mais na vida e na cara fresca e lépida de Capitu... Amai, rapazes! e, principalmente, amai moças lindas e graciosas; elas dão remédio ao mal, aroma ao infecto, trocam a morte pela vida... Amai, rapazes!

LXXXVII
A sege

Chegara ao último degrau, e uma ideia me entrou no cérebro, como se estivesse a esperar por mim, entre as grades da cancela. Ouvi de memória as palavras do pai de Manduca pedindo-me que fosse ao enterro no dia seguinte. Parei no degrau. Refleti um instante; sim, podia ir ao enterro, pediria a minha mãe que me alugasse um carro...

Não cuides que era o desejo de andar de carro, por mais que tivesse o gosto da condução. Em pequeno, lembra-me que ia assim muita vez com minha mãe às visitas de amizade ou de cerimônia, e à missa, se chovia. Era uma velha sege de meu pai, que ela conservou o mais que pôde. O cocheiro, que era nosso escravo, tão velho como a sege, quando me via à porta, vestido, esperando minha mãe, dizia-me rindo:

— Pai João vai levar nhonhô!

E era raro que eu não lhe recomendasse:

— João, demora muito as bestas; vai devagar.

— Nhã Glória não gosta.

— Mas demora!

Fica entendido que era para saborear a sege, não pela vaidade, porque ela não permitia ver as pessoas que iam dentro. Era uma velha sege obsoleta, de duas rodas, estreita e curta, com duas cortinas de couro na frente, que corriam para os lados quando era preciso entrar ou sair.

Cada cortina tinha um óculo de vidro, por onde eu gostava de espiar para fora.

— Senta, Bentinho!

— Deixa espiar, mamãe!

E em pé, quando era mais pequeno, metia a cara no vidro, e via o cocheiro com as suas grandes botas, escanchado na mula da esquerda, e segurando a rédea da outra; na mão levava o chicote grosso e comprido. Tudo incômodo, as botas, o chicote e as mulas, mas ele gostava e eu também. Dos lados via passar as casas, lojas ou não, abertas ou fechadas, com gente ou sem ela, e na rua as pessoas que iam e vinham, ou atravessavam diante da sege, com grandes pernadas ou passos miúdos. Quando havia impedimento de gente ou de animais, a sege parava, e então o espetáculo era particularmente interessante; as pessoas paradas na calçada ou à porta das casas, olhavam para a sege e falavam entre si, naturalmente sobre quem iria dentro. Quando fui crescendo em idade imaginei que adivinhavam e diziam: "É aquela senhora da rua de Matacavalos, que tem um filho, Bentinho...".

A sege ia tanto com a vida recôndita de minha mãe, que quando já não havia nenhuma outra, continuamos a andar nela, e era conhecida na rua e no bairro pela "sege antiga". Afinal minha mãe consentiu em deixá-la, sem a vender logo; só abriu mão dela porque as despesas de cocheira a obrigaram a isso. A razão de a guardar inútil foi exclusivamente sentimental; era a lembrança do marido. Tudo o que vinha de meu pai era conservado como um pedaço dele, um resto da pessoa, a mesma alma integral e pura. Mas o uso, esse era filho também do carrancismo que ela confessava aos amigos. Minha mãe exprimia bem a fidelidade aos velhos hábitos, velhas maneiras, velhas ideias, velhas modas. Tinha o seu museu de relíquias, pentes desusados, um trecho de mantilha, umas moedas de cobre datadas de

1824 e 1825, e, para que tudo fosse antigo, a si mesma se queria fazer velha; mas já deixei dito que, neste ponto, não alcançava tudo o que queria.

LXXXVIII
Um pretexto honesto

Não, a ideia de ir ao enterro não vinha da lembrança do carro e suas doçuras. A origem era outra: era porque, acompanhando o enterro no dia seguinte, não iria ao seminário, e podia fazer outra visita a Capitu, um tanto mais demorada. Eis aí o que era. A lembrança do carro podia vir acessoriamente depois, mas a principal e imediata foi aquela. Voltaria à rua dos Inválidos, a pretexto de saber de sinhazinha Gurgel. Contava que tudo me saísse como naquele dia, Gurgel aflito, Capitu comigo no canapé, as mãos presas, o penteado...

— Vou pedir a mamãe.

Abri a cancela. Antes de transpô-la, assim como ouvira da memória a palavra do pai do morto, ouvi agora a da mãe, e repeti a meia-voz:

— Coitado de Manduca!

LXXXIX
A recusa

Minha mãe ficou perplexa quando lhe pedi para ir ao enterro.

— Perder um dia de seminário...

Fiz-lhe notar a amizade que o Manduca me tinha, e depois era gente pobre... Tudo o que me lembrou dizer, disse. Prima Justina opinou pela negativa.

— Você acha que não deve ir? perguntou-lhe minha mãe.

— Acho que não. Que amizade é essa que eu nunca vi?

Prima Justina venceu. Quando referi o caso ao agregado, este sorriu, e disse-me que o motivo escondido da prima era provavelmente não dar ao enterro "o lustre da minha pessoa". Fosse o que fosse, fiquei amuado; no dia seguinte, pensando no motivo, não me desagradou; mais tarde achei-lhe um sabor particular.

XC
A polêmica

No dia seguinte, passei pela casa do defunto, sem entrar nem parar, — ou, se parei, foi só um instante, ainda mais breve que este em que vo-lo digo. Se me não engano, andei até mais depressa, receando que me chamassem como na véspera. Uma vez que não ia ao enterro, antes longe que próximo. Fui andando e pensando no pobre-diabo.

Não éramos amigos, nem nos conhecíamos de muito. Intimidade, que intimidade podia haver entre a doença dele e a minha saúde? Tivemos relações breves e distantes. Fui pensando nelas, recordando algumas. Reduziam-se todas a uma polêmica, entre nós, dous anos antes, a propósito... Mal podeis crer a que propósito foi. Foi a guerra da Crimeia.

Manduca vivia no interior da casa, deitado na cama, lendo por desfastio. Ao domingo, sobre a tarde, o pai enfiava-lhe uma camisola escura, e trazia-o para o fundo da loja, donde ele espiava um palmo da rua e a gente que passava. Era todo o seu recreio. Foi ali que o vi uma vez, e não fiquei pouco espantado; a doença ia-lhe comendo parte das carnes, os dedos queriam apertar-se; o aspecto não atraía, decerto. Tinha eu de treze para catorze anos. Da segunda vez que o vi ali, como falássemos da guerra da Crimeia, que então ardia e andava nos jornais, Manduca disse que os aliados haviam de vencer, e eu respondi que não.

— Pois veremos, tornou ele. Só se a justiça não vencer neste mundo, o que é impossível, e a justiça está com os aliados.

— Não, senhor, a razão é dos russos.

Naturalmente, íamos com o que nos diziam os jornais da cidade, transcrevendo os de fora, mas pode ser também que cada um de nós tivesse a opinião do seu temperamento. Fui sempre um tanto moscovita nas minhas ideias. Defendi o direito da Rússia, Manduca fez o mesmo ao dos aliados, e o terceiro domingo em que entrei na loja tocamos outra vez no assunto. Então Manduca propôs que trocássemos a argumentação por escrito, e na terça ou quarta-feira recebi duas folhas de papel contendo a exposição e defesa do direito dos aliados, e da integridade da Turquia, concluindo por esta frase profética:

"Os russos não hão de entrar em Constantinopla!"

Li-a e meti-me a refutá-la. Não me recorda um só dos argumentos que empreguei, nem talvez interesse conhecê-los, agora que o século está a expirar; mas a ideia que me ficou deles é que eram irrespondíveis. Fui eu mesmo levar-lhe o meu papel. Fizeram-me entrar na alcova, onde ele jazia estirado na cama, mal coberto por uma colcha de retalhos. Ou gosto da polêmica ou qualquer outra causa que não alcanço, não me deixou sentir toda a repugnância que saía da cama e do doente, e o prazer com que lhe dei o papel foi sincero. Manduca, pela sua parte, por mais nojosa que tivesse então a cara, o sorriso que a acendeu dissimulou o mal físico. A convicção com que me recebeu o papel e disse que ia ler e responderia é que não tem palavras nossas nem alheias que a digam de todo e com verdade; não era exaltada, não era ruidosa, não tinha gestos, nem a moléstia os permitiria; era simples, grande, profunda, um gozo infinito de vitória, antes de saber os meus argumentos. Tinha já papel, pena e tinta ao pé da cama. Dias depois recebi a réplica; não me lembra se trazia cousas novas ou não; o calor é que crescia, e o final era o mesmo:

"Os russos não hão de entrar em Constantinopla!"

Trepliquei, e daí continuou por algum tempo uma polêmica ardente, em que nenhum de nós cedia, defendendo cada um os seus clientes com força e brio. Manduca era mais longo e pronto que eu. Naturalmente a mim sobravam mil cousas que distraíam, o estudo, os recreios, a família, e a própria saúde, que me chamava a outros exercícios. Manduca, salvo o palmo de rua ao domingo de tarde, tinha só esta guerra, assunto da cidade e do mundo, mas que ninguém ia tratar com ele. O acaso dera-lhe em mim um adversário; ele, que tinha gosto à escrita, deitou-se ao debate, como a um remédio novo e radical. As horas tristes e compridas eram agora breves e alegres; os olhos desaprenderam de chorar, se porventura choravam antes. Senti essa mudança dele nas próprias maneiras do pai e da mãe.

— Não imagina como ele anda agora, depois que o senhor lhe escreve aqueles papéis, dizia-me o dono da loja, uma vez, à porta da rua. Fala e ri muito. Logo que eu mando o caixeiro levar-lhe os papéis dele, entra a indagar da resposta, e se demorará muito, e que pergunte ao moleque, quando passar. Enquanto espera, relê jornais e toma notas. Mas também, apenas recebe os seus papéis, atira-se a lê-los, e começa logo a escrever a resposta. Há ocasiões em que não come ou come mal; tanto que eu queria pedir-lhe uma cousa, é que não os mande à hora do almoço ou de jantar...

Fui eu que cansei primeiro. Comecei a demorar as respostas, até que não dei mais nenhuma; ele ainda teimou duas ou três vezes depois do meu silêncio, mas não recebendo contestação alguma, por fadiga também ou por não aborrecer, acabou de todo com as suas apologias. A última, como a primeira, como todas, afirmava a mesma predição eterna:

"Os russos não hão de entrar em Constantinopla!"

Não entraram, efetivamente, nem então, nem depois, nem até agora. Mas a predição será eterna? Não chegarão a entrar algum dia? Problema difícil. O próprio Manduca, para entrar na sepultura, gastou três anos de dissolução, tão certo é que a natureza, como a história, não se faz brincando. A vida dele resistiu como a Turquia; se afinal cedeu foi porque lhe faltou uma aliança como a anglo-francesa, não se podendo considerar tal o simples acordo da medicina e da farmácia. Morreu afinal, como os Estados morrem; no nosso caso particular, a questão é saber, não se a Turquia morrerá, porque a morte não poupa a ninguém, mas se os russos entrarão algum dia em Constantinopla; essa era a questão para o meu vizinho leproso, debaixo da triste, rota e infecta colcha de retalhos...

XCI
Achado que consola

É claro que as reflexões que aí deixo não foram feitas então, a caminho do seminário, mas agora no gabinete do Engenho Novo. Então, não fiz propriamente nenhuma, a não ser esta: que servi de alívio um dia ao meu vizinho Manduca. Hoje, pensando melhor, acho que não só servi de alívio, mas até lhe dei felicidade. E o achado consola-me; já agora não esquecerei mais que dei dous ou três meses de felicidade a um pobre-diabo, fazendo-lhe esquecer o mal e o resto. É alguma cousa na liquidação da minha vida. Se há no outro mundo tal ou qual prêmio para as virtudes sem intenção, esta pagará um ou dous dos meus muitos pecados. Quanto ao Manduca, não creio que fosse pecado opinar contra a Rússia, mas, se era, ele estará purgando há quarenta anos a felicidade que alcançou em dous ou três meses, — donde concluirá (já tarde) que era ainda melhor haver gemido somente, sem opinar cousa nenhuma.

XCII
O diabo não é tão feio como se pinta

Manduca enterrou-se sem mim. A muitos outros aconteceu a mesma cousa, sem que eu sentisse nada, mas este caso afligiu-me particularmente pela razão já dita. Também senti não sei que melancolia ao recordar a primeira polêmica da vida, o gosto com que ele recebia os meus papéis e se propunha a refutá-los, não contando o gosto do carro... Mas o tempo apagou depressa todas essas saudades e ressurreições. Nem foi só ele; duas pessoas vieram ajudá-lo, Capitu, cuja imagem dormiu comigo na mesma noite, e outra que direi no capítulo que vem. O resto deste capítulo é só para pedir que, se alguém tiver de ler o meu livro com alguma atenção mais da que lhe exigir o preço do exemplar, não deixe de concluir que o diabo não é tão feio como se pinta. Quero dizer...

Quero dizer que o meu vizinho de Matacavalos, temperando o mal com a opinião antirrussa, dava à podridão das suas carnes um reflexo espiritual que as consolava. Há consolações maiores, de certo, e uma das mais excelentes é não padecer esse nem outro mal algum, mas a natureza é tão divina que se diverte com tais contrastes, e aos mais nojentos ou mais aflitos acena com uma flor. E talvez saia assim a flor mais bela; o meu jardineiro afirma que as violetas, para terem um cheiro superior, hão mister de estrume de porco. Não examinei, mas deve ser verdade.

XCIII
Um amigo por um defunto

Quanto à outra pessoa que teve a força obliterativa, foi o meu colega Escobar que no domingo, antes do meio-dia, veio ter a Matacavalos. Um amigo supria assim um defunto, e tal amigo que durante cerca de cinco minutos esteve com a minha mão entre as suas, como se me não visse desde longos meses.

— Você janta comigo, Escobar?

— Vim para isto mesmo.

Minha mãe agradeceu-lhe a amizade que me tinha, e ele respondeu com muita polidez, ainda que um tanto atado, como se carecesse de palavra pronta. Já viste que não era assim, a palavra obedecia-lhe, mas o homem não é sempre o mesmo em todos os instantes. O que ele disse, em resumo, foi que me estimava pelas minhas boas qualidades e aprimorada educação; no seminário todos me queriam bem, nem podia deixar de ser assim, acrescentou. Insistia na educação, nos bons exemplos, "na doce e rara mãe" que o céu me deu... Tudo isso com a voz engasgada e trêmula.

Todos ficaram gostando dele. Eu estava tão contente como se Escobar fosse invenção minha. José Dias desfechou-lhe dous superlativos, Tio Cosme dous capotes, e prima Justina não achou tacha que lhe pôr; depois, sim, no segundo ou terceiro domingo, veio ela confessar-nos que o meu amigo Escobar era um tanto metediço e tinha uns olhos policiais a que não escapava nada.

— São os olhos dele, expliquei.

— Nem eu digo que sejam de outro.

— São olhos refletidos, opinou Tio Cosme.

— Seguramente, acudiu José Dias, entretanto, pode ser que a sra. dona Justina tenha alguma razão. A verdade é que uma cousa não impede outra, e a reflexão casa-se muito bem à curiosidade natural. Parece curioso, isso parece, mas...

— A mim parece-me um mocinho muito sério, disse minha mãe.

— Justamente! confirmou José Dias para não discordar dela.

Quando eu referi a Escobar aquela opinião de minha mãe (sem lhe contar as outras naturalmente) vi que o prazer dele foi extraordinário. Agradeceu, dizendo que eram bondades, e elogiou também minha mãe, senhora grave, distinta e moça, muito moça... Que idade teria?

— Já fez quarenta, respondi eu vagamente por vaidade.

— Não é possível! exclamou Escobar. Quarenta anos! Nem parece trinta; está muito moça e bonita. Também a alguém há de você sair, com esses olhos que Deus lhe deu; são exatamente os dela. Enviuvou há muitos anos?

Contei-lhe o que sabia da vida dela e de meu pai. Escobar escutava atento, perguntando mais, pedindo explicação das passagens omissas ou só escuras. Quando eu lhe disse que não me lembrava nada da roça, tão pequenino viera, contou-me duas ou três reminiscências dos seus três anos de idade, ainda agora frescas. E não contávamos voltar à roça?

— Não, agora não voltamos mais. Olhe, aquele preto que ali vai passando, é de lá. Tomás!

— Nhonhô!

Estávamos na horta da minha casa, e o preto andava em serviço; chegou-se a nós e esperou.

— É casado, disse eu para Escobar. Maria onde está?

— Está socando milho, sim, senhor.

— Você ainda se lembra da roça, Tomás?

— Alembra, sim, senhor.

— Bem, vá-se embora.

Mostrei outro, mais outro, e ainda outro, este Pedro, aquele José, aquele outro Damião...

— Todas as letras do alfabeto, interrompeu Escobar.

Com efeito, eram diferentes letras, e só então reparei nisto; apontei ainda outros escravos, alguns com os mesmos nomes, distinguindo-se por um apelido, ou da pessoa, como João Fulo, Maria Gorda, ou de nação como Pedro Benguela, Antônio Moçambique...

— E estão todos aqui em casa? perguntou ele.

— Não, alguns andam ganhando na rua, outros estão alugados. Não era possível ter todos em casa. Nem são todos os da roça; a maior parte ficou lá.

— O que me admira é que dona Glória se acostumasse logo a viver em casa da cidade, onde tudo é apertado; a de lá é naturalmente grande.

— Não sei, mas parece. Mamãe tem outras casas maiores que esta; diz porém que há de morrer aqui. As outras estão alugadas. Algumas são bem grandes, como a da rua da Quitanda...

— Conheço essa; é bonita.

— Tem também no Rio Comprido, na Cidade Nova, uma no Catete...

— Não lhe hão de faltar tetos, concluiu ele sorrindo com simpatia.

Caminhamos para o fundo. Passamos o lavadouro; ele parou um instante aí, mirando a pedra de bater roupa e fazendo reflexões a propósito do asseio; depois continuamos. Quais foram as reflexões não me lembra agora; lembra-me só que as achei engenhosas, e ri, ele riu também. A minha alegria acordava a dele, e o céu estava tão azul, e o ar tão claro, que a natureza parecia rir também conosco. São assim as boas horas deste mundo. Escobar confessou esse acordo do interno com o externo, por palavras tão finas e altas que me comoveram; depois, a propósito da beleza moral que se ajusta à física, tornou a falar de minha mãe, “um anjo dobrado”, disse ele.

XCIV
Ideias aritméticas

Não digo o mais, que foi muito. Nem ele sabia só elogiar e pensar, sabia também calcular depressa e bem. Era das cabeças aritméticas de Holmes (2 + 2 = 4). Não se imagina a facilidade com que ele somava ou multiplicava de cor. A divisão, que foi sempre uma das operações difíceis para mim, era para ele como nada: cerrava um pouco os olhos, voltados para cima, e sussurrava as denominações dos algarismos: estava pronto. Isto com sete, treze, vinte algarismos. A vocação era tal que o fazia amar os próprios sinais das somas, e tinha esta opinião que os algarismos, sendo poucos, eram muito mais conceituosos que as vinte e cinco letras do alfabeto.

— Há letras inúteis e letras dispensáveis, dizia ele. Que serviço diverso prestam o *d* e o *t*? Tem quase o mesmo som. O mesmo digo do *b* e do *p*, o mesmo do *s*, do *c* e do *z*, o mesmo do *k* e do *g* etc. São trapalhices caligráficas. Veja os algarismos: não há dous que façam o mesmo ofício; 4 é 4, e 7 é 7. E admire a beleza com que um 4 e um 7 formam esta cousa que se exprime por 11. Agora dobre 11 e terá 22; multiplique por igual número, dá 484, e assim por diante. Mas onde a perfeição é maior é no emprego do *zero*. O valor do *zero* é, em si mesmo, nada; mas o ofício deste sinal negativo é justamente aumentar. Um 5 sozinho é um 5; ponha-lhe dous 00, é 500. Assim, o que não vale nada faz valer muito, cousa que não fazem as letras dobradas, pois eu tanto *aprovo* com um *p* como com dous *p*.

Criado na ortografia de meus pais, custava-me a ouvir tais blasfêmias, mas não ousava refutá-lo. Contudo, um dia, proferi algumas palavras de defesa, ao que ele respondeu que era um preconceito, e acrescentou que as ideias aritméticas podiam ir ao infinito, com a vantagem que eram mais fáceis de menear. Assim que, eu não era capaz de resolver de momento um problema filosófico ou linguístico, ao passo que ele podia somar, em três minutos, quaisquer quantias.

— Por exemplo... dê-me um caso, dê-me uma porção de números que eu não saiba nem possa saber antes... olhe, dê-me o número das casas de sua mãe e os aluguéis de cada uma, e se eu não disser a soma total em dous, em um minuto, enforque-me!

Aceitei a aposta, e na semana seguinte levei-lhe escritos em um papel os algarismos das casas e dos aluguéis. Escobar pegou no papel, passou-os pelos olhos a fim de os decorar, e enquanto eu fitava o relógio, ele erguia as pupilas, cerrava as pálpebras, e sussurrava... Oh! O vento não é mais rápido! Foi dito e feito; em meio minuto bradava-me:

— Dá tudo 1:070$000 mensais.

Fiquei pasmado. Considera que eram não menos de nove casas, e que os aluguéis variavam de uma para outra, indo de 70$000 a 180$000. Pois tudo isto em que eu gastaria três ou quatro minutos, — e havia de ser no papel, — fê-lo Escobar de cor, brincando. Olhando-me triunfalmente, e perguntava se não era exato. Eu, só por lhe mostrar que sim, tirei do bolso o papelinho que levava com a soma total, e mostrei-lho; era aquilo mesmo, nem um erro: 1:070$000.

— Isto prova que as ideias aritméticas são mais simples, e portanto mais naturais. A natureza é simples. A arte é atrapalhada.

Fiquei tão entusiasmado com a facilidade mental do meu amigo, que não pude deixar de abraçá-lo. Era no pátio; outros seminaristas notaram a nossa efusão; um padre que estava com eles não gostou.

— A modéstia, disse-nos, não consente esses gestos excessivos; podem estimar-se com moderação.

Escobar observou-me que os outros e o padre falavam de inveja e propôs-me viver separados. Interrompi-o dizendo que não; se era inveja, tanto pior para eles.

— Quebremos-lhe a castanha na boca!

— Mas...

— Fiquemos ainda mais amigos que até aqui.

Escobar apertou-me a mão às escondidas, com tal força que ainda me doem os dedos. É ilusão, decerto, se não é efeito das longas horas que tenho estado a escrever sem parar. Suspendamos a pena por alguns instantes...

XCV
O papa

A amizade de Escobar fez-se grande e fecunda; a de José Dias não lhe quis ficar atrás. Na primeira semana disse-me este em casa:

— Agora é certo que você vai sair já do seminário.

— Como?

— Espere até amanhã. Vou jogar com eles que me chamaram; amanhã, lá no quarto, no quintal, ou na rua, indo à missa, conto-lhe o que há. A ideia é tão santa que não está mal no santuário. Amanhã, Bentinho.

— Mas é cousa certa?

— Certíssima!

No dia seguinte revelou-me o mistério. Ao primeiro aspecto, confesso que fiquei deslumbrado. Trazia uma nota de grandeza e de espiritualidade que falava aos meus olhos de seminarista. Era não menos que isto. Minha mãe, ao parecer dele, estava arrependida do que fizera, e desejaria ver-me cá fora, mas entendia que o vínculo moral da promessa a prendia indissoluvelmente. Cumpria rompê-lo, e para tanto valia a Escritura, com o poder de desligar dado aos apóstolos. Assim que, ele e eu iríamos a Roma pedir a absolvição do papa... Que me parecia?

— Parece-me bem, respondi depois de alguns segundos de reflexão. Pode ser um bom remédio.

— É o único, Bentinho, é o único! Vou já hoje conversar com dona Glória, expondo-lhe tudo, e podemos partir daqui a dous meses, ou antes...

— Melhor é falar domingo que vem; deixe-me pensar primeiro...

— Oh! Bentinho! interrompeu o agregado. Pensar em quê? Você o que quer... Digo? Não se amofina com o seu velho? Você o que quer é consultar a uma pessoa.

Rigorosamente, eram duas pessoas, Capitu e Escobar, mas eu neguei a pés juntos que quisesse consultar ninguém. E que pessoa, o reitor? Não era natural que lhe confiasse tal assunto. Não, nem reitor, nem professor, nem ninguém; era só o tempo de refletir, uma semana, no domingo daria a resposta, e desde já lhe dizia que a ideia não me parecia má.

— Não?

— Não.

— Pois resolvamos hoje mesmo.

— Não se vai a Roma brincando.

— Quem tem boca vai a Roma, e boca no nosso caso é a moeda. Ora, você pode muito bem gastar consigo... Comigo, não; um par de calças, três camisas e o pão diário, não preciso mais. Serei como são Paulo, que vivia do ofício enquanto ia pregando a palavra divina. Pois eu vou, não pregá-la, mas buscá-la. Levaremos cartas do internúncio e do bispo, cartas para o nosso ministro, cartas de capuchinhos... Bem sei a objeção que se pode opor a esta ideia; dirão que é dado pedir a dispensa cá de longe; mas, além do mais que não digo, basta refletir que é muito mais solene e bonito ver entrar no Vaticano, e prostrar-se aos pés do papa o próprio objeto do favor, o levita prometido, que vai pedir para sua mãe ternissima e dulcíssima a dispensa de Deus. Considere o quadro, você beijando o pé ao príncipe dos apóstolos; sua santidade, com o sorriso evangélico, inclina-se, interroga, ouve, absolve e abençoa. Os anjos o contemplam, a Virgem recomenda ao santíssimo filho que todos os seus desejos, Bentinho, sejam satisfeitos, e que o que você amar na terra seja igualmente amado no céu...

Não digo mais, porque é preciso acabar o capítulo, e ele não acabou o discurso. Falou a todos os meus sentimentos de católico e de namorado. Vi a alma aliviada de minha mãe, vi a alma feliz de Capitu, ambas em casa, e eu com elas, e ele conosco, tudo mediante uma pequena viagem a Roma, que eu só geograficamente sabia onde ficava; espiritualmente, também, mas a distância que estaria da vontade de Capitu é que não. Eis o ponto essencial. Se Capitu achasse longe, não iria; mas era preciso ouvi-la, e assim também a Escobar, que me daria um bom conselho.

XCVI
Um substituto

Expus a Capitu a ideia de José Dias. Ouviu-me atentamente, e acabou triste.

— Você indo, disse ela, esquece-me inteiramente.

— Nunca!

— Esquece. A Europa dizem que é tão bonita, e a Itália principalmente. Não é de lá que vêm as cantoras? Você esquece-me, Bentinho. E não haverá outro meio? Dona Glória está morta para que você saia do seminário.

— Sim, mas julga-se presa pela promessa.

Capitu não achava outra ideia, nem acabava de adotar esta. De caminho, pediu-me que, se acaso fosse a Roma, jurasse que no fim de seis meses estaria de volta.

— Juro.

— Por Deus?

— Por Deus, por tudo. Juro que no fim de seis meses estarei de volta.

— Mas se o papa não tiver ainda soltado a você?

— Mando dizer isso mesmo.

— E se você mentir?

Esta palavra doeu-me muito, e não achei logo que lhe replicasse. Capitu meteu o negócio à bulha, rindo e chamando-me disfarçado. Depois, declarou crer que eu cumpriria o juramento, mas ainda assim não consentiu logo; ia ver se não haveria outra cousa, e eu que visse também por meu lado.

Quando voltei ao seminário, contei tudo ao meu amigo Escobar, que me ouviu com igual atenção e acabou com a mesma tristeza da outra. Os olhos, de costume fugidios, quase me comeram de contemplação. De repente, vi-lhe no rosto um clarão, um reflexo de ideia. E ouvi-lhe dizer com volubilidade:

— Não, Bentinho, não é preciso isso. Há melhor, — não digo melhor, porque o Santo Padre vale sempre mais que tudo, — mas há cousa que produz o mesmo efeito.

— Que é?

— Sua mãe fez promessa a Deus de lhe dar um sacerdote, não é? Pois bem, dê-lhe um sacerdote, que não seja você. Ela pode muito bem tomar a si algum mocinho órfão, fazê-lo ordenar à sua custa, está dado um padre ao altar, sem que você...

— Entendo, entendo, é isso mesmo.

— Não acha? continuou ele. Consulte sobre isto o protonotário; ele lhe dirá se não é a mesma cousa, ou eu mesmo consulto, se quer; e se ele hesitar, fala-se ao sr. bispo.

Eu, refletindo:

— Sim, parece que é isso; realmente, a promessa cumpre-se, não se perdendo o padre.

Escobar observou que, pelo lado econômico, a questão era fácil; minha mãe gastaria o mesmo que comigo, e um órfão não precisaria grandes comodidades. Citou a soma dos aluguéis das casas, 1:070$000, além dos escravos...

— Não há outra cousa, disse eu.

— E saímos juntos.

— Você também?

— Também eu. Vou melhorar o meu latim e saio; nem dou teologia. O próprio latim não é preciso; para quê no comércio?

— *In hoc signo vinces*, disse eu rindo.

Sentia-me pilhérico. Oh! Como a esperança alegra tudo. Escobar sorriu, parecendo gostar da resposta. Depois ficamos a cuidar de nós mesmos, cada um com os seus olhos perdidos, provavelmente. Os dele estavam assim, quando tornei de longe, e agradeci de novo o plano lembrado; não podia havê-lo melhor. Escobar ouviu-me contentíssimo.

— Ainda uma vez, disse ele gravemente, a religião e a liberdade fazem boa companhia.

XCVII
A saída

Tudo se fez por esse teor. Minha mãe hesitou um pouco, mas acabou cedendo, depois que o padre Cabral, tendo consultado o bispo, voltou a dizer-lhe que sim, que podia ser. Saí do seminário no fim do ano.

Tinha então pouco mais de dezessete... Aqui devia ser o meio do livro, mas a inexperiência fez-me ir atrás da pena, e chego quase ao fim do papel, com o melhor da narração por dizer. Agora não há mais que levá-la a grandes pernadas, capítulo sobre capítulo, pouca emenda, pouca reflexão, tudo em resumo. Já esta página vale por meses, outras valerão por anos, e assim chegaremos ao fim. Um dos sacrifícios que faço a esta dura necessidade é a análise das minhas emoções dos dezessete anos. Não sei se alguma vez tiveste dezessete anos. Se sim, deves saber que é a idade em que a metade do homem e a metade do menino formam um só curioso. Eu era um curiosíssimo, diria o meu agregado José Dias, e não diria mal. O que essa qualidade superlativa me rendeu não poderia nunca dizê-lo aqui, sem cair no erro que acabo de condenar; a análise das minhas emoções daquele tempo é que entrava no meu plano. Posto que filho do seminário e de minha mãe, sentia, já debaixo do recolhimento casto, uns assomos de petulância e de atrevimento; eram do sangue, mas eram também das moças que na rua ou da janela não me deixavam viver sossegado. Achavam-me lindo, e diziam-

-mo; algumas queriam mirar de mais perto a minha beleza, e a vaidade é um princípio de corrupção.

XCVIII
Cinco anos

Venceu a razão; fui-me aos estudos. Passei os dezoito anos, os dezenove, os vinte, os vinte e um; aos vinte e dous era bacharel em direito.

Tudo mudara em volta de mim. Minha mãe resolvera-se a envelhecer; ainda assim os cabelos brancos vinham de má vontade, aos poucos e espalhadamente; a touca, os vestidos, os sapatos rasos e surdos eram os mesmos de outrora. Já não andaria tanto de um lado para outro. Tio Cosme padecia do coração e ia descansar. A prima Justina apenas estava mais idosa. José Dias também, não tanto que me não fizesse a fineza de ir assistir à minha graduação, descer comigo a serra, lépido e viçoso, como se o bacharel fosse ele. A mãe de Capitu falecera, o pai aposentara-se no mesmo cargo em que quis dar demissão da vida.

Escobar começava a negociar em café depois de haver trabalhado quatro anos em uma das primeiras casas do Rio de Janeiro. Era opinião de prima Justina que ele afagara a ideia de convidar minha mãe a segundas núpcias; mas, se tal ideia houve, cumpre não esquecer a grande diferença de idade. Talvez ele não pensasse em mais que associá-la aos seus primeiros tentames comerciais, e de fato, a pedido meu, minha mãe adiantou-lhe alguns dinheiros, que ele lhe restituiu, logo que pôde, não sem este remoque: "Dona Glória é medrosa e não tem ambição".

A separação não nos esfriou. Ele foi o terceiro na troca das cartas entre mim e Capitu. Desde que a viu animou-me muito no nosso amor. As relações que travou com o pai de Sancha estreitaram as que já trazia com Capitu, e fê-lo servir a ambos nós, como amigo. A princípio, custou-lhe a ela aceitá-lo, preferia José Dias, mas José Dias repugnava-me por um resto de respeito de criança. Venceu Escobar; posto que vexada, Capitu entregou-lhe a primeira carta, que foi mãe e avó das outras. Nem depois de casado suspendeu ele o obséquio... Que ele casou, — adivinha com quem, — casou com a boa Sancha, a amiga de Capitu, quase irmã dela, tanto que alguma vez, escrevendo-me, chamava a esta a "sua cunhadinha". Assim se formam as afeições e os parentescos, as aventuras e os livros.

XCIX
O filho é a cara do pai

Minha mãe, quando eu regressei bacharel quase estalou de felicidade. Ainda ouço a voz de José Dias, lembrando o evangelho de São João, e dizendo ao ver-nos abraçados.

— Mulher, eis aí o teu filho! Filho, eis aí a tua mãe!

Minha mãe, entre lágrimas:

— Mano Cosme, é a cara do pai, não é?

— Sim, tem alguma cousa, os olhos, a disposição do rosto. É o pai, um pouco mais moderno, concluiu por chalaça. E diga-me agora, mana Glória, não foi melhor que ele não teimasse em ser padre? Veja se este peralta daria um padre capaz.

— Como vai o meu substituto?

— Vai indo, ordena-se para o ano, respondeu Tio Cosme. Hás de ir ver a ordenação; eu também, se o meu senhor coração consentir. É bom que te sintas na alma do outro, como se recebesses em ti mesmo a sagração.

— Justamente! exclamou minha mãe. Mas veja bem, mano Cosme, veja se não é a figura do meu defunto. Olha, Bentinho, olha bem para mim. Sempre achei que te parecias com ele, agora é muito mais. O bigode é que desfaz um pouco...

— Sim, mana Glória, o bigode realmente... mas é muito parecido.

E minha mãe beijava-me com uma ternura que não sei escrever. Tio Cosme, para alegrá-la, chamava-me doutor, José Dias também, e todos em casa, a prima, os escravos, as visitas, Pádua, a filha, e ela mesma repetiam-me o título.

C
"Tu serás feliz, Bentinho!"

No quarto, desfazendo a mala e tirando a carta de bacharel de dentro da lata, ia pensando na felicidade e na glória. Via o casamento e a carreira ilustre, enquanto José Dias me ajudava calado e zeloso. Uma fada invisível desceu ali, e me disse em voz igualmente macia e cálida: "Tu serás feliz, Bentinho; tu vais ser feliz".

— E por que não seria feliz? perguntou José Dias endireitando o tronco e fitando-me.

— Você ouviu? perguntei eu erguendo-me também, espantado.

— Ouvi o quê?

— Ouviu uma voz que dizia que eu serei feliz?

— É boa! Você mesmo é que está dizendo...

Ainda agora sou capaz de jurar que a voz era da fada; naturalmente as fadas, expulsas dos contos e dos versos, meteram-se no coração da gente e falam de dentro para fora. Esta, por exemplo, muita vez a ouvi clara e distinta. Há de ser prima das feiticeiras da Escócia: "Tu serás rei, Macbeth!" — "Tu serás feliz, Bentinho!". Ao cabo, é a mesma predição, pela mesma toada universal e eterna. Quando voltei do meu espanto, ouvi o resto do discurso de José Dias:

— ... Há de ser feliz, como merece, assim como mereceu esse diploma que ali está, que não é favor de ninguém. A distinção que tirou em todas as matérias é prova disso;

já lhe contei que ouvi da boca dos lentes, em particular, os maiores elogios. Demais, a felicidade não é só a glória, é também outra cousa... Ah! Você não confiou tudo ao velho José Dias! O pobre José Dias está aí para um canto, é caju chupado, não vale nada; agora são os novos, os Escobares... Não lhe nego que é moço muito distinto, e trabalhador, e marido de truz; mas, enfim, velho também sabe amar...

— Mas que é?

— Que há de ser? Quem é que não sabe tudo?... Aquela intimidade de vizinhos tinha de acabar nisto, que é verdadeiramente uma benção do céu, porque ela é um anjo, é um *anjíssimo*... Perdoe a cincada, Bentinho, foi um modo de acentuar a perfeição daquela moça. Cuidei o contrário, outrora; confundi os modos de criança com expressões de caráter, e não vi que essa menina travessa e já de olhos pensativos era a flor caprichosa de um fruto sadio e doce... Por que é que não me contou também o que outros sabem, e cá em casa está mais que adivinhado e aprovado?

— Mamãe aprova deveras?

— Pois então? Temos falado sobre isso, e ela fez-me o favor de pedir a minha opinião. Pergunte-lhe o que é que eu lhe disse em termos claros e positivos; pergunte-lhe. Disse-lhe que não podia desejar melhor nora para si, boa, discreta, prendada, amiga da gente... e uma dona de casa, que não lhe digo nada. Depois da morte da mãe, tomou conta de tudo. Pádua, agora que se aposentou, não faz mais que receber o ordenado e entregá-lo à filha. A filha é que distribui o dinheiro, paga as contas, faz o rol das despesas, cuida de tudo, mantimento, roupa, luz; você já a viu o ano passado. E quanto à formosura você sabe melhor que ninguém...

— Mas, deveras, mamãe consultou o senhor sobre o nosso casamento?

— Positivamente, não; fez-me o favor de perguntar se

Capitu não daria uma boa esposa; eu é que, na resposta, falei em nora. Dona Glória não negou e até deu um ar de riso.

— Mamãe sempre que me escrevia, falava de Capitu.

— Você sabe que elas se dão muito, e por isso é que sua prima anda cada vez mais amuada. Talvez agora case mais depressa.

— Prima Justina?

— Não sabe? São contos, naturalmente; mas enfim, o dr. João da Costa enviuvou há poucos meses, e dizem (não sei, o protonotário é que me contou) dizem que os dous andam meio inclinados a acabar com a viuvez, entre si, casando-se. Há de ver que não há nada, mas não é fora de propósito, conquanto ela sempre achasse que o doutor era um feixe de ossos... Só se ela é um cemitério, comentou rindo; e logo sério: Digo isto por gracejo...

Não ouvi o resto. Ouvia só a voz da minha fada interior, que me repetia, mas já então sem palavras: "Tu serás feliz, Bentinho!". E a voz de Capitu me disse a mesma cousa, com termos diversos, e assim também a de Escobar, os quais ambos me confirmaram a notícia de José Dias pela sua própria impressão. Enfim, minha mãe, algumas semanas depois, quando lhe fui pedir licença para casar, além do consentimento, deu-me igual profecia, salva a redação própria de mãe: "Tu serás feliz, meu filho!".

CI
No céu

Pois sejamos felizes de uma vez, antes que o leitor pegue em si, morto de esperar, e vá espairecer a outra parte; casemo-nos. Foi em 1865, uma tarde de março, por sinal chovia. Quando chegamos ao alto da Tijuca, onde era o nosso ninho de noivos, o céu recolheu a chuva e acendeu as estrelas, não só as já conhecidas, mas ainda as que só serão descobertas daqui a muitos séculos. Foi grande fineza e não foi única. São Pedro, que tem as chaves do céu, abriu-nos as portas dele, fez-nos entrar, e depois de tocar-nos com o báculo, recitou alguns versículos da sua primeira epístola: "As mulheres sejam sujeitas a seus maridos... Não seja o adorno delas o enfeite dos cabelos riçados ou as rendas de ouro, mas o homem que está escondido no coração... Do mesmo modo, vós, maridos, coabitai com elas, tratando-as com honra, como a vasos mais fracos, e herdeiras convosco da graça da vida...". Em seguida, fez sinal aos anjos, e eles entoaram um trecho do *Cântico*, tão concertadamente, que desmentiram a hipótese do tenor italiano, se a execução fosse na terra; mas era no céu. A música ia com o texto, como se houvessem nascido juntos, à maneira de uma ópera de Wagner. Depois, visitamos uma parte daquele lugar infinito. Descansa que não farei descrição alguma, nem a língua humana possui formas idôneas para tanto.

Ao cabo, pode ser que tudo fosse um sonho; nada mais natural a um ex-seminarista que ouvir por toda a parte latim e Escritura. É verdade que Capitu, que não sabia Escritura nem latim, decorou algumas palavras, como estas, por exemplo: "Sentei-me à sombra daquele que tanto havia desejado". Quanto às de são Pedro, disse-me no dia seguinte que estava por tudo, que eu era a única renda e o único enfeite que jamais poria em si. Ao que eu repliquei que a minha esposa teria sempre as mais finas rendas deste mundo.

CII
De casada

Imagina um relógio que só tivesse pêndulo, sem mostrador, de maneira que não se vissem as horas escritas. O pêndulo iria de um lado para outro, mas nenhum sinal externo mostraria a marcha do tempo. Tal foi aquela semana da Tijuca.

De quando em quando, tornávamos ao passado e divertíamo-nos em relembrar as nossas tristezas e calamidades, mas isso mesmo era um modo de não sairmos de nós. Assim vivemos novamente a nossa longa espera de namorados, os anos de adolescência, a denúncia que está nos primeiros capítulos, e ríamos de José Dias que conspirou a nossa desunião, e acabou festejando o nosso consórcio. Uma ou outra vez, falávamos em descer, mas as manhãs marcadas eram sempre de chuva ou de sol, e nós esperávamos um dia encoberto, que teimava em não vir.

Não obstante, achei que Capitu estava um tanto impaciente por descer. Concordava em ficar, mas ia falando do pai e de minha mãe, da falta de notícias nossas, disto e daquilo, a ponto que nos arrufamos um pouco. Perguntei-lhe se já estava aborrecida de mim.

— Eu?

— Parece.

— Você há de ser sempre criança, disse ela fechando-me a cara entre as mãos e chegando muito os olhos aos meus. Então eu esperei tantos anos para aborrecer-me em sete dias? Não, Bentinho; digo isto porque é realmente assim, creio que eles podem estar desejosos de ver-nos e imaginar alguma doença, e, confesso, pela minha parte, que queria ver papai.

— Pois vamos amanhã.

— Não; há de ser com tempo encoberto, redarguiu rindo.

Peguei-lhe no riso e na palavra, mas a impaciência continuou, e descemos com sol.

A alegria com que pôs o seu chapéu de casada, e o ar de casada com que me deu a mão para entrar e sair do carro, e o braço para andar na rua, tudo me mostrou que a causa da impaciência de Capitu eram os sinais exteriores do novo estado. Não lhe bastava ser casada entre quatro paredes e algumas árvores; precisava do resto do mundo também. E quando eu me vi embaixo, pisando as ruas com ela, parando, olhando, falando, senti a mesma cousa. Inventava passeios para que me vissem, me confirmassem e me invejassem. Na rua, muitos voltavam a cabeça curiosos, outros paravam, alguns perguntavam: "Quem são?" e um sabido explicava: "Este é o dr. Santiago, que casou há dias com aquela moça, dona Capitolina, depois de uma longa paixão de crianças; moram na Glória, as famílias residem em Matacavalos". E ambos os dous: "É uma mocetona!".

CIII
A felicidade tem boa alma

Mocetona é vulgar; José Dias achou melhor. Foi a única pessoa cá de baixo que nos visitou na Tijuca, levando abraços dos nossos e palavras suas, mas palavras que eram músicas verdadeiras; não as ponho aqui para ir poupando papel, mas foram deliciosas. Um dia, comparou-nos a aves criadas em dous vãos de telhado contíguos. Imagina o resto, as aves emplumando as asas e subindo ao céu, e o céu agora mais largo para poder contê-las também. Nenhum de nós riu; ambos escutávamos comovidos e convencidos, esquecendo tudo, desde a tarde de 1858... A felicidade tem boa alma.

CIV
As pirâmides

José Dias dividia-se agora entre mim e minha mãe, alternando os jantares da Glória com os almoços de Matacavalos. Tudo corria bem. Ao fim de dous anos de casado, salvo o desgosto grande de não ter um filho, tudo corria bem. Perdera meu sogro, é verdade, e o Tio Cosme estava por pouco, mas a saúde de minha mãe era boa; a nossa excelente.

Eu era advogado de algumas casas ricas, e os processos vinham chegando. Escobar contribuíra muito para as minhas estreias no foro. Interveio com um advogado célebre para que me admitisse à sua banca, e arranjou-me algumas procurações, tudo espontaneamente.

Demais, as nossas relações de família estavam previamente feitas; Sancha e Capitu continuavam depois de casadas a amizade da escola, Escobar e eu a do seminário. Eles moravam em Andaraí, aonde queriam que fôssemos muitas vezes, e, não podendo ser tantas como desejávamos, íamos lá jantar alguns domingos, ou eles vinham fazê-lo conosco. Jantar é pouco. Íamos sempre muito cedo, logo depois do almoço, para gozarmos o dia compridamente, e só nos separávamos às nove, dez e onze horas, quando não podia ser mais. Agora que penso naqueles dias de Andaraí e da Glória, sinto que a vida e o resto não sejam tão rijos como as Pirâmides.

Escobar e a mulher viviam felizes; tinham uma filhinha. Em tempo ouvi falar de uma aventura do marido, negócio de teatro, não sei que atriz ou bailarina, mas se foi certo, não deu escândalo. Sancha era modesta, o marido trabalhador. Como eu um dia dissesse a Escobar que lastimava não ter um filho, replicou-me:

— Homem, deixe lá. Deus os dará quando quiser, e se não der nenhum é que os quer para si, e melhor será que fiquem no céu.

— Uma criança, um filho é o complemento natural da vida.

— Virá, se for necessário.

Não vinha. Capitu pedia-o em suas orações, eu mais de uma vez dava por mim a rezar e a pedi-lo. Já não era como em criança; agora pagava antecipadamente, como os aluguéis da casa.

CV
Os braços

No mais, tudo corria bem. Capitu gostava de rir e divertir-se, e, nos primeiros tempos, quando íamos a passeios ou espetáculos, era como um pássaro que saísse da gaiola. Arranjava-se com graça e modéstia. Embora gostasse de joias, como as outras moças, não queria que eu lhe comprasse muitas nem caras, e um dia afligiu-se tanto que prometi não comprar mais nenhuma; mas foi só por pouco tempo.

A nossa vida era mais ou menos plácida. Quando não estávamos com a família ou com amigos, ou se não íamos a algum espetáculo ou serão particular (e estes eram raros) passávamos as noites à nossa janela da Glória, mirando o mar e o céu, a sombra das montanhas e dos navios, ou a gente que passava na praia. Às vezes, eu contava a Capitu a história da cidade, outras dava-lhe notícias de astronomia; notícias de amador que ela escutava atenta e curiosa, nem sempre tanto que não cochilasse um pouco. Não sabendo piano, aprendeu depois de casada, e depressa, e daí a pouco tocava nas casas de amizade. Na Glória era uma das nossas recreações; também cantava, mas pouco e raro, por não ter voz; um dia chegou a entender que era melhor não cantar nada e cumpriu o alvitre. De dançar gostava, e enfeitava-se com amor quando ia a um baile; os braços é que... Os braços merecem um período.

Eram belos, e na primeira noite que os levou nus a um baile, não creio que houvesse iguais na cidade, nem os seus, leitora, que eram então de menina, se eram nascidos, mas provavelmente estariam ainda no mármore, donde vieram, ou nas mãos do divino escultor. Eram os mais belos da noite, a ponto que me encheram de desvanecimento. Conversava mal com as outras pessoas, só para vê-los, por mais que eles se entrelaçassem aos das casacas alheias. Já não foi assim no segundo baile; nesse, quando vi que os homens não se fartavam de olhar para eles, de os buscar, quase de os pedir, e que roçavam por eles as mangas pretas, fiquei vexado e aborrecido. Ao terceiro não fui, e aqui tive o apoio de Escobar, a quem confiei candidamente os meus tédios; concordou logo comigo.

— Sanchinha também não vai, ou irá de mangas compridas; o contrário parece-me indecente.

— Não é? Mas não diga o motivo; hão de chamar-nos seminaristas. Capitu já me chamou assim.

Nem por isso deixei de contar a Capitu a aprovação de Escobar. Ela sorriu e respondeu que os braços de Sanchinha eram malfeitos, mas cedeu depressa, e não foi ao baile; a outros foi, mas levou-os meio vestidos de escumilha ou não sei quê, que nem cobria nem descobria inteiramente, como o cendal de Camões.

CVI
Dez libras esterlinas

Já disse que era poupada, ou fica dito agora, e não só de dinheiro mas também de cousas usadas, dessas que se guardam por tradição, por lembrança ou por saudade. Uns sapatos, por exemplo, uns sapatinhos rasos de fitas pretas que se cruzavam no peito do pé e princípio da perna, os últimos que usou antes de calçar botinas, trouxe-os para casa, e tirava-os de longe em longe da gaveta da cômoda, com outras velharias, dizendo-me que eram pedaços de criança. Minha mãe, que tinha o mesmo gênio, gostava de ouvir falar e fazer assim. Quanto às puras economias de dinheiro, direi um caso, e basta. Foi justamente por ocasião de uma lição de astronomia, à praia da Glória. Sabes que alguma vez a fiz cochilar um pouco. Uma noite perdeu-se em fitar o mar, com tal força e concentração, que me deu ciúmes.

— Você não me ouve, Capitu.

— Eu? Ouço perfeitamente.

— O que é que eu dizia?

— Você... você falava de Sírio.

— Qual, Sírio, Capitu. Há vinte minutos que eu falei de Sírio.

— Falava de... falava de Marte, emendou ela apressada.

Realmente, era de Marte, mas é claro que só apanhara o som da palavra, não o sentido. Fiquei sério, e o ímpeto que me deu foi deixar a sala; Capitu, ao percebê-lo, fez-se a mais mimosa das criaturas, pegou-me na mão, confessou-me que estivera contando, isto é, somando uns dinheiros para descobrir certa parcela que não achava. Tratava-se de uma conversão de papel em ouro. A princípio supus que era um recurso para desenfadar-me, mas daí a pouco estava eu mesmo calculando também, já então com papel e lápis, sobre o joelho, e dava a diferença que ela buscava.

— Mas que libras são essas? perguntei-lhe no fim.

Capitu fitou-me rindo, e replicou que a culpa de romper o segredo era minha. Ergueu-se, foi ao quarto e voltou com dez libras esterlinas, na mão; eram as sobras do dinheiro que eu lhe dava mensalmente para as despesas.

— Tudo isto?

— Não é muito, dez libras só; é o que a avarenta de sua mulher pôde arranjar, em alguns meses, concluiu fazendo tinir o ouro na mão.

— Quem foi o corretor?

— O seu amigo Escobar.

— Como é que ele não me disse nada?

— Foi hoje mesmo.

— Ele esteve cá?

— Pouco antes de você chegar; eu não disse para que você não desconfiasse.

Tive vontade de gastar o dobro do ouro em algum presente comemorativo, mas Capitu deteve-me. Ao contrário, consultou-me sobre o que havíamos de fazer daquelas libras.

— São suas, respondi.

— São nossas, emendou.

— Pois você guarde-as.

No dia seguinte, fui ter com Escobar ao armazém, e ri-me do segredo de ambos. Escobar sorriu e disse-me que estava para ir ao meu escritório contar-me tudo. A cunhadinha (continuava a dar este nome a Capitu) tinha-

-lhe falado naquilo por ocasião da nossa última visita a Andaraí, e disse-lhe a razão do segredo.

— Quando contei isto a Sanchinha, concluiu ele, ficou espantada: "Como é que Capitu pode economizar, agora que tudo está tão caro?" — "Não sei, filha; sei que arranjou dez libras".

— Vê se ela aprende também.

— Não creio; Sanchinha não é gastadeira, mas também não é poupada; o que lhe dou chega, mas só chega.

Eu, depois de alguns instantes de reflexão:

— Capitu é um anjo!

Escobar concordou de cabeça, mas sem entusiasmo, como quem sentia não poder dizer o mesmo da mulher. Assim pensarias tu também, tão certo é que as virtudes das pessoas próximas nos dão tal ou qual vaidade, orgulho ou consolação.

CVII
Ciúmes do mar

Se não fosse a astronomia, não descobriria eu tão cedo as dez libras de Capitu; mas não é por isso que torno a ela, é para que não cuides que a vaidade de professor é que me fez padecer com a desatenção de Capitu e ter ciúmes do mar. Não, meu amigo. Venho explicar-te que tive tais ciúmes pelo que podia estar na cabeça de minha mulher, não fora ou acima dela. É sabido que as distrações de uma pessoa podem ser culpadas, metade culpadas, um terço, um quinto, um décimo de culpadas, pois que em matéria de culpa a graduação é infinita. A recordação de uns simples olhos basta para fixar outros que os recordem e se deleitem com a imaginação deles. Não é mister pecado efetivo e mortal, nem papel trocado, simples palavra, aceno, suspiro ou sinal ainda mais miúdo e leve. Um anônimo ou anônima que passe na esquina da rua faz com que metamos Sírio dentro de Marte, e tu sabes, leitor, a diferença que há de um a outro na distância e no tamanho, mas a astronomia tem dessas confusões. Foi isto que me fez empalidecer, calar e querer fugir da sala para voltar, Deus sabe quando; provavelmente, dez minutos depois. Dez minutos depois, estaria eu outra vez na sala, ao piano ou à janela, continuando a lição interrompida:

— Marte está a distância de...

Tão pouco tempo? Sim, tão pouco tempo, dez minutos. Os meus ciúmes eram intensos, mas curtos; com pouco derrubaria tudo, mas com o mesmo pouco ou menos reconstruiria o céu, a terra e as estrelas.

A verdade é que fiquei mais amigo de Capitu, se era possível, ela ainda mais meiga, o ar mais brando, as noites mais claras, e Deus mais Deus. E não foram propriamente as dez libras esterlinas que fizeram isto, nem o sentimento de economia que revelavam e que eu conhecia, mas as cautelas que Capitu empregou para o fim de descobrir-me um dia o cuidado de todos os dias. Escobar também se me fez mais pegado ao coração. As nossas visitas foram-se tornando mais próximas, e as nossas conversações mais íntimas.

CVIII
Um filho

Pois nem tudo isso me matava a sede de um filho, um triste menino que fosse, amarelo e magro, mas um filho, um filho próprio da minha pessoa. Quando íamos a Andaraí e víamos a filha de Escobar e Sancha, familiarmente Capituzinha, por diferençá-la de minha mulher, visto que lhe deram o mesmo nome à pia, ficávamos cheios de invejas. A pequena era graciosa e gorducha, faladeira e curiosa. Os pais, como os outros pais, contavam as travessuras e agudezas da menina, e nós, quando voltávamos à noite para a Glória, vínhamos suspirando as nossas invejas, e pedindo mentalmente ao céu que no-las matassem...

... As invejas morreram, as esperanças nasceram, e não tardou que viesse ao mundo o fruto delas. Não era escasso nem feio, como eu já pedia, mas um rapagão robusto e lindo.

A minha alegria quando ele nasceu, não sei dizê-la; nunca a tive igual, nem creio que a possa haver idêntica, ou que de longe ou de perto se pareça com ela. Foi uma vertigem e uma loucura. Não cantava na rua por natural vergonha, nem em casa para não afligir Capitu convalescente. Também não caía, porque há um deus para os pais novos. Fora, vivia com o espírito no menino; em casa, com os olhos, a observá-lo, a mirá-lo, a perguntar-lhe donde vinha, e por que é que eu estava tão inteiramente nele, e várias outras tolices sem palavras, mas pensadas ou deliradas a cada instante. Talvez perdi algumas causas no foro por descuido.

Capitu não era menos terna para ele e para mim. Dávamos as mãos um ao outro, e, quando não olhávamos para o nosso filho, conversávamos de nós, do nosso passado e do nosso futuro. As horas de maior encanto e mistério eram as de amamentação. Quando eu via o meu filho chupando o leite da mãe, e toda aquela união da natureza para a nutrição e vida de um ser que não fora nada, mas que o nosso destino afirmou que seria, e a nossa constância e o nosso amor fizeram que chegasse a ser, ficava que não sei dizer nem digo; positivamente não me lembra, e receio que o que dissesse me saísse escuro.

Escusai minúcias. Assim que, não é preciso contar a dedicação de minha mãe e de Sancha, que também foi passar com Capitu os primeiros dias e noites. Quis rejeitar o obséquio de Sancha; respondeu-me que eu não tinha nada com isso; também Capitu, em solteira, fora tratá-la à rua dos Inválidos.

— Não se lembra que o senhor foi lá vê-la?

— Lembra-me; mas Escobar...

— Eu virei jantar com vocês, e às noites sigo para Andaraí; oito dias, e está tudo passado. Bem se vê que você é pai de primeira viagem.

— Também você; onde está a segunda?

Usávamos então estas graças em família. Hoje, que me recolhi à minha casmurrice, não sei se ainda há tal linguagem, mas deve haver. Escobar cumpriu o que disse; jantava conosco, e ia-se à noite. Sobre tarde descíamos à praia ou íamos ao Passeio Público, fazendo ele os seus cálculos, eu os meus sonhos. Eu via o meu filho médico, advogado, negociante, meti-o em várias universidades e bancos, e até aceitei a hipótese de ser poeta. A possibilidade de político foi consultada, e cri que me saísse orador, e grande orador.

— Pode ser, redarguia Escobar; ninguém diria o que veio a ser Demóstenes.

Escobar acompanhava muita vez as minhas criancices; também interrogava o futuro. Chegou a falar da hipótese de casar o pequeno com a filha. A amizade existe; esteve toda nas mãos com que apertei as de Escobar, ao ouvir-lhe isto, e na total ausência de palavras com que ali assinei o pacto; estas vieram depois, de atropelo, afinadas pelo coração, que batia com grande força. Aceitei a lembrança, e propus que os encaminhássemos a este fim, pela educação igual e comum, pela infância unida e correta.

Era minha ideia que Escobar fosse padrinho do pequeno; a madrinha devia ser e seria minha mãe. Mas a primeira parte se trocou por intervenção do Tio Cosme, que, ao ver a criança, disse-lhe entre outros carinhos.

— Anda, toma a benção a teu padrinho, velhaco.

E, voltando-se para mim:

— Não desisto do favor; e há de ser depressa o batizado, antes que a minha doença me leve de vez.

Contei discretamente a anedota a Escobar, para que ele me compreendesse e desculpasse; riu-se e não se magoou. Fez mais, quis que o almoço do batizado fosse na chácara dele, e foi. Eu ainda tentei espaçar a cerimônia a ver se Tio Cosme sucumbia primeiro à doença, mas parece que esta era mais de aborrecer que de matar. Não houve remédio senão levar o menino à pia, onde se lhe deu o nome de Ezequiel; era o de Escobar, e eu quis suprir deste modo a falta de compadrio.

CIX
Um filho único

Ezequiel, quando começou o capítulo anterior, não era ainda gerado; quando acabou era cristão e católico. Este outro é destinado a fazer chegar o meu Ezequiel aos cinco anos, um rapagão bonito, com os seus olhos claros, já inquietos, como se quisessem namorar todas as moças da vizinhança, ou quase todas.

Agora, se considerares que ele foi único, que nenhum outro veio, certo nem incerto, morto nem vivo, um só e único, imaginarás os cuidados que nos deu, os sonos que nos tirou, e que sustos nos meteram as crises dos dentes e outras, a menor febrícula, toda a existência comum das crianças. A tudo acudíamos, segundo cumpria e urgia, cousa que não era necessário dizer, mas há leitores tão obtusos, que nada entendem, se se lhes não relata tudo e o resto. Vamos ao resto.

CX
Rasgos da infância

O resto come-me ainda muitos capítulos; há vidas que os tem menos, e fazem-se ainda assim completas e acabadas.

Aos cinco e seis anos, Ezequiel não parecia desmentir os meus sonhos da praia da Glória; ao contrário, adivinhavam-se nele todas as vocações possíveis, desde vadio até apóstolo. Vadio é aqui posto no bom sentido, no sentido de homem que pensa e cala; metia-se às vezes consigo, e nisto fazia lembrar a mãe, desde pequena. Assim também, agitava-se todo e instava por ir persuadir às vizinhas que os doces que eu lhe trazia eram doces deveras; não o fazia antes de farto deles, mas também os apóstolos não levam a boa doutrina senão depois de a terem toda no coração. Escobar, bom negociante, opinava que a causa principal desta outra inclinação, talvez fosse convidar implicitamente as vizinhas a igual apostolado, quando os pais lhe trouxessem doces; e ria-se da própria graça, e anunciava-me que o faria seu sócio.

Gostava de música, não menos que de doce, e eu disse a Capitu que lhe tirasse ao piano o pregão do preto das cocadas de Matacavalos...

— Não me lembra.

— Não diga isso; você não se lembra daquele preto que vendia doce, às tardes...

— Lembro-me de um preto que vendia doce, mas não sei mais da toada.

— Nem das palavras?

— Nem das palavras.

A leitora, que ainda se lembrará das palavras, dado que me tenha lido com atenção, ficará espantada de tamanho esquecimento, tanto mais que lhe lembrarão ainda as vozes da sua infância e adolescência; haverá olvidado algumas, mas nem tudo fica na cabeça. Assim me replicou Capitu, e não achei tréplica. Fiz, porém, o que ela não esperava; corri aos meus papéis velhos. Em São Paulo, quando estudante, pedi a um professor de música que me transcrevesse a toada do pregão; ele o fez com prazer (bastou-me repetir-lho de memória), e eu guardei o papelinho; fui procurá-lo. Daí a pouco interrompi um romance que ela tocava, com o pedacinho de papel na mão. Expliquei-lho; ela teclou as dezesseis notas.

Capitu achou à toada um sabor particular, quase delicioso; contou ao filho a história do pregão, e assim o cantava e teclava. Ezequiel aproveitou a música para pedir-me que desmentisse o texto dando-lhe algum dinheiro.

Fazia de médico, de militar, de ator e bailarino. Nunca lhe dei oratórios; mas cavalos de pau e espada à cinta eram com ele. Já não falo dos batalhões que passavam na rua, e que ele corria a ver; todas as crianças o fazem. O que nem todas fazem é ter os olhos que esta tinha. Em nenhuma vi as ânsias de gosto com que assistia à passagem da tropa e ouvia tocar a marcha dos tambores.

— Olha, papai! Olha!

— Estou vendo, meu filho!

— Olha o comandante! Olha o cavalo do comandante! Olha os soldados!

Um dia amanheceu tocando corneta com a mão; dei-lhe uma cornetinha de metal. Comprei-lhe soldadinhos de chumbo, gravuras de batalhas que ele mirava por muito tempo, querendo que lhe explicasse uma peça de artilharia, um soldado caído, outro de espada alçada, e todos os seus amores iam para o de espada alçada. Um dia (ingênua idade!) perguntou-me impaciente:

— Mas, papai, por que é que ele não deixa cair a espada de uma vez?

— Meu filho, é porque é pintado.

— Mas então por que é que ele se pintou?

Ri-me do engano e expliquei-lhe que não era o soldado que se tinha pintado no papel, mas o gravador, e tive de explicar também o que era gravador e o que era gravura: as curiosidades de Capitu, em suma.

Tais são os principais rasgos da infância: mais um e acabo o capítulo. Um dia, na chácara de Escobar, deu com um gato que tinha um rato atravessado na boca. O gato nem deixava a presa, nem via por onde fugisse. Ezequiel não disse nada, deteve-se, acocorou-se, e ficou olhando. Ao vê-lo assim atento, perguntamos-lhe de longe o que era; fez-nos sinal que nos calássemos. Escobar concluiu:

— Vão ver que é o gato que apanhou algum rato. Os ratos continuam a infestar-me a casa, que é o diabo. Vamos ver.

Capitu quis também ver o filho; acompanhei-os. Efetivamente, era um gato e um rato, lance banal, sem interesse nem graça. A única circunstância particular era estar o rato vivo, esperneando, e o meu pequeno enlevado. De resto, o instante foi curto. O gato, logo que sentiu mais gente, dispôs-se a correr; o menino, sem tirar-lhes os olhos de cima, fez-nos outro sinal de silêncio; e o silêncio não podia ser maior. Ia dizer religioso, risquei a palavra, mas aqui a ponho outra vez, não só por significar a totalidade do silêncio, mas também porque havia naquela ação do gato e do rato alguma cousa que prendia com ritual. O único rumor eram os últimos guinchos do rato, aliás frouxíssimos; as pernas mal se lhe moviam e desordenadamente. Um tanto aborrecido, bati palmas para que o gato fugisse, e o gato fugiu. Os outros nem tiveram tempo de atalhar-me, Ezequiel ficou abatido.

— Ora, papai!

— Que foi? A esta hora o rato está comido.

— Pois sim, mas eu queria ver.

Os dous riram-se; eu mesmo achei-lhe graça.

CXI
Contado depressa

Achei-lhe graça, e não lha nego ainda agora, apesar do tempo passado, dos sucessos ocorridos, e da tal ou qual simpatia ao rato que acho em mim; teve graça. Não me pesa dizê-lo; os que amam a natureza como ela quer ser amada, sem repúdio parcial nem exclusões injustas, não acham nela nada inferior. Amo o rato, não desamo o gato. Já pensei em os fazer viver juntos, mas vi que são incompatíveis. Em verdade, um rói-me os livros, outro o queijo; mas não é muito que eu lhes perdoe, se já perdoei a um cachorro que me levou o descanso em piores circunstâncias. Contarei o caso depressa.

Foi quando nasceu Ezequiel; a mãe estava com febre, Sancha vivia ao pé dela, e três cães na rua latiam toda a noite. Procurei o fiscal, e foi como se procurasse o leitor, que só agora sabe disto. Então resolvi matá-los; comprei veneno, mandei fazer três bolas de carne, e eu mesmo inseri nelas a droga. De noite, saí; era uma hora; nem a doente, nem a enfermeira podiam dormir, com a bulha dos cães. Quando eles me viram, afastaram-se, dous desceram para o lado da praia do Flamengo, um ficou a curta distância, como que esperando. Fui-me a ele, assobiando e dando estalinhos com os dedos. O diabo ainda latiu, mas fiado nos sinais de amizade, foi-se calando, até que se calou de todo. Como eu continuasse, ele veio a mim, devagar, mexendo a cauda, que é o seu modo de rir deles; eu tinha já na mão as bolas envenenadas, e ia deitar-lhe uma delas, quando aquele riso especial, carinho, confiança ou o que quer que seja, me atou a vontade; fiquei assim não sei como, tocado de pena e guardei as bolas no bolso. Ao leitor pode parecer que foi o cheiro da carne que remeteu o cão ao silêncio. Não digo que não; eu cuido que ele não me quis atribuir perfídia ao gesto, e entregou-se-me. A conclusão é que se livrou.

CXII
As imitações de Ezequiel

Tal não faria Ezequiel. Não comporia bolas envenenadas, suponho, mas não as recusaria também. O que faria com certeza era ir atrás dos cães, a pedrada, até onde lhe dessem as pernas. E se tivesse um pau, iria a pau. Capitu morria por aquele batalhador futuro.

— Não sai a nós, que gostamos da paz, disse-me ela um dia, mas papai em moço era assim também; mamãe é que contava.

— Sim, não sairá maricas, repliquei; eu só lhe descubro um defeitozinho, gosta de imitar os outros.

— Imitar como?

— Imitar os gestos, os modos, as atitudes; imita prima Justina, imita José Dias; já lhe achei até um jeito dos pés de Escobar e dos olhos...

Capitu deixou-se estar pensando e olhando para mim, e disse afinal que era preciso emendá-lo. Agora reparava que realmente era vezo do filho, mas parecia-lhe que era só imitar por imitar, como sucede a muitas pessoas grandes, que tomam as maneiras dos outros; e para que não fosse mais longe...

— Também não vamos mortificá-lo. Sempre há tempo de corrigi-lo.

— Há, vou ver. Você também não era assim, quando se zangava com alguém...

— Quando me zangava, concordo; vingança de menino.

— Sim, mas eu não gosto de imitações em casa.

— E naquele tempo gostavas de mim? disse eu batendo-lhe na face.

A resposta de Capitu foi um riso doce de escárnio, um desses risos que não se descrevem, e apenas se pintarão; depois estirou os braços e atirou-mos sobre os ombros, tão cheios de graça que pareciam (velha imagem!) um colar de flores. Eu fiz o mesmo aos meus, e senti não haver ali um escultor que nos transferisse a atitude a um pedaço de mármore. Só brilharia o artista, é certo. Quando uma pessoa ou um grupo saem bem, ninguém quer saber de modelo, mas da obra, e a obra é que fica. Não importa; nós saberíamos que éramos nós.

CXIII
Embargos de terceiro

Por falar nisto, é natural que me perguntes se, sendo antes tão cioso dela, não continuei a sê-lo apesar do filho e dos anos. Sim, senhor, continuei. Continuei, a tal ponto que o menor gesto me afligia, a mais ínfima palavra, uma insistência qualquer; muita vez só a indiferença bastava. Cheguei a ter ciúmes de tudo e de todos. Um vizinho, um par de valsa, qualquer homem, moço ou maduro, me enchia de terror ou desconfiança. É certo que Capitu gostava de ser vista, e o meio mais próprio a tal fim (disse-me uma senhora, um dia) é ver também, e não há ver sem mostrar que se vê.

A senhora que me disse isto cuido que gostou de mim, e foi naturalmente por não achar da minha parte correspondência aos seus afetos que me explicou daquela maneira os seus olhos teimosos. Outros olhos me procuravam também, não muitos, e não digo nada sobre eles, tendo aliás confessado a princípio as minhas aventuras vindouras, mas eram ainda vindouras. Naquele tempo, por mais mulheres bonitas que achasse, nenhuma receberia a mínima parte do amor que tinha a Capitu. À minha própria mãe não queria mais que metade. Capitu era tudo e mais que tudo; não vivia nem trabalhava que não fosse pensando nela. Ao teatro íamos juntos; só me lembra que fosse duas vezes sem ela, um benefício de ator, e uma estreia de ópera, a que ela não foi por ter adoecido, mas quis por força que eu fosse. Era tarde para mandar o camarote a Escobar; saí, mas voltei no fim do primeiro ato. Encontrei Escobar à porta do corredor.

— Vinha falar-te, disse-me ele.

Expliquei-lhe que tinha saído para o teatro donde voltara receoso de Capitu, que ficara doente.

— Doente de quê? perguntou Escobar.

— Queixava-se da cabeça e do estômago.

— Então, vou-me embora. Vinha para aquele negócio dos embargos...

Eram uns embargos de terceiro; ocorrera um incidente importante, e, tendo ele jantado na cidade, não quis ir para casa sem dizer-me o que era, mas já agora falaria depois...

— Não, falemos já, sobe; ela pode estar melhor. Se estiver pior, desces.

Capitu estava melhor e até boa. Confessou-me que apenas tivera uma dor de cabeça de nada, mas agravara o padecimento para que eu fosse divertir-me. Não falava alegre, o que me fez desconfiar que mentia, para me não meter medo, mas jurou que era a verdade pura. Escobar sorriu e disse:

— A cunhadinha está tão doente como você ou eu. Vamos aos embargos.

CXIV
Em que se explica o explicado

Antes de ir aos embargos, expliquemos ainda um ponto que já ficou explicado, mas não bem explicado. Viste que eu pedi (capítulo CX) a um professor de música de São Paulo que me escrevesse a toada daquele pregão de doces de Matacavalos. Em si, a matéria é chocha, e não vale a pena de um capítulo, quanto mais dous; mas há matérias tais que trazem ensinamentos interessantes, senão agradáveis. Expliquemos o explicado.

Capitu e eu tínhamos jurado não esquecer mais aquele pregão; foi em momento de grande ternura, e o tabelião divino sabe as cousas que se juram em tais momentos, ele que as registra nos livros eternos.

— Você jura?

— Juro, disse ela estendendo tragicamente o braço.

Aproveitei o gesto para beijar-lhe a mão; estava ainda no seminário. Quando fui para São Paulo, querendo um dia relembrar a toada, vi que a ia perdendo inteiramente; consegui recordá-la e corri ao professor, que me fez o obséquio de a escrever no pedacinho de papel. Foi para não faltar ao juramento que fiz isto. Mas hás de crer que, quando corri aos papéis velhos, naquela noite da Glória, também me não lembrava já da toada nem do texto? Fiz-me de pontual ao juramento, e este é que foi o meu pecado; esquecer, qualquer esquece.

Ao certo, ninguém sabe se há de manter ou não um juramento. Cousas futuras! Portanto, a nossa constituição política, transferindo o juramento à afirmação simples, é profundamente moral. Acabou com um pecado terrível. Faltar ao compromisso é sempre infidelidade, mas a alguém que tenha mais temor a Deus que aos homens não lhe importará mentir, uma vez ou outra, desde que não mete a alma no purgatório. Não confundam purgatório com inferno, que é o eterno naufrágio. Purgatório é uma casa de penhores, que empresta sobre todas as virtudes, a juro alto e prazo curto. Mas os prazos renovam-se, até que um dia uma ou duas virtudes medianas pagam todos os pecados grandes e pequenos.

CXV
Dúvidas sobre dúvidas

Vamos agora aos embargos... E por que iremos aos embargos? Deus sabe o que custa escrevê-los, quanto mais contá-los. Da circunstância nova que Escobar me trazia apenas digo o que lhe disse então, isto é, que não valia nada.

— Nada?

— Quase nada.

— Então vale alguma cousa.

— Para reforçar as razões que já temos vale menos que o chá que você vai tomar comigo.

— É tarde para tomar chá.

— Tomaremos depressa.

Tomamos depressa. Durante ele, Escobar olhava para mim desconfiado, como se cuidasse que eu recusava a circunstância nova por forrar-me a escrevê-la; mas tal suspeita não ia com a nossa amizade.

Quando ele saiu, referi as minhas dúvidas a Capitu; ela as desfez com a arte fina que possuía, um jeito, uma graça toda sua, capaz de dissipar as mesmas tristezas de Olímpio.

— Seria o negócio dos embargos, concluiu; e ele que veio até aqui, a esta hora, é que está impressionado com a demanda.

— Tens razão.

Palavra puxa palavra, falei de outras dúvidas. Eu era então um poço delas; coaxavam dentro de mim, como verdadeiras rãs, a ponto de me tirarem o sono algumas vezes. Disse-lhe que começava a achar minha mãe um tanto fria e arredia com ela. Pois aqui mesmo valeu a arte fina de Capitu!

— Já disse a você o que é; cousas de sogra. Mamãezinha tem ciúmes de você; logo que eles passem e as saudades aumentem, ela torna a ser o que era. Em lhe faltando o neto...

— Mas eu tenho notado que já é fria também com Ezequiel. Quando ele vai comigo, mamãe não lhe faz as mesmas graças.

— Quem sabe se não anda doente?

— Vamos nós jantar com ela amanhã?

— Vamos... Não... Pois vamos.

Fomos jantar com a minha velha. Já lhe podia chamar assim, posto que os seus cabelos brancos não o fossem todos nem totalmente, e o rosto estivesse comparativamente fresco; era uma espécie de mocidade quinquagenária ou de ancianidade viçosa, à escolha... Mas nada de melancolias; não quero falar dos olhos molhados, à entrada e à saída. Pouco entrou na conversação. Também não era diferente da costumada. José Dias falou do casamento e suas belezas, da política, da Europa e da homeopatia, Tio Cosme das suas moléstias, prima Justina da vizinhança, ou de José Dias, quando este saía da sala.

Quando voltamos, à noite, viemos por ali a pé, falando das minhas dúvidas. Capitu novamente me aconselhou que esperássemos. Sogras eram todas assim; lá vinha um dia e mudavam. Ao passo que me falava, recrudescia de ternura. Dali em diante foi cada vez mais doce comigo; não me ia esperar à janela, para não espertar-me os ciúmes, mas quando eu subia, via no alto da escada, entre as grades da cancela, a cara deliciosa da minha amiga e esposa, risonha como toda a nossa infância. Ezequiel às vezes estava com ela; nós o havíamos acostumado a ver o ósculo da chegada e da saída, e ele enchia-me a cara de beijos.

CXVI
Filho do homem

Apalpei José Dias sobre as maneiras novas de minha mãe; ficou espantado. Não havia nada, nem podia haver cousa nenhuma, tantos eram os louvores incessantes que ele ouvia "à bela e virtuosa Capitu".

— Agora, quando os ouço, entro também no coro; mas a princípio ficava envergonhadíssimo. Para quem chegou, como eu, a arrenegar deste casamento, era duro confessar que ele foi uma verdadeira benção do céu. Que digna senhora nos saiu a criança travessa de Matacavalos! O pai é que nos separou um pouco, em quanto não nos conhecíamos, mas tudo acabou em bem. Pois, sim, senhor, quando dona Glória elogia a sua nora e comadre...

— Então mamãe?...

— Perfeitamente!

— Mas, por que é [que] não nos visita há tanto tempo?

— Creio que tem andado mais achacada dos seus reumatismos. Este ano tem feito muito frio... Imagine a aflição dela, que andava o dia inteiro; agora é obrigada a estar quieta, ao pé do irmão, que lá tem o seu mal...

Quis observar-lhe que tal razão explicava a interrupção das visitas, e não a frieza quando íamos nós a Matacavalos; mas não estendi tão longe a intimidade do agregado. José Dias pediu para ver o nosso "profetazinho" (assim chamava a Ezequiel) e fez-lhe as festas do costume. Desta vez falou ao modo bíblico (estivera na véspera a folhear o livro de Ezequiel, como soube depois), e perguntava-lhe: "Como vai isso, filho do homem?". "Dize-me, filho do homem, onde estão os teus brinquedos?" "Queres comer doce, filho do homem?"

— Que filho do homem é esse, perguntou-lhe Capitu agastada.

— São os modos de dizer da Bíblia.

— Pois eu não gosto deles, replicou ela com aspereza.

— Tem razão, Capitu, concordou o agregado. Você não imagina como a Bíblia é cheia de expressões cruas e grosseiras. Eu falava assim para variar... Tu como vais, meu anjo? Meu anjo, como é que eu ando na rua?

— Não, atalhou Capitu; já lhe vou tirando esse costume de imitar os outros.

— Mas tem muita graça; a mim, quando ele copia os meus gestos, parece-me que sou eu mesmo, pequenino. Outro dia chegou a fazer um gesto de dona Glória, tão bem que ela lhe deu um beijo em paga. Vamos, como é que eu ando?

— Não, Ezequiel, disse eu, mamãe não quer.

Eu mesmo achava feio tal sestro. Alguns dos gestos já lhe iam ficando mais repetidos, como o das mãos e pés de Escobar; ultimamente, até apanhara o modo de voltar da cabeça deste, quando falava, e o de deixá-la cair, quando ria. Capitu ralhava. Mas o menino era travesso, como o diabo; apenas começamos a falar de outra cousa, saltou ao meio da sala, dizendo a José Dias:

— O senhor anda assim.

Não pudemos deixar de rir, eu mais que ninguém. A primeira pessoa que fechou a cara, que o repreendeu e chamou a si foi Capitu.

— Não quero isso, ouviu?

CXVII
Amigos próximos

Já então Escobar deixara Andaraí e comprara uma casa no Flamengo, casa que ainda ali vi, há dias, quando me deu na gana experimentar se as sensações antigas estavam mortas ou dormiam só; não posso dizê-lo bem, porque os sonos, quando são pesados, confundem vivos e defuntos, a não ser a respiração. Eu respirava um pouco, mas pode ser que fosse do mar, meio agitado. Enfim, passei, acendi um charuto, e dei por mim no Catete; tinha subido pela rua da Princesa, uma rua antiga... Ó ruas antigas! Ó casas antigas! Ó pernas antigas! Todos nós éramos antigos, e não é preciso dizer que no mau sentido, no sentido de velho e acabado.

Velha é a casa, mas não lhe alteraram nada. Não sei até se ainda tem o mesmo número. Não digo que número é para não irem indagar e cavar a história. Não é que Escobar ainda lá more nem sequer viva; morreu pouco depois, por um modo que hei de contar. Enquanto viveu, uma vez que estávamos tão próximos, tínhamos por assim dizer uma só casa, eu vivia na dele, ele na minha, e o pedaço de praia entre a Glória e o Flamengo era como um caminho de uso próprio e particular. Fazia-me pensar nas duas casas de Matacavalos, com o seu muro de permeio.

Um historiador da nossa língua, creio que João de Barros, põe na boca de um rei bárbaro algumas palavras mansas, quando os portugueses lhe propunham estabelecer ali ao pé uma fortaleza; dizia o rei que os bons amigos deviam ficar longe uns dos outros, não perto, para se não zangarem como as águas do mar que batiam furiosas no rochedo que eles viam dali. Que a sombra do escritor me perdoe, se eu duvido que o rei dissesse tal palavra nem que ela seja verdadeira. Provavelmente foi o mesmo escritor que a inventou para adornar o texto, e não fez mal, porque é bonita; realmente, é bonita. Eu creio que o mar então batia na pedra, como é seu costume, desde Ulisses e antes. Agora que a comparação seja verdadeira é que não. Seguramente há inimigos contíguos, mas também há amigos de perto e do peito. E o escritor esquecia (salvo se ainda não era do seu tempo) esquecia o adágio: longe dos olhos, longe do coração. Nós não podíamos ter os corações agora mais perto. As nossas mulheres viviam na casa uma da outra, nós passávamos as noites cá ou lá conversando, jogando ou mirando o mar. Os dous pequenos passavam dias, ora no Flamengo, ora na Glória.

Como eu observasse que podia acontecer com eles o que se dera entre mim e Capitu, acharam todos que sim, e Sancha acrescentou que até já se iam parecendo. Eu expliquei:

— Não; é porque Ezequiel imita os gestos dos outros.

Escobar concordou comigo, e insinuou que alguma vez as crianças que se frequentam muito acabam parecendo-se umas com as outras. Opinei de cabeça, como me sucedia nas matérias que eu não sabia bem nem mal. Tudo podia ser. O certo é que eles se queriam muito, e podiam acabar casados, mas não acabaram casados.

CXVIII
A mão de Sancha

Tudo acaba, leitor; é um velho truísmo, a que se pode acrescentar que nem tudo o que dura dura muito tempo. Esta segunda parte não acha crentes fáceis; ao contrário, a ideia de que um castelo de vento dura mais que o mesmo vento de que é feito, dificilmente se despegará da cabeça, e é bom que seja assim, para que se não perca o costume daquelas construções quase eternas.

O nosso castelo era sólido, mas um domingo... Na véspera tínhamos passado a noite no Flamengo, não só os dous casais inseparáveis, como ainda o agregado e prima Justina. Foi então que Escobar, falando-me à janela, disse-me que fôssemos lá jantar no dia seguinte; precisávamos falar de um projeto em família, um projeto para os quatro.

— Para os quatro? Uma contradança.

— Não. Não és capaz de adivinhar o que seja, nem eu digo. Vem amanhã.

Sancha não tirava os olhos de nós durante a conversa, ao canto da janela. Quando o marido saiu, veio ter comigo. Perguntou-me de que é que faláramos; disse-lhe que de um projeto que eu não sabia qual fosse; ela pediu-me segredo, e revelou-me o que era: uma viagem à Europa dali a dous anos. Disse isto de costas para dentro, quase suspirando. O mar batia com grande força na praia; havia ressaca.

— Vamos todos? perguntei por fim.

— Vamos.

Sancha ergueu a cabeça e olhou para mim com tanto prazer que eu, graças às relações dela e Capitu, não se me daria beijá-la na testa. Entretanto, os olhos de Sancha não convidavam a expansões fraternais, pareciam quentes e intimativos, diziam outra cousa, e não tardou que se afastassem da janela, onde eu fiquei olhando para o mar, pensativo. A noite era clara.

Dali mesmo busquei os olhos de Sancha, ao pé do piano; encontrei-os em caminho. Pararam os quatro e ficaram diante uns dos outros, uns esperando que os outros passassem, mas nenhuns passavam. Tal se dá na rua entre dous teimosos. A cautela desligou-nos; eu tornei a voltar-me para fora. E assim posto entrei a cavar na memória se alguma vez olhara para ela com a mesma expressão, e fiquei incerto. Tive uma certeza só, é que um dia pensei nela, como se pensa na bela desconhecida que passa; mas então dar-se-ia que ela adivinhando... Talvez o simples pensamento me transluzisse cá fora, e ela me fugisse outrora irritada ou acanhada, e agora por um movimento invencível... Invencível; esta palavra foi como uma benção de padre à missa, que a gente recebe e repete em si mesma.

— O mar amanhã está de desafiar a gente, disse-me a voz de Escobar, ao pé de mim.

— Você entra no mar amanhã?

— Tenho entrado com mares maiores, muito maiores. — Você não imagina o que é um bom mar em hora bravia. É preciso nadar bem, como eu, e ter estes pulmões, — disse ele batendo no peito, e estes braços; apalpa.

Apalpei-lhe os braços, como se fossem os de Sancha. Custa-me esta confissão, mas não posso suprimi-la; era jarretar a verdade. Nem só os apalpei com essa ideia, mas ainda senti outra cousa: achei-os mais grossos e fortes que os meus, e tive-lhes inveja; acresce que sabiam nadar.

Quando saímos, tornei a falar com os olhos à dona da

casa. A mão dela apertou muito a minha, e demorou-se mais que de costume.

A modéstia pedia então, como agora, que eu visse naquele gesto de Sancha uma sanção ao projeto do marido e um agradecimento. Assim devia ser, mas um fluido particular que me correu todo o corpo desviou de mim a conclusão que deixo escrita. Senti ainda os dedos de Sancha entre os meus, apertando uns aos outros. Foi um instante de vertigem e de pecado. Passou depressa no relógio do tempo; quando cheguei o relógio ao ouvido, trabalhavam só os minutos da virtude e da razão.

— ... Uma senhora deliciosíssima, concluiu José Dias um discurso que vinha fazendo.

— Deliciosíssima! repeti com algum ardor, que moderei logo, emendando-me: Realmente, uma bela noite!

— Como devem ser todas as daquela casa, continuou o agregado. Cá fora, não; cá fora o mar está zangado; escute.

Ouvia-se o mar forte, — como já se ouvia de casa, — a ressaca era grande, e, à distância, viam-se crescer as ondas. Capitu e prima Justina, que iam adiante, detiveram-se numa das voltas da praia, e fomos conversando os quatro; mas eu conversava mal. Não havia meio de esquecer inteiramente a mão de Sancha nem os olhos que trocamos. Agora achava-lhes isto, agora aquilo. Os instantes do diabo intercalavam-se nos minutos de Deus, e o relógio foi assim marcando alternativamente a minha perdição e a minha salvação. José Dias despediu-se de nós à porta. Prima Justina dormiu em nossa casa; iria embora, no dia seguinte, depois do almoço e da missa. Eu recolhi-me ao meu gabinete, onde me demorei mais que de costume.

O retrato de Escobar, que eu tinha ali, ao pé do de minha mãe, falou-me como se fosse a própria pessoa. Combati sinceramente os impulsos que trazia do Flamengo; rejeitei a figura da mulher do meu amigo, e chamei-me desleal. Demais, quem me afirmava que houvesse alguma intenção daquela espécie no gesto da despedida e nos anteriores? Tudo podia ligar-se ao interesse da nossa viagem. Sancha e Capitu eram tão amigas que seria um prazer mais para elas irem juntas. Quando houvesse alguma intenção sexual, quem me provaria que não era mais que uma sensação fulgurante, destinada a morrer com a noite e o sono? Há remorsos que não nascem de outro pecado, nem tem maior duração. Agarrei-me a esta hipótese que se conciliava com a mão de Sancha, que eu sentia de memória dentro da minha mão, quente e demorada, apertada e apertando...

Sinceramente, eu achava-me mal entre um amigo e a atração. A timidez pode ser que fosse outra causa daquela crise; não é só o céu que dá as nossas virtudes, a timidez também, não contando o acaso, mas o acaso é um mero acidente; a melhor origem delas é o céu. Entretanto, como a timidez vem do céu, que nos dá a compleição, a virtude, filha dela é, genealogicamente, o mesmo sangue celestial. Assim refletiria, se pudesse; mas a princípio vaguei à toa. Paixão não era nem inclinação. Capricho seria ou quê? Ao fim de vinte minutos era nada, inteiramente nada. O retrato de Escobar pareceu falar-me; vi-lhe a atitude franca e simples, sacudi a cabeça e fui deitar-me.

CXIX
Não faça isso, querida

A leitora, que é minha amiga e abriu este livro com o fim de descansar a cavatina de ontem para a valsa de hoje, quer fechá-lo às pressas, ao ver que beiramos um abismo. Não faça isso, querida; eu mudo de rumo.

CXX
Os autos

Na manhã seguinte acordei livre das abominações da véspera; chamei-lhes alucinações, tomei café, percorri os jornais e fui estudar uns autos. Capitu e prima Justina saíram para a missa das nove, na Lapa. A figura de Sancha desapareceu inteiramente no meio das alegações da parte adversa, que eu ia lendo nos autos, alegações falsas, inadmissíveis, sem apoio na lei nem nas praxes. Vi que era fácil ganhar a demanda; consultei Dalloz, Pereira e Souza...

Uma só vez olhei para o retrato de Escobar. Era uma bela fotografia tirada um ano antes. Estava de pé, sobrecasaca abotoada, a mão esquerda no dorso de uma cadeira, a direita metida ao peito, o olhar ao longe para a esquerda do espectador. Tinha garbo e naturalidade. A moldura que lhe mandei pôr não encobria a dedicatória, escrita embaixo, não nas costas do cartão: "Ao meu querido Bentinho o seu querido Escobar 20-4-70". Estas palavras fortaleceram-me os pensamentos daquela manhã, e espancaram de todo as recordações da véspera. Naquele tempo a minha vista era boa; eu podia lê-las do lugar em que estava. Tornei aos autos.

CXXI
A catástrofe

No melhor deles, ouvi passos precipitados na escada, a campainha soou, soaram palmas, golpes na cancela, vozes, acudiram todos, acudi eu mesmo. Era um escravo da casa de Sancha que me chamava:

— Para ir lá... sinhô nadando, sinhô morrendo.

Não disse mais nada, ou eu não lhe ouvi o resto. Vesti-me, deixei recado a Capitu e corri ao Flamengo.

Em caminho, fui adivinhando a verdade. Escobar meteu-se a nadar, como usava fazer, arriscou-se um pouco mais fora que de costume, apesar do mar bravio, foi enrolado e morreu. As canoas que acudiram mal puderam trazer-lhe o cadáver.

CXXII
O enterro

A viúva... Poupo-vos as lágrimas da viúva, as minhas, as da outra gente. Saí de lá cerca de onze horas; Capitu e prima Justina esperavam-me, uma com o parecer abatido e estúpido, outra enfastiada apenas.

— Vão fazer companhia à pobre Sanchinha; eu vou cuidar do enterro.

Assim fizemos. Quis que o enterro fosse pomposo, e a afluência dos amigos foi numerosa. Praia, ruas, praça da Glória, tudo eram carros, muitos deles particulares. A casa, não sendo grande, não podiam lá caber todos; muitos estavam na praia, falando do desastre, apontando o lugar em que Escobar falecera, ouvindo referir a chegada do morto. José Dias ouviu também falar dos negócios do finado, divergindo alguns na avaliação dos bens, mas havendo acordo em que o passivo devia ser pequeno. Elogiavam as qualidades de Escobar. Um ou outro discutia o recente gabinete Rio Branco; estávamos em março de 1871. Nunca me esqueceu o mês nem o ano.

Como eu houvesse resolvido falar no cemitério, escrevi algumas linhas e mostrei-as em casa a José Dias, que as achou realmente dignas do morto e de mim. Pediu-me o papel, recitou lentamente o discurso, pesando as palavras, e confirmou a primeira opinião; no Flamengo espalhou a notícia. Alguns conhecidos vieram interrogar-me:

— Então, vamos ouvi-lo?

— Quatro palavras.

Poucas mais seriam. Tinha-as escrito com receio de que a emoção me impedisse de improvisar. No tílburi em que andei uma ou duas horas, não fizera mais que recordar o tempo do seminário, as relações de Escobar, as nossas simpatias, a nossa amizade, começada, continuada e nunca interrompida, até que um lance da fortuna fez separar para sempre duas criaturas que prometiam ficar por muito tempo unidas. De quando em quando enxugava os olhos. O cocheiro aventurou duas ou três perguntas sobre a minha situação moral; não me arrancando nada, continuou o seu ofício. Chegando a casa, deitei aquelas emoções ao papel; tal seria o discurso.

CXXIII
Olhos de ressaca

Enfim, chegou a hora da encomendação e da partida. Sancha quis despedir-se do marido, e o desespero daquele lance consternou a todos. Muitos homens choravam também, as mulheres todas. Só Capitu, amparando a viúva, parecia vencer-se a si mesma. Consolava a outra, queria arrancá-la dali. A confusão era geral. No meio dela, Capitu olhou alguns instantes para o cadáver tão fixa, tão apaixonadamente fixa, que não admira lhe saltassem algumas lágrimas poucas e caladas...

As minhas cessaram logo. Fiquei a ver as dela; Capitu enxugou-as depressa, olhando a furto para a gente que estava na sala. Redobrou de carícias para a amiga, e quis levá-la; mas o cadáver parece que a retinha também. Momento houve em que os olhos de Capitu fitaram o defunto, quais os da viúva, sem o pranto nem palavras desta, mas grandes e abertos, como a vaga do mar lá fora, como se quisesse tragar também o nadador da manhã.

CXXIV
O discurso

— Vamos, são horas...

Era José Dias que me convidava a fechar o ataúde. Fechamo-lo, e eu peguei numa das argolas; rompeu o alarido final. Palavra que, quando cheguei à porta, vi o sol claro, tudo gente e carros, as cabeças descobertas, tive um daqueles meus impulsos que nunca chegavam à execução: foi atirar à rua caixão, defunto e tudo. No carro disse a José Dias que se calasse. No cemitério tive de repetir a cerimônia da casa, desatar as correias, e ajudar a levar o féretro à cova. O que isto me custou imagina. Descido o cadáver à cova, trouxeram a cal e a pá; sabes disto, terás ido a mais de um enterro, mas o que não sabes nem pode saber nenhum dos teus amigos, leitor, ou qualquer outro estranho, é a crise que me tomou quando vi todos os olhos em mim, os pés quietos, as orelhas atentas, e, ao cabo de alguns instantes de total silêncio, um sussurro vago, algumas vozes interrogativas, sinais, e alguém, José Dias, que me dizia ao ouvido:

— Então, fale.

Era o discurso. Queriam o discurso. Tinham jus ao discurso anunciado. Maquinalmente, meti a mão no bolso, saquei o papel e li-o aos trambolhões, não todo, nem seguido, nem claro; a voz parecia-me entrar em vez de sair, as mãos tremiam-me. Não era só a emoção nova que me fazia assim, era o próprio texto, as memórias do amigo, as saudades confessadas, os louvores à pessoa e aos seus méritos; tudo isto que eu era obrigado a dizer e dizia mal. Ao mesmo tempo, temendo que me adivinhassem a verdade, forcejava por escondê-la bem. Creio que poucos me ouviram, mas o gesto geral foi de compreensão e de aprovação. As mãos que me deram a apertar eram de solidariedade; alguns diziam: "Muito bonito! Muito bem! Magnífico!". José Dias achou que a eloquência estivera na altura da piedade. Um homem, que me pareceu jornalista, pediu-me licença para levar o manuscrito e imprimi-lo. Só a minha grande turvação recusaria um obséquio tão simples.

CXXV
Uma comparação

Príamo julga-se o mais infeliz dos homens, por beijar a mão daquele que lhe matou o filho. Homero é que relata isto, e é um bom autor, não obstante contá-lo em verso, mas há narrações exatas em verso, e até mau verso. Compara tu a situação de Príamo com a minha; eu acabava de louvar as virtudes do homem que recebera defunto aqueles olhos... É impossível que algum Homero não tirasse da minha situação muito melhor efeito, ou quando menos, igual. Nem digas que nos faltam Homeros, pela causa apontada em Camões; não, senhor, faltam-nos, é certo, mas é porque os Príamos procuram a sombra e o silêncio. As lágrimas, se as têm, são enxugadas atrás da porta, para que as caras apareçam limpas e serenas; os discursos são antes de alegria que de melancolia, e tudo passa como se Aquiles não matasse Heitor.

CXXVI
Cismando

Pouco depois de sair do cemitério, rasguei o discurso e deitei os pedaços pela portinhola fora, sem embargo dos esforços de José Dias para impedi-lo.

— Não presta para nada, disse-lhe eu, e como posso ter a tentação de dá-lo a imprimir, fica já destruído de uma vez. Não presta, não vale nada.

José Dias demonstrou longamente o contrário, depois elogiou o enterro, e por último fez o panegírico do morto, uma grande alma, espírito ativo, coração reto, amigo, bom amigo, digno da esposa amantíssima que Deus lhe dera...

Neste ponto do discurso, deixei-o falar sozinho e peguei a cismar comigo. O que cismei foi tão escuro e confuso que não me deixou tomar pé. No Catete mandei parar o carro, disse a José Dias que fosse buscar as senhoras ao Flamengo e as levasse para casa; eu iria a pé.

— Mas...

— Vou fazer uma visita.

A razão disto era acabar de cismar, e escolher uma resolução que fosse adequada ao momento. O carro andaria mais depressa que as pernas; estas iriam pausadas ou não, podiam afrouxar o passo, parar, arrepiar caminho, e deixar que a cabeça cismasse à vontade. Fui andando e cismando. Tinha já comparado o gesto de Sancha na véspera e o desespero daquele dia; eram inconciliáveis. A viúva era realmente amantíssima. Assim se desvaneceu de todo a ilusão da minha vaidade. Não seria o mesmo caso de Capitu? Cuidei de recompor-lhe os olhos, a posição em que a vi, o ajuntamento de pessoas que devia naturalmente impor-lhe a dissimulação, se houvesse algo que dissimular. O que aqui vai pôr ordem lógica e dedutiva, tinha sido antes uma barafunda de ideias e sensações, graças aos solavancos do carro e às interrupções de José Dias. Agora, porém, raciocinava e evocava claro e bem. Concluí de mim para mim que era a antiga paixão que me ofuscava ainda e me fazia desvairar como sempre.

Quando cheguei a esta conclusão final, chegava também à porta de casa, mas voltei para trás, e subi outra vez a rua do Catete. Eram as dúvidas que me afligiam ou a necessidade de afligir Capitu com a minha grande demora? Ponhamos que eram as duas causas; andei largo espaço, até que me senti sossegar, e endireitei para casa. Batiam oito horas numa padaria.

CXXVII
O barbeiro

Perto de casa, havia um barbeiro, que me conhecia de vista, amava a rabeca e não tocava inteiramente mal. Na ocasião em que ia passando, executava não sei que peça. Parei na calçada a ouvi-lo (tudo são pretextos a um coração agoniado), ele viu-me, e continuou a tocar. Não atendeu a um freguês, e logo a outro, que ali foram, a despeito da hora e de ser domingo, confiar-lhe as caras à navalha. Perdeu-os sem perder uma nota; ia tocando para mim. Esta consideração fez-me chegar francamente à porta da loja, voltado para ele. Ao fundo, levantando a cortina de chita que fechava o interior da casa, vi apontar uma moça trigueira, vestido claro, flor no cabelo. Era a mulher dele; creio que me descobriu de dentro, e veio agradecer-me com a presença o favor que eu fazia ao marido. Se me não engano, chegou a dizê-lo com os olhos. Quanto ao marido, tocava agora com mais calor; sem ver a mulher, sem ver fregueses, grudava a face ao instrumento, passava a alma ao arco, e tocava, tocava...

Divina arte! Ia-se formando um grupo, deixei a porta da loja e vim andando para casa; enfiei pelo corredor e subi as escadas sem estrépito. Nunca me esqueceu o caso deste barbeiro, ou por estar ligado a um momento grave da minha vida, ou por esta máxima, que os compiladores podem tirar daqui e inserir nos compêndios de escola. A máxima é que a gente esquece devagar as boas ações que pratica, e verdadeiramente não as esquece nunca. Pobre barbeiro! Perdeu duas barbas naquela noite, que eram o pão do dia seguinte, tudo para ser ouvido de um transeunte. Supõe agora que este, em vez de ir-se embora, como eu fui, ficava à porta a ouvi-lo e a namorar-lhe a mulher; então é que ele, todo arco, todo rabeca, tocaria desesperadamente. Divina arte!

CXXVIII
Punhado de sucessos

Como ia dizendo, subi as escadas sem estrépito, empurrei a cancela, que estava apenas encostada, e dei com prima Justina e José Dias jogando cartas na saleta próxima. Capitu levantou-se do canapé e veio a mim. O rosto dela era agora sereno e puro. Os outros suspenderam o jogo, e todos falamos do desastre e da viúva. Capitu censurou a imprudência de Escobar, e não dissimulou a tristeza que lhe trazia a dor da amiga. Perguntei-lhe por que não ficara com Sancha aquela noite.

— Tem lá muita gente; ainda assim ofereci-me, mas não quis. Também lhe disse que era melhor vir para cá, e passar aqui uns dias conosco.

— Também não quis?

— Também não.

— Entretanto, a vista do mar há de ser-lhe penosa, todas as manhãs, ponderou José Dias, e não sei como poderá...

— Mas, passa; o que é que não passa? atalhou prima Justina.

E como em torno desta ideia, começássemos uma troca de palavras, Capitu saiu para ir ver se o filho dormia. Ao passar pelo espelho, concertou os cabelos tão demoradamente que pareceria afetação, se não soubéssemos que ela era muito amiga de si. Quando tornou trazia os olhos vermelhos; disse-nos que, ao mirar o filho dormindo pensara na filhinha de Sancha, e na aflição da viúva. E, sem se lhe dar das visitas, nem reparar se havia algum criado, abraçou-me e disse-me que, se quisesse pensar nela, era preciso pensar primeiro na minha vida. José Dias achou a frase "lindíssima", e perguntou a Capitu por que é que não fazia versos. Tentei meter o caso à bulha, e assim acabamos a noite.

No dia seguinte, arrependi-me de haver rasgado o discurso, não que quisesse dá-lo a imprimir, mas era lembrança do finado. Pensei em recompô-lo, mas só achei frases soltas, que uma vez juntas não tinham sentido. Também pensei em fazer outro, mas era já difícil, e podia ser apanhado em falso pelos que me tinham ouvido no cemitério. Quanto a recolher os pedacinhos de papel deitados à rua, era tarde; estariam já varridos.

Inventariei as lembranças de Escobar, livros, um tinteiro de bronze, uma bengala de marfim, um pássaro, o álbum de Capitu, duas paisagens do Paraná e outras. Também ele as possuía de minha mão. Vivemos assim a trocar memórias e regalos, ora em dia de anos, ora sem razão particular. Tudo isso me empanava os olhos... Vieram os jornais do dia: davam notícia do desastre e da morte de Escobar, os estudos e os negócios deste, as qualidades pessoais, a simpatia do comércio, e também falavam dos bens deixados, da mulher e da filha. Tudo isso foi na segunda-feira. Na terça-feira foi aberto o testamento, que me nomeava segundo testamenteiro; o primeiro lugar cabia à mulher. Não me deixava nada, mas as palavras que me escrevera em carta separada eram sublimes de amizade e estima. Capitu desta vez chorou muito; mas compôs-se depressa.

Testamento, inventário, tudo andou quase tão depressa como aqui vai dito. Ao cabo de pouco tempo, Sancha retirou-se para a casa dos parentes no Paraná.

CXXIX
A dona Sancha

Dona Sancha, peço-lhe que não leia este livro; ou, se o houver lido até aqui, abandone o resto. Basta fechá-lo; melhor será queimá-lo, para lhe não dar tentação e abri-lo outra vez. Se, apesar do aviso, quiser ir até o fim, a culpa é sua; não respondo pelo mal que receber. O que já lhe tiver feito, contando os gestos daquele sábado, esse acabou, uma vez que os acontecimentos, e eu com eles, desmentimos a minha ilusão; mas o que agora a alcançar, esse é indelével. Não, amiga minha, não leia mais. Vá envelhecendo, sem marido nem filha, que eu faço a mesma cousa, e é ainda o melhor que se pode fazer depois da mocidade. Um dia, iremos daqui até a porta do céu, onde nos encontraremos renovados, como as plantas novas, *come piante novele,*

Rinovellate di novelle fronde.

O resto em Dante.

CXXX
Um dia...

Porquanto, um dia Capitu quis saber o que é que me fazia andar calado e aborrecido. E propôs-me a Europa, Minas, Petrópolis, uma série de bailes, mil desses remédios aconselhados aos melancólicos. Eu não sabia que lhe respondesse; recusei as diversões. Como insistisse, repliquei-lhe que os meus negócios andavam mal. Capitu sorriu para animar-me. E que tinha que andassem mal? Tornariam a andar bem, e até lá as joias, os objetos de algum valor seriam vendidos, e iríamos residir em algum beco. Viveríamos sossegados e esquecidos; depois tornaríamos à tona da água. A ternura com que me disse isto era de comover as pedras. Pois nem assim. Respondi-lhe secamente que não era preciso vender nada. Deixei-me estar calado e aborrecido. Ela propôs-me jogar cartas ou damas, um passeio a pé, uma visita a Matacavalos; e, como eu não aceitasse nada, foi para a sala, abriu o piano, e começou a tocar; eu aproveitei a ausência, peguei do chapéu e saí.

... Perdão, mas este capítulo devia ser precedido de outro, em que contasse um incidente, ocorrido poucas semanas antes, dous meses depois da partida de Sancha. Vou escrevê-lo; podia antepô-lo a este, antes de mandar o livro ao prelo, mas custa muito alterar o número das páginas; vai assim mesmo, depois a narração seguirá direita até o fim. Demais, é curto.

CXXXI
Anterior ao anterior

Foi o caso que a minha vida era outra vez doce e plácida, a banca do advogado rendia-me bastante, Capitu estava mais bela, Ezequiel ia crescendo. Começava o ano de 1872.

— Você já reparou que Ezequiel tem nos olhos uma expressão esquisita? perguntou-me Capitu. Só vi duas pessoas assim, um amigo de papai e o defunto Escobar. Olha, Ezequiel; olha firme, assim, vira para o lado de papai, não precisa revirar os olhos, assim, assim...

Era depois de jantar; estávamos ainda à mesa, Capitu brincava com o filho, ou ele com ela, ou um com outro, porque, em verdade, queriam-se muito, mas é também certo que ele me queria ainda mais a mim. Aproximei-me de Ezequiel, achei que Capitu tinha razão; eram os olhos de Escobar, mas não me pareceram esquisitos por isso. Afinal não haveria mais que meia dúzia de expressões no mundo, e muitas semelhanças se dariam naturalmente. Ezequiel não entendeu nada, olhou espantado para ela e para mim, e afinal saltou-me ao colo:

— Vamos passear, papai?

— Logo, meu filho.

Capitu, alheia a ambos, fitava agora a outra borda da mesa; mas, dizendo-lhe eu que, na beleza, os olhos de Ezequiel saíam aos da mãe, Capitu sorriu abanando a cabeça com um ar que nunca achei em mulher alguma, provavelmente porque não gostei tanto das outras. As pessoas valem o que vale a afeição da gente, e é daí que mestre Povo tirou aquele adágio que quem o feio ama bonito lhe parece. Capitu tinha meia dúzia de gestos únicos na terra. Aquele entrou-me pela alma dentro. Assim fica explicado que eu corresse à minha esposa e amiga e lhe enchesse a cara de beijos; mas este outro incidente não é radicalmente necessário à compreensão do capítulo passado e dos futuros; fiquemos nos olhos de Ezequiel.

CXXXII
O debuxo e o colorido

Nem só os olhos, mas as restantes feições, a cara, o corpo, a pessoa inteira, iam-se apurando com o tempo. Eram como um debuxo primitivo que o artista vai enchendo e colorindo aos poucos, e a figura entra a ver, sorrir, palpitar, falar quase, até que a família pendura o quadro na parede, em memória do que foi e já não pode ser. Aqui podia ser e era. O costume valeu muito contra o efeito da mudança; mas a mudança fez-se, não à maneira de teatro, fez-se como a manhã que aponta vagarosa, primeiro que se possa ler uma carta, depois lê-se a carta na rua, em casa, no gabinete, sem abrir as janelas; a luz coada pelas persianas basta a distinguir as letras. Li a carta, mal a princípio e não toda, depois fui lendo melhor. Fugia-lhe, é certo, metia o papel no bolso, corria a casa, fechava-me, não abria as vidraças, chegava a fechar os olhos. Quando novamente abria os olhos e a carta, a letra era clara e a notícia claríssima.

Escobar vinha assim surgindo da sepultura, do seminário e do Flamengo para se sentar comigo à mesa, receber-me na escada, beijar-me no gabinete de manhã, ou pedir-me à noite a benção do costume. Todas essas ações eram repulsivas; eu tolerava-as e praticava-as, para me não descobrir a mim mesmo e ao mundo. Mas o que pudesse dissimular ao mundo, não podia fazê-lo a mim, que vivia mais perto de mim que ninguém. Quando nem mãe nem filho estavam comigo o meu desespero era grande, e eu jurava matá-los a ambos, ora de golpe, ora devagar, para dividir pelo tempo da morte todos os minutos da vida embaçada e agoniada. Quando, porém, tornava a casa e via no alto da escada a criaturinha que me queria e esperava, ficava desarmado e diferia o castigo de um dia para outro.

O que se passava entre mim e Capitu naqueles dias sombrios, não se notará aqui, por ser tão miúdo e repetido, e já tão tarde que não se poderá dizê-lo sem falha nem canseira. Mas o principal irá. E o principal é que os nossos temporais eram agora contínuos e terríveis. Antes de descoberta aquela má terra da verdade, tivemos outros de pouca dura; não tardava que o céu se fizesse azul, o sol claro e o mar chão, por onde abríamos novamente as velas que nos levavam às ilhas e costas mais belas do universo, até que outro pé de vento desbaratava tudo, e nós, postos à capa, esperávamos outra bonança, que não era tardia nem dúbia, antes total, próxima e firme.

Releva-me estas metáforas; cheiram ao mar e à maré que deram morte ao meu amigo e comborço Escobar. Cheiram também aos olhos de ressaca de Capitu. Assim, posto sempre fosse homem de terra, conto aquela parte da minha vida, como um marujo contaria o seu naufrágio.

Já entre nós só faltava dizer a palavra última; nós a líamos, porém, nos olhos um do outro, vibrante e decisiva, e sempre que Ezequiel vinha para nós não fazia mais que separar-nos. Capitu propôs metê-lo em um colégio, donde só viesse aos sábados; custou muito ao menino aceitar esta situação.

— Quero ir com papai! Papai há de ir comigo! bradava ele.

Fui eu mesmo que o levei um dia de manhã, uma segunda-feira. Era no antigo largo da Lapa, perto da nossa casa. Levei-o a pé, pela mão, como levara o ataúde do outro. O pequeno ia chorando e fazendo perguntas a cada passo, se voltaria para casa, e quando, e se eu iria vê-lo...

— Vou.

— Papai não vai!

— Vou sim.

— Jura, papai!

— Pois sim.

— Papai não diz que jura.

— Pois juro.

E lá o levei e deixei. A ausência temporária não atalhou o mal, e toda a arte fina de Capitu para fazê-lo atenuar, ao menos, foi como se não fosse; eu sentia-me cada vez pior. A mesma situação nova agravou a minha paixão. Ezequiel vivia agora mais fora da minha vista; mas a volta dele, ao fim das semanas, ou pelo descostume em que eu ficava, ou porque o tempo fosse andando e completando a semelhança, era a volta de Escobar mais vivo e ruidoso. Até a voz; dentro de pouco, já me parecia a mesma. Aos sábados, buscava não jantar em casa e só entrar quando ele estivesse dormindo; mas não escapava ao domingo, no gabinete, quando eu me achava entre jornais e autos. Ezequiel entrava turbulento, expansivo, cheio de riso e de amor, porque o demo do pequeno cada vez morria mais por mim. Eu, a falar verdade, sentia agora uma aversão que mal podia disfarçar, tanto a ela como aos outros. Não podendo encobrir inteiramente esta disposição moral, cuidava de me não fazer encontradiço com ele, ou só o menos que pudesse; ora tinha trabalho que me obrigava a fechar o gabinete, ora saía ao domingo para ir passear pela cidade e arrabaldes o meu mal secreto.

CXXXIII
Uma ideia

Um dia, — era uma sexta-feira, não pude mais. Certa ideia, que negrejava em mim, abriu as asas e entrou a batê-las de um lado para outro, como fazem as ideias que querem sair. O ser sexta-feira creio que foi acaso, mas também pode ter sido propósito; fui educado no terror daquele dia; ouvi cantar baladas em casa, vindas da roça e da antiga metrópole, nas quais a sexta-feira era o dia de agouro. Entretanto, não havendo almanaques no cérebro, é provável que a ideia não batesse as asas senão pela necessidade que sentia de vir ao ar e à vida. A vida é tão bela que a mesma ideia da morte precisa de vir primeiro a ela, antes de se ver cumprida. Já me vás entendendo; lê agora outro capítulo.

CXXXIV
O dia de sábado

A ideia saiu finalmente do cérebro. Era noite, e não pude dormir, por mais que a sacudisse de mim. Também nenhuma noite me passou tão curta. Amanheceu, quando cuidava não ser mais que uma ou duas horas. Sai, supondo deixar a ideia em casa; ela veio comigo. Cá fora tinha a mesma cor escura, as mesmas asas trepidas, e posto avoasse com elas, era como se fosse fixa; eu a levava na retina, não que me encobrisse as cousas externas, mas via-as através dela, com a cor mais pálida que de costume, e sem se demorarem nada.

Não me lembra bem o resto do dia. Sei que escrevi algumas cartas, comprei uma substância, que não digo, para não despertar o desejo de prová-la. A farmácia faliu, é verdade; o dono fez-se banqueiro, e o banco prospera. Quando me achei com a morte no bolso senti tamanha alegria como se acabasse de tirar a sorte grande, ou ainda maior, porque o prêmio da loteria gasta-se, e a morte não se gasta. Fui a casa de minha mãe, com o fim de despedir-me, a título de visita. Ou de verdade ou por ilusão, tudo ali me pareceu melhor nesse dia, minha mãe menos triste, Tio Cosme esquecido do coração, prima Justina da língua. Passei uma hora em paz. Cheguei a abrir mão do projeto. Que era preciso para viver? Nunca mais deixar aquela casa, ou prender aquela hora a mim mesmo...

CXXXV
Otelo

Jantei fora. De noite fui ao teatro. Representava-se justamente *Otelo*, que eu não vira nem lera nunca; sabia apenas o assunto, e estimei a coincidência. Vi as grandes raivas do mouro, por causa de um lenço, — um simples lenço! — e aqui dou matéria à meditação dos psicólogos deste e de outros continentes, pois não me pude furtar à observação de que um lenço bastou a acender os ciúmes de Otelo e compor a mais sublime tragédia deste mundo. Os lenços perderam-se, hoje são precisos os próprios lençóis; alguma vez nem lençóis há, e valem só as camisas. Tais eram as ideias que me iam passando pela cabeça, vagas e turvas, à medida que o mouro rolava convulso, e Iago destilava a sua calúnia. Nos intervalos não me levantava da cadeira; não queria expor-me a encontrar algum conhecido. As senhoras ficavam quase todas nos camarotes, enquanto os homens iam fumar. Então eu perguntava a mim mesmo se alguma daquelas não teria amado alguém que jazesse agora no cemitério, e vinham outras incoerências, até que o pano subia e continuava a peça. O último ato mostrou-me que não eu, mas Capitu devia morrer. Ouvi as súplicas de Desdêmona, as suas palavras amorosas e puras, e a fúria do mouro, e a morte que este lhe deu entre aplausos frenéticos do público.

— E era inocente, vinha eu dizendo rua abaixo; — que faria o público, se ela deveras fosse culpada, tão culpada como Capitu? E que morte lhe daria o mouro? Um travesseiro não bastaria; era preciso sangue e fogo, um fogo intenso e vasto, que a consumisse de todo, e a reduzisse a pó, e o pó seria lançado ao vento, como eterna extinção...

Vaguei pelas ruas o resto da noite. Ceei, é verdade, um quase nada, mas o bastante para ir até à manhã. Vi as últimas horas da noite e as primeiras do dia, vi os derradeiros passeadores e os primeiros varredores, as primeiras carroças, os primeiros ruídos, os primeiros albores, um dia que vinha depois do outro e me veria ir para nunca mais voltar. As ruas que eu andava como que me fugiam por si mesmas. Não tornaria a contemplar o mar da Glória, nem a serra dos Órgãos, nem a fortaleza de Santa Cruz e as outras. A gente que passava não era tanta, como nos dias comuns da semana, mas era já numerosa e ia a algum trabalho, que repetiria depois; eu é que não repetiria mais nada.

Cheguei a casa, abri a porta devagarinho, subi pé ante pé, e meti-me no gabinete; iam dar seis horas. Tirei o veneno do bolso, fiquei em mangas de camisa, e escrevi ainda uma carta, a última, dirigida a Capitu. Nenhuma das outras era para ela; senti necessidade de lhe dizer uma palavra em que lhe ficasse o remorso da minha morte. Escrevi dous textos. O primeiro queimei-o por ser longo e difuso. O segundo continha só o necessário, claro e breve. Não lhe lembrava o nosso passado, nem as lutas havidas, nem alegria alguma; falava-lhe só de Escobar e da necessidade de morrer.

CXXXVI
A xícara de café

O meu plano foi esperar o café, dissolver nele a droga e ingeri-la. Até lá, não tendo esquecido de todo a minha história romana, lembrou-me que Catão, antes de se matar, leu e releu um livro de Platão. Não tinha Platão comigo; mas um tomo truncado de Plutarco, em que era narrada a vida do célebre romano, bastou-me a ocupar aquele pouco tempo, e, para em tudo imitá-lo, estirei-me no canapé. Nem era só imitá-lo nisso; tinha necessidade de incutir em mim a coragem dele, assim como ele precisara dos sentimentos do filósofo, para intrepidamente morrer. Um dos males da ignorância é não ter este remédio à última hora. Há muita gente que se mata sem ele, e nobremente expira; mas estou que muita mais gente poria termo aos seus dias, se pudesse achar essa espécie de cocaína moral dos bons livros. Entretanto, querendo fugir a qualquer suspeita de imitação, lembra-me bem que, para não ser encontrado ao pé de mim o livro de Plutarco, nem ser dada a notícia nas gazetas com a da cor das calças que eu então vestia, assenti de pô-lo novamente no seu lugar, antes de beber o veneno.

O copeiro trouxe o café. Ergui-me, guardei o livro, e fui para a mesa onde ficara a xícara. Já a casa estava em rumores; era tempo de acabar comigo. A mão tremeu-me ao abrir o papel em que trazia a droga embrulhada. Ainda assim tive ânimo de despejar a substância na xícara, e comecei a mexer o café, os olhos vagos, a memória em Desdêmona inocente; o espetáculo da véspera vinha intrometer-se na realidade da manhã. Mas a fotografia de Escobar deu-me o ânimo que me ia faltando; lá estava ele, com mão nas costas da cadeira, a olhar ao longe...

— Acabemos com isto, pensei.

Quando ia beber, cogitei se não seria melhor esperar que Capitu e o filho saíssem para a missa; beberia depois; era melhor. Assim disposto, entrei a passear no gabinete. Ouvi a voz de Ezequiel no corredor, vi-o entrar e correr a mim bradando:

— Papai! Papai!

Leitor, houve aqui um gesto que eu não descrevo por havê-lo inteiramente esquecido, mas crê que foi belo e trágico. Efetivamente, a figura do pequeno fez-me recuar até dar de costas na estante. Ezequiel abraçou-me os joelhos, esticou-se na ponta dos pés, como querendo subir e dar-me o beijo do costume; e repetia, puxando-me:

— Papai! Papai!

CXXXVII
Segundo impulso

Se eu não olhasse para Ezequiel, é provável que não estivesse aqui escrevendo este livro, porque o meu primeiro ímpeto foi correr ao café e bebê-lo. Cheguei a pegar na xícara, mas o pequeno beijava-me a mão, como de costume, e a vista dele, como o gesto, deu-me outro impulso que me custa dizer aqui; mas vá lá, diga-se tudo. Chamem-me embora assassino; não serei eu que os desdiga ou contradiga; o meu segundo impulso foi criminoso. Inclinei-me e perguntei a Ezequiel se já tomara café.

— Já, papai; vou à missa com mamãe.

— Toma outra xícara, meia xícara só.

— E papai?

— Eu mando vir mais; anda, bebe!

Ezequiel abriu a boca. Cheguei-lhe a xícara, tão trêmulo que quase a entornei, mas disposto a fazê-la cair pela goela abaixo, caso o sabor lhe repugnasse, ou a temperatura, porque o café estava frio... Mas não sei que senti que me fez recuar. Pus a xícara em cima da mesa, e dei por mim a beijar doidamente a cabeça do menino.

— Papai! Papai! exclamava Ezequiel.

— Não, não, eu não sou teu pai!

CXXXVIII
Capitu que entra

Quando levantei a cabeça, dei com a figura de Capitu diante de mim. Eis aí outro lance, que parecerá de teatro, e é tão natural como o primeiro, uma vez que a mãe e o filho iam à missa, e Capitu não saía sem falar-me. Era já um falar seco e breve; a mor parte das vezes, eu nem olhava para ela. Ela olhava sempre, esperando.

Desta vez, ao dar com ela, não sei se era dos meus olhos, mas Capitu pareceu-me lívida. Seguiu-se um daqueles silêncios, a que, sem mentir, se podem chamar de um século, tal é a extensão do tempo nas grandes crises. Capitu recompôs-se; disse ao filho que se fosse embora, e pediu-me que lhe explicasse...

— Não há que explicar, disse eu.

— Há tudo; não entendo as tuas lágrimas nem as de Ezequiel. Que houve entre vocês?

— Não ouviu o que lhe disse?

Capitu respondeu que ouvira choro e rumor de palavras. Eu creio que ouvira tudo claramente, mas confessá-lo seria perder a esperança do silêncio e da reconciliação; por isso negou a audiência e confirmou unicamente a vista. Sem lhe contar o episódio do café, repeti-lhe as palavras do final do capítulo.

— O quê? perguntou ela como se ouvira mal.

— Que não é meu filho.

Grande foi a estupefação de Capitu, e não menor a indignação que lhe sucedeu, tão naturais ambas que fariam duvidar as primeiras testemunhas de vista do nosso foro. Já ouvi que as há para vários casos, questão de preço; eu não creio, tanto mais que a pessoa que me contou isto acabava de perder uma demanda. Mas, haja ou não testemunhas alugadas, a minha era verdadeira; a própria natureza jurava por si, e eu não queria duvidar dela. Assim que, sem atender à linguagem de Capitu, aos seus gestos, à dor que a retorcia, a cousa nenhuma, repeti as palavras ditas duas vezes com tal resolução que a fizeram afrouxar. Após alguns instantes, disse-me ela:

— Só se pode explicar tal injúria pela convicção sincera; entretanto, você que era tão cioso dos menores gestos, nunca revelou a menor sombra de desconfiança. Que é que lhe deu tal ideia? Diga, — continuou vendo que eu não respondia nada, — diga tudo; depois do que ouvi, posso ouvir o resto, não pode ser muito. Que é que lhe deu agora tal convicção? Ande, Bentinho, fale! fale! Despeça-me daqui, mas diga tudo primeiro.

— Há cousas que se não dizem.

— Que se não dizem só metade; mas já que disse metade, diga tudo.

Tinha-se sentado numa cadeira ao pé da mesa. Podia estar um tanto confusa, o porte não era de acusada. Pedi-lhe ainda uma vez que não teimasse.

— Não, Bentinho, ou conte o resto, para que eu me defenda, se você acha que tenho defesa, ou peço-lhe desde já a nossa separação: não posso mais!

— A separação é cousa decidida, redargui pegando-lhe na proposta. Era melhor que a fizéssemos por meias palavras ou em silêncio; cada um iria com a sua ferida. Uma vez, porém, que a senhora insiste, aqui vai o que lhe posso dizer, e é tudo.

Não disse tudo; mal pude aludir aos amores de Escobar sem proferir-lhe o nome. Capitu não pôde deixar de rir, de um riso que eu sinto não poder transcrever aqui; depois, em um tom juntamente irônico e melancólico:

— Pois até os defuntos! Nem os mortos escapam aos seus ciúmes!

Concertou a capinha e ergueu-se. Suspirou, creio que suspirou, enquanto eu, que não pedia outra cousa mais que a plena justificação dela, disse-lhe não sei que palavras adequadas a este fim. Capitu olhou para mim com desdém, e murmurou:

— Sei a razão disto; é a casualidade da semelhança... A vontade de Deus explicará tudo... Ri-se? É natural; apesar do seminário, não acredita em Deus; eu creio... Mas não falemos nisto; não nos fica bem dizer mais nada.

CXXXIX
A fotografia

Palavra que estive a pique de crer que era vítima de uma grande ilusão, uma fantasmagoria de alucinado; mas a entrada repentina de Ezequiel, gritando: — "Mamãe! Mamãe! É hora da missa!" restituiu-me à consciência da realidade. Capitu e eu, involuntariamente, olhamos para a fotografia de Escobar, e depois um para o outro. Desta vez a confusão dela fez-se confissão pura. Este era aquele; havia por força alguma fotografia de Escobar pequeno que seria o nosso pequeno Ezequiel. De boca, porém, não confessou nada; repetiu as últimas palavras, puxou do filho e saíram para a missa.

CXL
Volta da igreja

Ficando só, era natural pegar do café e bebê-lo. Pois, não, senhor; tinha perdido o gosto à morte. A morte era uma solução; eu acabava de achar outra, tanto melhor quanto que não era definitiva, e deixava a porta aberta à reparação, se devesse havê-la. Não disse *perdão*, mas *reparação*, isto é, justiça. Qualquer que fosse a razão do ato, rejeitei a morte, e esperei o regresso de Capitu. Este foi mais demorado que de costume; cheguei a temer que ela houvesse ido à casa de minha mãe, mas não foi.

— Confiei a Deus todas as minhas amarguras, disse-me Capitu ao voltar da igreja; ouvi dentro de mim que a nossa separação é indispensável, e estou às suas ordens.

Os olhos com que me disse isto eram embuçados, como espreitando um gesto de recusa ou de espera. Contava com a minha debilidade ou com a própria incerteza em que eu podia estar da paternidade do outro, mas falhou tudo. Acaso haveria em mim um homem novo, um que aparecia agora, desde que impressões novas e fortes o descobriam? Nesse caso era um homem apenas encoberto. Respondi-lhe que ia pensar, e faríamos o que eu pensasse. Em verdade vos digo que tudo estava pensado e feito.

No intervalo, evocara as palavras do finado Gurgel, quando me mostrou em casa dele o retrato da mulher, parecido com Capitu. Hás de lembrar-te delas; se não, relê o capítulo, cujo número não ponho aqui, por não me lembrar já qual seja, mas não fica longe. Reduzem-se a dizer que há tais semelhanças inexplicáveis... Pelo dia adiante, e nos outros dias, Ezequiel ia ter comigo ao gabinete, e as feições do pequeno davam ideia clara das do outro, ou eu ia atentando mais nelas. De envolta, lembravam-me episódios vagos e remotos, palavras, encontros e incidentes, tudo em que a minha cegueira não pôs malícia, e a que faltou o meu velho ciúme. Uma vez em que os fui achar sozinhos e calados, um segredo que me fez rir, uma palavra dela sonhando, todas essas reminiscências vieram vindo agora, em tal atropelo que me atordoaram... E por que os não enganei um dia, quando desviei os olhos da rua onde estavam duas andorinhas trepadas no fio telegráfico? Dentro, as minhas outras andorinhas estavam trepadas no ar, os olhos enfiados nos olhos, mas tão cautelosos que se desenfiaram logo, dizendo-me uma palavra amiga e alegre. Contei-lhes o namoro das andorinhas de fora, e acharam-lhe graça; Escobar declarou que, para ele, seria melhor se as andorinhas, em vez de trepadas no fio de arame, estivessem à mesa do jantar cozidas. "Nunca comi os ninhos delas, continuou, mas devem ser bons, se os chins os inventaram." E ficamos a tratar dos chins e dos clássicos que falaram deles, enquanto Capitu, confessando que a aborrecíamos, foi a outros cuidados. Agora lembrava-me tudo o que então me pareceu nada.

CXLI
A solução

Aqui está o que fizemos. Pegamos em nós e fomos para a Europa, não passear, nem ver nada, novo nem velho; paramos na Suíça. Uma professora do Rio-Grande, que foi conosco, ficou de companhia a Capitu, ensinando a língua materna a Ezequiel, que aprenderia o resto nas escolas do país. Assim regulada a vida, tornei ao Brasil.

Ao cabo de alguns meses, Capitu começara a escrever-me cartas, a que respondi com brevidade e sequidão. As dela eram submissas, sem ódio, acaso afetuosas, e para o fim saudosas; pedia-me que a fosse ver. Embarquei um ano depois, mas não a procurei, e repeti a viagem com o mesmo resultado. Na volta, os que se lembravam dela, queriam notícias, e eu dava-lhas, como se acabasse de viver com ela; naturalmente as viagens eram feitas com o intuito de simular isto mesmo, e enganar a opinião. Um dia, finalmente...

CXLII
Uma santa

Entenda-se que, se nas viagens que fiz à Europa, José Dias não foi comigo, não é que lhe faltasse vontade; ficava de companhia a Tio Cosme, quase inválido, e a minha mãe, que envelheceu depressa. Também ele estava velho, posto que rijo. Ia a bordo despedir-se de mim, e as palavras que me dizia, os gestos de lenço, os próprios olhos que enxugava eram tais que me comoviam também. A última vez não foi a bordo.

— Venha...

— Não posso.

— Está com medo?

— Não; não posso. Agora, adeus, Bentinho, não sei se me verá mais; creio que vou para a outra Europa, a eterna...

Não foi logo; minha mãe embarcou primeiro. Procura no cemitério de São João Batista uma sepultura sem nome, com esta única indicação: *Uma santa*. É aí. Fiz fazer essa inscrição com alguma dificuldade. O escultor achou-a esquisita; o administrador do cemitério consultou o vigário da paróquia; este ponderou-me que as santas estão no altar e no céu.

— Mas, perdão, atalhei, eu não quero dizer que naquela sepultura está uma canonizada. A minha ideia é dar com tal palavra uma definição terrena de todas as virtudes que a finada possuiu na vida. Tanto é assim que, sendo a modéstia uma delas, desejo conservá-la póstuma, não lhe escrevendo o nome.

— Todavia, o nome, a filiação, as datas...

— Quem [se] importará com datas, filiação, nem nomes, depois que eu acabar?

— Quer dizer que era uma santa senhora, não?

— Justamente. O protonotário Cabral, se fosse vivo, confirmaria aqui o que lhe digo.

— Nem eu contesto a verdade, hesito só na fórmula. Conheceu então o protonotário?

— Conheci-o. Era um padre-modelo.

— Bom canonista, bom latinista, pio e caridoso, continuou o vigário.

— E possuía algumas prendas de sociedade, disse eu; lá em casa sempre ouvi que era insigne parceiro ao gamão...

— Tinha muito bom dado! suspirou lentamente o vigário. Um dado de mestre!

— Então, parece-lhe...?

— Uma vez que não há outro sentido, nem poderia havê-lo, sim, senhor, admite-se...

José Dias assistiu a estas diligências, com grande melancolia. No fim, quando saímos, disse mal do padre, chamou-lhe meticuloso. Só lhe achava desculpa por não ter conhecido minha mãe, nem ele nem os outros homens do cemitério.

— Não a conheceram; se a conhecessem mandariam esculpir *santíssima*.

CXLIII
O último superlativo

Não foi o último superlativo de José Dias. Outros teve que não vale a pena escrever aqui, até que veio o último, o melhor deles, o mais doce, o que lhe fez da morte um pedaço de vida. Já então morava comigo; posto que minha mãe lhe deixasse uma pequena lembrança, veio dizer-me que, com legado ou sem ele, não se separaria de mim. Talvez a esperança dele fosse enterrar-me. Correspondia-se com Capitu, a quem pedia que lhe mandasse o retrato de Ezequiel; mas Capitu ia adiando a remessa de correio a correio, até que ele não pediu mais nada, a não ser o coração do jovem estudante; pedia-lhe também que não deixasse de falar a Ezequiel no velho amigo do pai e do avô, "destinado pelo céu a amar o mesmo sangue". Era assim que ele preparava os cuidados da terceira geração; mas a morte veio antes de Ezequiel. A doença foi rápida. Mandei chamar um médico homeopata.

— Não, Bentinho, disse ele; basta um alopata; em todas as escolas se morre. Demais, foram ideias da mocidade, que o tempo levou; converto-me à fé de meus pais. A alopatia é o catolicismo da medicina...

Morreu sereno, após uma agonia curta. Pouco antes ouviu que o céu estava lindo, e pediu que abríssemos a janela.

— Não, o ar pode fazer-lhe mal.

— Que mal? Ar é vida.

Abrimos a janela. Realmente, estava um céu azul e claro. José Dias soergueu-se e olhou para fora; após alguns instantes, deixou cair a cabeça, murmurando: Lindíssimo! Foi a última palavra que proferiu neste mundo. Pobre José Dias! Por que hei de negar que chorei por ele?

CXLIV
Uma pergunta tardia

Assim chorem por mim todos os olhos de amigos e amigas que deixo neste mundo, mas não é provável. Tenho-me feito esquecer. Moro longe e saio pouco. Não é que haja efetivamente ligado as duas pontas da vida. Esta casa do Engenho Novo, conquanto reproduza a de Matacavalos, apenas me lembra aquela, e mais por efeito de comparação e de reflexão que de sentimento. Já disse isto mesmo.

Hão de perguntar-me por que razão, tendo a própria casa velha, na mesma rua antiga, não impedi que a demolissem e vim reproduzi-la nesta. A pergunta devia ser feita a princípio, mas aqui vai a resposta. A razão é que, logo que minha mãe morreu, querendo ir para lá, fiz primeiro uma longa visita de inspeção por alguns dias, e toda a casa me desconheceu. No quintal a aroeira e a pitangueira, o poço, a caçamba velha e o lavadouro, nada sabia de mim. A casuarina era a mesma que eu deixara ao fundo, mas o tronco, em vez de reto, como outrora, tinha agora um ar de ponto de interrogação; naturalmente pasmava do intruso. Corri os olhos pelo ar, buscando algum pensamento que ali deixasse, e não achei nenhum. Ao contrário, a ramagem começou a sussurrar alguma cousa que não entendi logo, e parece que era a cantiga das manhãs novas. Ao pé dessa música sonora e jovial, ouvi também o grunhir dos porcos, espécie de troça concentrada e filosófica.

Tudo me era estranho e adverso. Deixei que demolissem a casa, e, mais tarde, quando vim para o Engenho Novo, lembrou-me fazer esta reprodução por explicações que dei ao arquiteto segundo contei em tempo.

CXLV
O regresso

Ora, foi já nesta casa que um dia, estando a vestir-me para almoçar, recebi um cartão com este nome:

EZEQUIEL A. DE SANTIAGO

— A pessoa está aí? perguntei ao criado.

— Sim, senhor; ficou esperando.

Não fui logo, logo; fi-lo esperar uns dez ou quinze minutos na sala. Só depois é que me lembrou que cumpria ter certo alvoroço e correr, abraçá-lo, falar-lhe na mãe. A mãe, — creio que ainda não disse que estava morta e enterrada. Estava; lá repousa na velha Suíça. Acabei de vestir-me às pressas. Quando saí do quarto, tomei ares de pai, um pai entre manso e crespo, metade dom Casmurro. Ao entrar na sala, dei com um rapaz, de costas, mirando o busto de Massinissa, pintado na parede. Vim cauteloso, e não fiz rumor. Não obstante, ouviu-me os passos, e voltou-se depressa. Conheceu-me pelos retratos e correu para mim. Não me mexi; era nem mais nem menos o meu antigo e jovem companheiro do seminário de São José, um pouco mais baixo, menos cheio de corpo, e, salvo as cores, que eram vivas, o mesmo rosto do meu amigo. Trajava à moderna, naturalmente, e as maneiras eram diferentes, mas o aspecto geral reproduzia a pessoa morta. Era o próprio, o exato, o verdadeiro Escobar. Era o meu comborço; era o filho de seu pai. Vestia de luto pela mãe; eu também estava de preto. Sentamo-nos.

— Papai não faz diferença dos últimos retratos, disse-me ele.

A voz era a mesma de Escobar, o sotaque era afrancesado. Expliquei-lhe que realmente pouco diferia do que era, e comecei um interrogatório para ter menos que falar e dominar assim a minha emoção. Mas isto mesmo dava animação à cara dele, e o meu colega do seminário ia ressurgindo cada vez mais do cemitério. Ei-lo aqui, diante de mim, com igual riso e maior respeito; total, o mesmo obséquio e a mesma graça. Ansiava por ver-me. A mãe falava muito em mim, louvando-me extraordinariamente, como o homem mais puro do mundo, o mais digno de ser querido.

— Morreu bonita, concluiu.

— Vamos almoçar.

Se pensas que o almoço foi amargo, enganas-te. Teve seus minutos de aborrecimento, é verdade; a princípio doeu-me que Ezequiel não fosse realmente meu filho, que me não completasse e continuasse. Se o rapaz tem saído à mãe, eu acabava crendo tudo, tanto mais facilmente quanto que ele parecia haver-me deixado na véspera, evocava a meninice, cenas e palavras, a ida para o colégio...

— Papai ainda se lembra quando me levou para o colégio? perguntou rindo.

— Pois não hei de lembrar-me?

— Era na Lapa; eu ia desesperado, e papai não parava, dava-me cada puxão, e eu com as perninhas... Sim, senhor, aceito.

Estendeu o copo ao vinho que eu lhe oferecia, bebeu um gole, e continuou a comer. Escobar comia assim também, com a cara metida no prato. Contou-me a vida na Europa, os estudos, particularmente os de arqueologia, que era a sua paixão. Falava da antiguidade com amor, contava o Egito e os seus milhares de séculos, sem se perder nos algarismos; tinha a cabeça aritmética do pai. Eu, posto que a ideia da paternidade do outro me estivesse já familiar, não gostava da ressurreição. Às vezes, fechava os olhos para não ver gestos nem nada, mas o diabrete falava e ria, e o defunto falava e ria por ele.

Não havendo remédio senão ficar com ele, fiz-me pai deveras. A ideia de que pudesse ter visto alguma fotografia de Escobar, que Capitu por descuido levasse consigo, não me acudiu, nem, se acudisse, persistiria. Ezequiel cria em mim, como na mãe. Se fosse vivo José Dias, acharia nele a minha própria pessoa. Prima Justina quis vê-lo, mas estando enferma, pediu-me que o levasse lá. Conhecia aquela parenta. Creio que o desejo de ver Ezequiel era para o fim de verificar no moço o debuxo que porventura houvesse achado no menino. Seria um regalo último; atalhei-o a tempo.

— Está muito mal, disse eu a Ezequiel que queria ir vê-la, qualquer emoção pode trazer-lhe a morte. Iremos vê-la, quando ficar melhor.

Não fomos; a morte levou-a dentro de poucos dias. Ela descansa no Senhor ou como quer que seja. Ezequiel viu-lhe a cara no caixão e não a conheceu, nem podia, tão outra a fizeram os anos e a morte. No caminho para o cemitério, iam-lhe lembrando uma porção de cousas, alguma rua, alguma torre, um trecho de praia, e era todo alegria. Assim acontecia sempre que voltava para casa, ao fim do dia; contava-me as recordações que ia recebendo das ruas e das casas. Admirava-se que muitas destas fossem as mesmas que ele deixara, como se as casas morressem meninas.

Ao cabo de seis meses, Ezequiel falou-me em uma viagem à Grécia, ao Egito, e à Palestina, viagem científica, promessa feita a alguns amigos.

— De que sexo? perguntei rindo.

Sorriu vexado, e respondeu-me que as mulheres eram criaturas tão da moda e do dia que nunca haviam de entender uma ruína de trinta séculos. Eram dous colegas da universidade. Prometi-lhe recursos, e dei-lhe logo os primeiros dinheiros precisos. Comigo disse que uma das consequências dos amores furtivos do pai era pagar eu as arqueologias do filho; antes lhe pagasse a lepra... Quando esta ideia me atravessou o cérebro, senti-me tão cruel e perverso que peguei no rapaz, e quis apertá-lo ao coração, mas recuei; encarei-o depois, como se faz a um filho de verdade; os olhos que ele me deitou foram ternos e agradecidos.

CXLVI
Não houve lepra

Não houve lepra, mas há febres por todas essas terras humanas, sejam velhas ou novas. Onze meses depois, Ezequiel morreu de uma febre tifoide, e foi enterrado nas imediações de Jerusalém, onde os dous amigos da universidade lhe levantaram um tumulo com esta inscrição, tirada do profeta Ezequiel, em grego: "Tu eras perfeito nos teus caminhos". Mandaram-me ambos os textos, grego e latino, o desenho da sepultura, a conta das despesas e o resto do dinheiro que ele levava; pagaria o triplo para não tornar a vê-lo.

Como quisesse verificar o texto, consultei a minha Vulgata, e achei que era exato, mas tinha ainda um complemento: "Tu eras perfeito nos teus caminhos, *desde o dia da tua criação*". Parei e perguntei calado: "Quando seria o dia da criação de Ezequiel?". Ninguém me respondeu. Eis aí mais um mistério para ajuntar aos tantos deste mundo. Apesar de tudo, jantei bem e fui ao teatro.

CXLVII
A exposição retrospectiva

Já sabes que a minha alma, por mais lacerada que tenha sido, não ficou aí para um canto como uma flor lívida e solitária. Não lhe dei essa cor ou descor. Vivi o melhor que pude, sem me faltarem amigas que me consolassem da primeira. Caprichos de pouca dura, é verdade. Elas é que me deixavam como pessoas que assistem a uma exposição retrospectiva, e, ou se fartam de vê-la, ou a luz da sala esmorece. Uma só dessas visitas tinha carro à porta e cocheiro de libré. As outras iam modestamente, *calcante pede*, e, se chovia, eu é que ia buscar um carro de praça, e as metia dentro, com grandes despedidas, e maiores recomendações:

— Levas o catálogo?

— Levo; até amanhã.

— Até amanhã.

Não voltavam mais. Eu ficava à porta, esperando, ia até a esquina, espiava, consultava o relógio, e não via nada nem ninguém. Então, se aparecia outra visita, dava-lhe o braço, entrávamos, mostrava-lhe as paisagens, os quadros históricos ou de gênero, uma aquarela, um pastel, uma guache, e também esta cansava, e ia embora com o catálogo na mão...

CXLVIII
É bem, e o resto?

Agora, por que é que nenhuma dessas caprichosas me fez esquecer a primeira amada do meu coração? Talvez porque nenhuma tinha os olhos de ressaca, nem os de cigana oblíqua e dissimulada. Mas não é este propriamente o resto do livro. O resto é saber se a Capitu da praia da Glória já estava dentro da de Matacavalos, ou se esta foi mudada naquela por efeito de algum caso incidente. Jesus, filho de Sirac, se soubesse dos meus primeiros ciúmes, dir-me-ia, como no seu capítulo IX, versículo I: "Não tenhas ciúmes de tua mulher para que ela não se meta a enganar-te com a malícia que aprender de ti". Mas eu creio que não, e tu concordarás comigo; se te lembras bem da Capitu menina, hás de reconhecer que uma estava dentro da outra, como a fruta dentro da casca.

É bem, qualquer que seja a solução, uma cousa fica, e é a suma das sumas, ou o resto dos restos, a saber, que a minha primeira amiga e o meu maior amigo, tão extremosos ambos e tão queridos também, quis o destino que acabassem juntando-se e enganando-me... A terra lhes seja leve! Vamos à *História dos subúrbios*.

Cronologia

1839 Nasce, a 21 de junho, no Rio de Janeiro, na Quinta do Livramento (situada no alto do morro de mesmo nome, perto da zona portuária), filho do brasileiro (mulato) Francisco José de Assis e da portuguesa Maria Leopoldina Machado da Câmara, ambos alfabetizados. A proprietária da quinta, já viúva quando o escritor nasceu, e o genro foram os padrinhos de Joaquim Maria, batizado com os seus nomes.

1839-55 Não há muitos dados dessa época. Sabe-se que perdeu a mãe em 1849, já tendo perdido uma irmã mais nova em 1845, provavelmente de sarampo.
Em 1854, o pai se casa de novo.
Pouco ou nada se sabe sobre a sua escolaridade.

1855 Começa a trabalhar como revisor na tipografia de Paula Brito, em cujo jornal, *Marmota Fluminense*, é publicado seu poema "Ela"; inicia-se uma colaboração que duraria até 1861.

1856 Entra para a Imprensa Nacional como aprendiz de tipógrafo, onde fica até 1858.
Torna-se amigo de Manuel Antônio de Almeida.

1858-64 Colabora no jornal *Correio Mercantil*, do qual é também revisor.

1859-60 Colabora no periódico *O Espelho*, onde publica artigos de crítica teatral.

1860-7 A convite de Quintino Bocaiúva, passa a colaborar, sob vários pseudônimos, no liberal *Diário do Rio*

de *Janeiro*, no qual, além de crítico de teatro, será cronista parlamentar.
Colabora com a *Semana Ilustrada*.

1863 Passa a colaborar no *Jornal das Famílias*, onde publica vários contos.

1864 Primeira edição do livro de poemas *Crisálidas*, sua estreia em livro.
Tem início a Guerra do Paraguai.

1866 Chega ao Rio de Janeiro D. Carolina Augusta Xavier de Novais, irmã do poeta Faustino Xavier de Novais, já residente na cidade e amigo de Machado de Assis.

1868 Em carta aberta, publicada no *Correio Mercantil*, José de Alencar lhe pede que sirva de guia no mundo literário do Rio de Janeiro para o jovem poeta Castro Alves. É a sua consagração como homem de letras.

1869 Assina com a editora Garnier contrato para a edição dos livros *Falenas*, de poemas, e *Contos fluminenses*, publicados em dezembro do mesmo ano.
Casa-se com D. Carolina.

1872 É publicado o seu primeiro romance, *Ressurreição*.

1873 Publica seu segundo livro de contos, *Histórias da meia-noite*, e "Notícia da atual literatura brasileira: Instinto de nacionalidade", talvez o mais importante de seus ensaios críticos.
Consegue um emprego público, na Secretaria de Estado da Agricultura, Comércio e Obras Públicas.

1874 Publica em livro seu segundo romance, *A mão e a luva*, que saiu inicialmente em partes no republicano *O Globo*, de Quintino Bocaiúva.

1875 Publica seu terceiro livro de poesia, *Americanas*.

1876 Publica em livro seu terceiro romance, *Helena*, que também saíra nas colunas de *O Globo* entre 6 de agosto e 11 de setembro.
Passa a chefe de seção na Secretaria de Estado da Agricultura e Obras Públicas.

1878 É publicado em livro o seu quarto romance, *Iaiá Garcia*, que saíra nas páginas de *O Cruzeiro*.

1881 Depois de sair em capítulos na *Revista Brasileira*, no ano anterior, sai em livro o seu quarto romance, *Memórias póstumas de Brás Cubas*, considerado um marco definitivo na sua carreira e na literatura brasileira.
Passa a colaborar na *Gazeta de Notícias*, o que ocorrerá até 1897.

1882 Publica seu terceiro livro de contos, *Papéis avulsos*, no qual se encontra uma de suas obras-primas, "O alienista".

1884 Passa a morar na rua Cosme Velho, 18, onde residirá até a morte.
Reúne e publica em livro os contos de *Histórias sem data*, antes já estampados em três periódicos diferentes.

1888 Por decreto imperial, é nomeado oficial da Ordem da Rosa.
Não se manifesta publicamente sobre a abolição da escravatura, sobre a qual virá a falar discreta e superficialmente em *Esaú e Jacó*, seu oitavo romance.

1889 Passa a ocupar uma diretoria na Secretaria de Estado da Agricultura, Comércio e Obras Públicas.
Reage também discretamente à proclamação da República.

1891 Sai em livro o romance *Quincas Borba*, do qual uma primeira versão fora publicada, em partes, na revista *A Estação*.

1896 Publicação de *Várias histórias*, seu quinto livro de contos.
Eclode a Guerra de Canudos.

1897 Torna-se o primeiro presidente da recém-fundada Academia Brasileira de Letras.

1898 O conselheiro Lafaiete Rodrigues Pereira publica, sob o pseudônimo de Labieno, no *Jornal do Commercio*, uma série de artigos sob o título *Vindiciae* em que defende Machado de Assis das críticas de Sílvio Romero no livro *Machado de Assis*, de 1897.

1899 Publica *Páginas recolhidas*, do qual faz parte outra de suas obras-primas, "Missa do galo".

No último dia do ano, sai do prelo, em Paris, *Dom Casmurro*, que circulará no Brasil em 1900.

1901 É publicado um volume de suas *Poesias completas*, que compreende os três livros de versos anteriores (*Crisálidas*, *Falenas*, *Americanas*), mais a coletânea *Ocidentais*, inédita em volume.

1904 Publica *Esaú e Jacó*, que seria seu penúltimo romance.

Em 20 de outubro, falece D. Carolina, o que o deixa num estado emocional deplorável, conforme relata em carta a Joaquim Nabuco.

1905 É publicada, também pela Garnier, a segunda edição de *Helena*.

1906 Publica a miscelânea *Relíquias de casa velha*, da qual consta seu mais famoso soneto, "A Carolina", dedicado à mulher já falecida.

1908 Publica seu nono e último romance, *Memorial de Aires*.

Falece a 29 de setembro aos 69 anos de idade.

Outras leituras

CALDWELL, Helen. *O Otelo brasileiro de Machado de Assis*. São Paulo: Ateliê, 2008.
CANDIDO, Antonio. "Esquema de Machado de Assis". In *Vários escritos*. Rio de Janeiro: Ouro sobre Azul, 2004.
CARVALHO, Castelar de. *Dicionário de Machado de Assis. Língua. Estilo. Temas*. Rio de Janeiro: Lexicon, 2010.
GLEDSON, John. *Machado de Assis: Impostura e realismo*. São Paulo: Companhia das Letras, 1991.
PASSOS, José Luiz. *Machado de Assis: O romance com pessoas*. São Paulo: Edusp/ Nankin, 2007.
SCHWARZ, Roberto. *Duas meninas*. São Paulo: Companhia das Letras, 1997.

LEIA MAIS PENGUIN-COMPANHIA
CLÁSSICOS

Machado de Assis

Memórias póstumas de Brás Cubas

Prefácio de
HÉLIO DE SEIXAS GUIMARÃES
Estabelecimento de texto e notas de
MARTA DE SENNA E MARCELO DIEGO

Em 1881, Machado de Assis lançou aquele que seria um divisor de águas não só em sua obra, mas na literatura brasileira. Ao mesmo tempo que marca a fase mais madura do autor, *Memórias póstumas de Brás Cubas* é considerado a transição do romantismo para o realismo.

Num primeiro momento, a prosa fragmentária e livre da obra, misturando elegância e abuso, refinamento e humor negro, causou estranheza, inclusive entre a crítica. Com o tempo, no entanto, o defunto autor que dedica seu livro ao verme que primeiro roeu as frias carnes de seu cadáver tornou-se um dos personagens mais populares da nossa literatura. Sua história, uma celebração do nada que foi sua vida, foi transformada em filmes, peças e hqs, e teve incontáveis edições no Brasil e no mundo, conquistando admiradores que vão de Susan Sontag a Woody Allen.

Esta edição reproduz o prólogo do próprio autor à terceira edição do livro, em que ele responde às dúvidas dos primeiros leitores.

WWW.PENGUINCOMPANHIA.COM.BR

LEIA MAIS PENGUIN-COMPANHIA
CLÁSSICOS

Machado de Assis

Esaú e Jacó

Introdução e notas de
HÉLIO GUIMARÃES

Originalmente publicado em 1904, *Esaú e Jacó* trata de uma "história simples, acontecida e por acontecer": dois jovens bem-nascidos, os gêmeos Pedro e Paulo, digladiam-se em intermináveis conflitos e reconciliações desde o útero da mãe até o começo da idade adulta.

Os irmãos lutam pelo amor da jovem Flora Batista em uma trama que funciona como pano de fundo para reveladoras reflexões autorais. Nelas, o arguto narrador-personagem — conselheiro Aires, alter-ego de Machado de Assis — compartilha com o leitor suas indagações sobre a arte do romance. Segundo o crítico e professor Hélio Guimarães, que assina a introdução e as notas do volume, em *Esaú e Jacó* Machado apresenta uma verdadeira "teoria da composição ficcional".

Ambientado no Rio de Janeiro durante os anos finais do Império e o início da República, o livro ecoa diversos acontecimentos da história do Brasil — incluindo a Abolição, a Proclamação da República e as revoltas contra o governo Floriano Peixoto —, além de passagens da Bíblia, da *Divina comédia* e do *Fausto* de Goethe.

WWW.PENGUINCOMPANHIA.COM.BR

1ª EDIÇÃO [2016] 15 reimpressões

Esta obra foi composta em Sabon por Alexandre Pimenta e impressa em ofsete pela Lis Gráfica sobre papel Pólen da Suzano S.A. para a Editora Schwarcz em julho de 2025

FSC®
www.fsc.org
MISTO
Papel | Apoiando o manejo florestal responsável
FSC® C112738

A marca FSC® é a garantia de que a madeira utilizada na fabricação do papel deste livro provém de florestas que foram gerenciadas de maneira ambientalmente correta, socialmente justa e economicamente viável, além de outras fontes de origem controlada.